Carolina Conrad ist das Pseudonym der aus dem niedersächsischen Oldenburg stammenden Autorin Bettina Haskamp. Die gelernte Journalistin hat ihre Basis in Hamburg, doch der Schreibtisch, an dem sie ihre Romane schreibt, steht seit mehr als zwölf Jahren in Portugal. Anfangs auf einem selbstgebauten Segelboot, inzwischen in einem kleinen Holzhaus im Hinterland der Ostalgarve. In der zweiten Heimat entstanden Bestseller wie «Alles wegen Werner» und «Hart aber Hilde». Mit «Mord an der Algarve» legt sie ihren ersten Kriminalroman vor.

CAROLINA CONRAD

MORD
AN DER ALGARVE

— Anabela Silva ermittelt —

KRIMINALROMAN

Rowohlt
Taschenbuch Verlag

2. Auflage Juni 2018

Originalausgabe
Veröffentlicht im Rowohlt Taschenbuch Verlag,
Reinbek bei Hamburg, Mai 2018
Copyright © 2018 by Rowohlt Verlag GmbH,
Reinbek bei Hamburg
Redaktion Katharina Rottenbacher
Umschlaggestaltung FAVORITBUERO, München
Umschlagabbildung sergoua/iStock
Satz aus der Apollo MT PostScript, InDesign,
bei Pinkuin Satz und Datentechnik, Berlin
Druck und Bindung CPI books GmbH,
Leck, Germany
ISBN 978 3 499 27112 0

Für Barbara,
die diesen Krimi so gern lesen wollte

VORAB

Sollten Sie eines Tages das Hinterland der Ostalgarve rund um Alcoutim besuchen – was mich sehr freuen würde –, dann suchen Sie bitte nicht nach den Personen, die dieses Buch bevölkern. Es gibt sie nicht, keinen von ihnen. Sie sind, wie die Geschichte selbst, frei erfunden. Aber diese besondere Landschaft gibt es, die verschlafenen kleinen Orte und herzliche, liebenswerte Menschen.

Und bevor sich jemand aufregt: Natürlich heißt es im Portugiesischen «der» Algarve und nicht «die» Algarve. Ich habe mich bewusst für die eingedeutschte Version entschieden.

Für alle sonstigen Fehler verweise ich mit einem kleinen Lächeln auf die künstlerische Freiheit.

JANUAR 2016

«Du?»

Sie konnte den Ausdruck in seinen blutunterlaufenen Augen nicht gleich deuten. Überraschung? Ja, doch, Überraschung auf jeden Fall. Unsicherheit vielleicht. Angst? Nein, natürlich nicht.

«Ja, ich.»

«Was willst du?», fragte er und reckte den dürren, faltigen Hals zwischen den hängenden Schultern vor. Die Worte klangen verwaschen. Mit den spärlichen Haarbüscheln auf der gesprenkelten Kopfhaut erinnerte er sie an einen von diesen Geiern mit den roten Köpfen. Er blinzelte, jetzt bekam der Ausdruck in seinen Augen etwas Verächtliches und damit Vertrautes.

«Noch mal ein Nümmerchen schieben? Tut mir leid, ich ficke keine alten Weiber.»

Sein Lachen klang wie das Meckern einer erkälteten Ziege. Sie widerstand der Versuchung, ihm ins Gesicht zu spucken. Stand nur da und sah ihn an. Was für ein versoffenes Wrack. Allein schon, wie er da auf seinem Stuhl hing, die rechte Hand am Glas auf dem schmuddeligen Plastiktisch, die linke nutzlos auf dem ausgestreckten Bein. Nicht mal mehr ein Schatten des Mannes, der er gewesen war.

Es stimmte also, was im Dorf geredet wurde: Mittags fing er bei Zé in der Bar mit Schnapstrinken an, schlurfte dann nach Hause und gab sich den Rest. Bei gutem Wetter hier im Garten hinter dem Haus. Auch sein Schlaganfall hatte nichts daran geändert. Sie sah auf die Flasche neben dem Glas – so gut wie leer.

Schweigend trat sie jetzt näher an den Tisch und griff nach dem Gehstock, der daran lehnte.

«Hey, was soll das? Den brauch ich!»

«Steh auf. Wir machen einen kleinen Spaziergang.»

Sie war selbst überrascht vom sicheren Klang ihrer Stimme. Da war kein Zittern, nur ruhige Bestimmtheit.

«Du willst mir Befehle geben? Ich lach mich tot.»

«Ich will dir von deinem Sohn erzählen.»

«Ich hab keinen Sohn. Als ob du das nicht wüsstest.»

Sie hielt ihm den Stock hin, er griff danach, blieb aber sitzen und starrte sie an. Sie drehte sich um, ging langsam auf den hinteren Teil des Gartens zu, in Richtung der Gemüsebeete und Obstbäume.

«Und von meinen Kindern», rief sie ihm im Gehen über die Schulter zu.

«Bist du völlig durchgedreht? Du hast keine Kinder!»

«Von den Kindern, die ich nicht habe, will ich dir erzählen.»

Der Geruch von Zitronen und Orangen stieg ihr in die Nase, die alten Orangenbäume hingen voller Früchte, viele Orangen lagen auf dem Boden. In den Beeten standen ein paar Kohlköpfe, eine Reihe Zwiebeln, zwei Reihen Kartoffeln, einige Bohnenpflanzen und Koriander. Soweit sie wusste, kam eine seiner Töchter an den Wochenenden und kümmerte sich. Ein Trampelpfad führte zu einem leeren Hühnerstall und zum Brunnen.

Er kam ihr nach, sie hörte es am Rascheln des Laubes und an dem klopfenden Geräusch, wenn sein Holzstock auf einen Stein stieß. Wie alle Grundstücke in der Gegend war auch dieses voller Steine. Egal wie viele von ihnen man ausgrub und wegschaffte, es kamen immer neue nach, als wüchsen sie aus der mageren Erde. Das Haus, in dem Cristiano Alves heute lebte, lag abseits des Dorfes. Der Garten war von hohen Mauern umgeben und nicht von außen einsehbar. Ein ganz privates Reich, fast so wie früher, als die Familie Alves noch reich gewesen war und in der großen Quinta wohnte.

Sie erreichte den offenen Brunnen und beugte sich über die kniehohe Umrandung aus Natursteinen, deren oberste Reihe säuberlich mit Beton überzogen und weiß gestrichen war. Nach den Regentagen im November und am Anfang des Monats stand das Wasser etwa einen Meter unter dem Rand. Sie setzte sich auf den von der Sonne gewärmten Beton, nahm ihre Tasche von der Schulter, stellte sie neben sich und sah dem Alten entgegen. Mühevoll arbeitete er sich voran, mit der Rechten auf den Stock gestützt, das linke Bein nachziehend. Schließlich stand er leicht schwankend vor ihr.

«Also, sag schon, was du wirklich hier willst.»

«Dein Sohn wurde in Trás-os-Montes geboren. Im Januar.» Sie schaute an ihm vorbei in den wolkenlosen Himmel, an dem die winterblasse Sonne schon tief stand. «Allerdings habe ich in dem Winter dort keine Sonne gesehen. Du weißt ja, was sie über die Gegend sagen: Nove meses de inverno e três de inferno.» Neun Monate Winter und drei Monate Hölle. Trás-os-Montes, Hinter den Bergen, lag im äußersten Nordosten des Landes. Wenn in ihrer Familie – selten genug – von den Verwandten dort die Rede war, dann voller Mitleid. Das eigene Leben war hart, sicher, aber das Leben in Trás-os-Montes? Das war mehr als hart, das war erbarmungslos. Ihre kleine Cousine hatte damals nicht mal einen Wintermantel, sondern ging in einem Umhang aus geschichtetem Schilf zur Schule.

Mit Bedacht nahm sie jetzt eine Flasche Brandy aus der Tasche. Er riss die Augen auf. Sie stellte die Flasche links neben sich auf den Brunnenrand. «Sie haben mir den Jungen weggenommen, gleich nach der Geburt.»

So wenige Worte für einen so großen Schmerz. Für einen Schmerz, der sie selbst überrascht hatte. Und den niemand zu verstehen schien. Aber es war doch trotz allem ihr Kind.

«Erst habe ich es gar nicht richtig begriffen. Weißt du, ich habe eine üble Entzündung bekommen und wäre fast verreckt.» Sie sprach jetzt mehr zu sich selbst, hatte das düstere und feuchte Haus wieder vor Augen, in dem es trotz des Holzfeuers im Kamin nie richtig warm wurde. Sie meinte, die Schmerzen wieder zu fühlen, die Fieberschübe, die kurzen wachen Momente, in denen die alte Espírituosa ihr Kräutertränke einflößte. Und dann, als die Krise endlich überstanden war, als es ihr langsam besser ging und sie zu fragen begann, Espírituosas immer gleiche Antwort: Frag nicht, es ist besser so.

Der Alte drehte sich umständlich, setzte sich ächzend, stellte den Stock neben sich ab. Die Flasche stand zwischen ihnen.

«Was geht's mich an?»

«Das weißt du verdammt gut!» Sie konnte nichts dagegen tun, dass ihr nun doch Tränen in die Augen stiegen und ihre Stimme zitterte.

Plötzlich ist sie wieder fünfzehn Jahre alt, es ist ein Tag Ende April. Der Vater schickt sie zu den Schafen. «Bring sie in den Stall. Wir kriegen Sturm, das spüre ich in den Knochen. Und beeil dich.» Sie zieht die Strickjacke fest um den Körper, es geht schon ein frischer Wind. Die Tiere stehen auf einer Weide abseits des Dorfes. Der kürzeste Weg führt an der Alves-Quinta vorbei, direkt an der hohen Mauer entlang, die das Anwesen umschließt, dann noch quer durch einen Olivenhain und sie ist da.

Sie geht schnell, fröstelt nicht nur wegen des kalten Windes. Ihr ist kalt von innen, wie jedes Mal, wenn sie an der Quinta vorbeimuss. Oder wenn sie einen der Alves-Söhne sieht. Die halten sich für was Besseres, weil der Familie hier das meiste Land gehört. Fast alle Männer im Dorf arbeiten als Tagelöhner für Eduardo Alves. Seine Söhne machen sich die Finger lieber nicht schmutzig. «Jedenfalls nicht bei der Arbeit», hat ihr Vater neulich gesagt und dabei so komisch geschnaubt. Was er damit meint, hat sie nicht verstanden. Sie weiß nur: António ist ein Großmaul und hat einen stechenden Blick. Irgendwie unheimlich. Und Cristiano, der Jüngere, ist noch schlimmer. Bis vor kurzem hat sie ihn nicht oft gesehen, er war auf einem Internat in Lissabon. Aber jetzt ist er zurück. Schaudernd denkt sie daran, wie er sie am Sonntag nach der Messe angesprochen hat: «Eh pá! Unser kleines Blauauge ist ja eine Schönheit geworden.»

In ihre ungewöhnlichen blauen Augen hat er ihr aber nicht geguckt, nur auf ihren Busen gestarrt. Ekelhaft. Und dann hat er sich plötzlich vorgebeugt und nah an ihrem Ohr geflüstert: «Schön wie eine reife Pflaume.» Sie hat wie angenagelt vor der Kirche gestanden, bis ihre Schwester kam und sie anschubste. «Aufwachen, Träumerin, es geht nach Hause.»

Das hohe schmiedeeiserne Tor der Quinta steht weit offen. Sie huscht vorbei, sieht aus dem Augenwinkel einen Traktor im Hof stehen. Der dunkelrote Ford Escort von António ist nicht da, aber der graue Renault von Cristiano. Sein Geschenk zum Schulabschluss, er hat im Dorf damit geprahlt. Niemand sonst im Dorf hat ein Auto. Ihn selbst sieht sie nicht, graças a Deus, Gott sei Dank.

Sie hat den Olivenhain mit den großen, uralten Bäumen fast hinter sich, hört schon das Blöken der Schafe, als sie plötzlich von großen Händen gepackt, herumgerissen und an den Stamm eines Baumes gedrückt wird. Cristiano! Nein, bitte ... sie schreit auf. Er drückt ihr seine riesige Hand auf den Mund. Sein Atem stinkt nach Schnaps und Zigaretten. Mit der freien Hand zerreißt er ihre Bluse, den Büstenhalter, greift nach ihren Brüsten, die Augen voller Gier. Er ist groß, viel größer als sie, so stark. Mit seinem ganzen Gewicht presst er sie an den Stamm, die raue Rinde drückt sich in ihr Fleisch. Dann dreht er sie um, jetzt wird ihre Wange an den Stamm gepresst, sie kann nur wimmern. Cristiano drückt ihre Beine auseinander, schnauft wie ein Tier, zerfetzt ihren Schlüpfer ... der Schmerz ist unglaublich.

«Du hast mich liegenlassen wie einen alten Lappen.»

Er zuckte mit den Schultern.

«Du hast's ja überlebt. Und dass das Balg von mir war,

kannst du nicht beweisen. Was willst du überhaupt jetzt noch mit der alten Geschichte?»

«Das ist nicht die ganze Geschichte. Ich will, dass du auch den Rest kennst. Damit du verstehst.»

«Was verstehe?»

«Was geschieht.»

Sie öffnete die Flasche und nahm zwei Plastikbecher aus der Tasche.

«Du bist ja völlig verrückt. Na gib schon her.» Er griff nach dem Schnaps und setzte die Flasche direkt an die Lippen. Sie beobachtete, wie sich sein Adamsapfel auf und ab bewegte, als er in großen Schlucken trank. Mit einem Rülpsen setzte er die Flasche ab, behielt sie aber in der Hand. «Und jetzt verschwinde.»

Er versuchte, sich mit dem kraftlosen linken Arm vom Brunnenrand hochzudrücken, knickte fluchend ein, ruderte mit dem rechten Arm. Die Flasche rutschte ihm aus der Hand, fiel mit einem dumpfen Geräusch auf den Boden, auslaufender Brandy bildete eine kleine Pfütze. Er sackte zurück auf den Rand, fluchte, unternahm einen neuen Versuch.

Sie hatte weniger Zeit, als sie gedacht hatte. Keine Zeit mehr zum Reden. Es machte keinen Unterschied, er würde sowieso nichts verstehen. Wie hatte sie das auch nur einen Augenblick glauben können?

Ohne ein weiteres Wort stand sie auf, bückte sich, packte mit beiden Händen nach dem Unterschenkel seines steifen Beines und riss es so hoch sie konnte.

«Was zum Teufel …?»

Das Aufklatschen eines Körpers auf die Wasseroberfläche hatte sie sich lauter vorgestellt.

Zu Hause nahm sie die Brandyflasche aus ihrer Tasche, wischte sie mit einem Lappen gründlich ab und stellte sie in den Küchenschrank. Die Plastikbecher kamen in den Müll. Mit einem Scheppern schlug der Deckel auf den Metalleimer. Das Geräusch zerriss die Stille im Haus. Sie zuckte zusammen. Plötzlich schienen ihre Beine nachzugeben. Sie stützte sich am Küchentisch ab, sank dann auf einen Stuhl, erschöpft. Es war geschafft. Sie spürte dem Wort nach. Geschafft. So fühlte es sich also an. All die Jahre hatte sie sich ihre Rache ausgemalt, hatte immer neue Szenarien entworfen, sich den Moment vorgestellt, den sie jetzt erlebte. Und die, die noch kommen würden. Hatte sich gefragt, ob sie Reue empfinden würde, trotz allem. Nein. Sie lächelte. Ganz und gar nicht.

Erst im Wohnzimmer, wo sie sich für einen Augenblick aufs Sofa legen wollte, verschwand das Lächeln aus ihrem Gesicht. «Schau mich nicht so an, amorzinho», murmelte sie, «du hättest mich eben nicht allein lassen dürfen.» Die elektrische Kerze vor dem großen Bilderrahmen auf der Kommode gegenüber dem Sofa flackerte. Im dämmrigen Raum schien es, als wären die Augen hinter dem Glas lebendig.

Drei Wochen war es jetzt her, dass sie diese Augen geschlossen hatte. Es war so ungerecht. Nie hatte er geraucht, selten mal ein Bier zu viel getrunken. War immer kerngesund gewesen. Deshalb hatte sie sich auch keine allzu großen Sorgen gemacht, als er die Grippe bekam. Er wollte nicht, dass sie den Notruf wählte. Drei Tage später war er tot. Und sie allein. Allein mit ihrer Wut.

I

MAI 2016

Lächle der Welt zu
und die Welt wird zurücklächeln.

So ein Quatsch. Ich riss den Spruch, der seit Jahren über meinem Schreibtisch hing, von der Pinnwand. Der Abrisskalender neben dem nun leeren Fleck zeigte Montag, den zweiten Mai. Mir war nicht zum Lächeln zumute, schon eher zum Jammern. Ob die Welt zurückjammern würde?

Die Karte mit dem Spruch landete im Papierkorb, und ich setzte mich wieder auf meinen rückenschonenden Schreibtischstuhl, legte die Finger auf die Tastatur. Ich musste arbeiten. Jetzt. In ein paar Wochen würde meine Ehe geschieden werden. Ich brauchte dringend eine neue Wohnung, vorzugsweise in einer anderen Stadt. Hier schrie mich in jedem Raum die Leere an, die Justus hinterlassen hatte. Außerdem war die Wohnung für mich zu groß und zu teuer. So ein Umzug war auch nicht gerade billig. Und mein altes Auto brauchte neue Reifen. Keine Kolumne, kein Geld. Ich hatte zwar eine Rücklage, aber die würde ich nur anrühren, wenn es gar nicht anders ging.

«Frau Silva, wenn Sie verbitterte Betrachtungen über alternde Männer und fleischgewordene Klischees veröffentlichen wollen, fragen Sie besser bei der EMMA an. Bei mir sind Sie damit falsch. Wo ist denn Ihr Humor geblieben?»

Tja, wo war er denn hin, mein Humor? Den musste Justus in einen seiner Koffer gepackt haben. Als ich das Thema Männer in der Midlife-Crisis vorgeschlagen hatte, glaubte ich ihn noch in meinem Besitz. Nicht den Mann, den Humor.

Aber das hatte ich der Redakteurin am anderen Ende der Telefonleitung nicht sagen mögen. «Tut mir leid, ich setze mich noch mal dran. Sie haben den Text heute Nachmittag auf dem Schirm.»

Diesen Satz hatte ich vor drei Stunden von mir gegeben. Und seitdem keinen einzigen mehr, weder mündlich noch schriftlich. Kopf, Herz, Bildschirm, alles leer.

Anstatt zu schreiben, googelte ich Städte. Ich wollte weg aus Hannover, weg von Justus, meinem künftigen Ex-Mann. Besser gesagt: von Justus und Aisuluu. Nein, ich hatte gar keine Lust, den beiden in Zukunft über den Weg zu laufen. «Aisuluu hat jetzt schon mehr Tiefgang, als du je haben wirst.» Justus' Worte. Reizend, oder? Aisuluu war einundzwanzig, ziemlich genau zwanzig Jahre jünger als ich, und studierte im zweiten Semester Politik und Geschichte. Justus war einer ihrer Professoren. Sein Schwerpunkt: «Internationale Beziehungen». Aisuluu stammte aus Kirgisistan.

Also, in welche Stadt wollte ich ziehen? Hamburg war schön, aber zu nah. Berlin? Berlin war in. Oder schon wieder nicht mehr? Auf jeden Fall war Berlin spannend. München schön weit weg, aber zu bayerisch. Und teuer. Wahrscheinlich zu teuer für mich, selbst wenn mir bald etwas Amüsantes und dennoch Intelligentes einfiele und die Redakteurin mich nicht aus ihrem Autorenpool warf. Mit Kolumnen über das Leben als Frau (oberflächliches und belangloses Zeug, um noch mal Justus zu zitieren, für ihn hätte es schon der Syrienkrieg sein müssen), konnte ich mich finanziell einigermaßen über Wasser halten. Zuverlässigkeit vorausgesetzt.

Wenn ich ganz ehrlich war – zumindest mir selbst gegenüber –, hatte ich meine Arbeit ziemlich satt. Ein paar Jahre war sie mir als Traumjob erschienen. Ich musste lediglich wachen Auges durch mein Leben gehen, es nach unterhaltsamen Szenen durchforsten, viele Frauenzeitschriften lesen und, je nach Auftragslage, alle paar Tage meine möglichst originellen und witzigen Gedanken formulieren, die dann in verschiedenen Magazinen unter Titeln wie «Belas Welt», «Meine Welt und ich» oder «Seltsam, sagt Silva» erschienen. Ganz einfach. Aber inzwischen? Ich war es leid, unterhaltsam sein zu müssen. Wollte mal wieder mit der Bahn fahren, ohne Leute zu beobachten und jedes kleine Erlebnis auf Kolumnentauglichkeit abzuklopfen. Heimlich träumte ich davon, nicht mehr als Autorin zu arbeiten, sondern wieder als Journalistin. Das hatte ich schließlich mal gelernt. Reportagen schreiben, Interviews führen, recherchieren. Über Themen, die nichts mit dem Zeitgeist zu tun hatten, nichts mit mir und meinem Blick aufs Leben. In dem Punkt hatte Justus sogar recht: Es gab Wichtigeres und Interessanteres. Es musste ja nicht gerade der Syrienkrieg sein. Eher dachte ich an Reportagen über Menschen in besonderen Lebenssituationen. Aber leider fehlte mir für einen beruflichen Neuanfang der Mut. Der Konkurrenzkampf auf dem Markt für freie Journalisten war enorm, das war mir klar. Gerade jetzt, nach der Trennung, musste ich auf vertrauten Pfaden bleiben, wenn ich nicht verhungern wollte.

«Männer in der Midlife-Crisis» tippte ich also und dachte: Humor ist, wenn man trotzdem lacht. Mit den Fingern zog ich meine Mundwinkel nach oben, bis ein Grinsen in meinem Gesicht hängenblieb und ich tatsächlich über mich selbst lachen musste.

Mein Handy klingelte. Die Redakteurin? Jetzt schon?

Nein. Verwundert las ich «Mãe mobil» auf dem Display. Meine Mutter ist Portugiesin. Und eine sparsame Frau. Sie ruft mich nicht tagsüber mit dem Handy an, sondern abends von ihrem Festnetz zum Spartarif auf meinem Festnetzanschluss. Ihr Handy benutzt sie nur im Notfall. Im Notfall!

«Mãe? Was ist passiert?»

«Reg dich nicht auf, Filha, es ist nicht so schlimm.»

«Was ist nicht so schlimm?»

«Ich habe mir den Arm gebrochen, dummerweise den rechten.»

Mein Herzschlag normalisierte sich. Das klang tatsächlich nicht so dramatisch.

«Wie ist das passiert?»

«Ich bin in der Küche beim Wischen ausgerutscht und unglücklich gefallen.»

«Bist du im Krankenhaus?»

«Deshalb rufe ich ja an. Ich muss operiert werden, der Knochen guckt raus.»

«Mãe!»

Das war dermaßen typisch für meine Mutter. Ihr ragte ein Knochen aus dem Leib, und sie redete von ‹nicht so schlimm›.

«Ich würde dich ja normalerweise deswegen nicht anrufen. Es ist nur so, dass ich mir Sorgen um deinen Vater mache.»

Ja, klar. Was sonst?

«Du kennst ihn doch, er kommt alleine nicht zurecht.»

«Was ist mit Glória?»

Glória war eine Nachbarin und Freundin meiner Mutter, die ich als liebenswürdig und hilfsbereit kannte.

«Die ist in Lissabon bei ihrer Tochter. Außerdem weißt du genau, dass dein Vater und sie sich nicht gut verstehen.»

Die Frage hätte ich mir in der Tat schenken können. So wie alle weiteren nach möglicherweise hilfreichen Familienmitgliedern oder Nachbarn. Mein Vater war mit so ziemlich jedem zerstritten.

«Ich habe gedacht, vielleicht könntest du, nur für ein paar Tage, wo du doch sowieso gerade nicht so richtig weißt … Und wir haben ja jetzt auch dieses Internet, du könntest doch von hier aus …»

Ich schloss kurz die Augen. Sah mich mit meinem Vater auf dem Sofa mit den Schondecken sitzen und stundenlang Fußball gucken, während er über jeden einzelnen Spieler schimpfte. Außer über Ronaldo vielleicht. Mir entwich ein leises Seufzen.

«Ich schaue gleich nach Flügen und rufe dich wieder an, wenn ich weiß, wann ich da sein kann.»

«Danke, Filha.»

Filha, Tochter. Als meine Eltern noch in Deutschland lebten, glaubten meine Freundinnen oft, das sei mein zweiter Name, weil meine Mutter mich so gut wie nie Anabela nannte. Es sei denn, es gab Ärger. Und so, wie meine Eltern mich mit Filha ansprechen, nenne ich sie Mãe und Pai, Mutter und Vater.

Eine Stunde später hatte ich nicht nur für den nächsten Tag Flug und Leihwagen gebucht – beides erfreulich günstig –, sondern der Redakteurin mit Verweis auf die mütterliche Misere eine schnell geschriebene Kolumne über den bevorstehenden internationalen Anti-Diät-Tag geschickt. In der Not frisst der Teufel bekanntlich Fliegen. Oder wie mein Vater sagen würde: Quem não tem cão, caça com gato. Wer keinen Hund hat, jagt mit der Katze.

2

Dieses Licht! Sobald ich in Faro die Baustelle namens Flughafengebäude verlassen hatte, musste ich für eine Sekunde die Augen schließen. Es war so hell. Und so heiß. Als ich sie wieder öffnete, kam es mir immer noch so vor, als wäre eine ganze Batterie von Scheinwerfern auf mich gerichtet. Unfassbar, dass ich so verrückt gewesen war, jahrelang auf das seelenwärmende Licht im Land meiner Väter zu verzichten. Seelenwärmend? Wie poetisch, Bela. Demnächst würde ich noch Gedichte schreiben.

Sieben Jahre. So lange war es her, dass ich zuletzt nach Portugal geflogen war, gemeinsam mit Justus. Im Sommer. Er hatte es gehasst. Alles. Das «grelle» Licht, die Hitze, das Dorf, in dem meine Verwandtschaft lebt, die «Kulturlosigkeit». Und da meine Eltern sowieso einmal im Jahr nach Deutschland kommen, um den in und um Hannover lebenden Teil der Familie zu sehen ... Justus und ich hatten in Südtirol oder Dänemark Urlaub gemacht. Wie gesagt, verrückt. Nein, dumm. Wie so manch anderes in meinem Leben auch. Die Ehe mit Professor Justus beispielsweise. Hör auf damit, Bela. Lass Justus und alles, was er je gesagt und getan hat, endlich hinter dir.

Vielleicht war der Unfall meiner Mutter gerade jetzt

eine Fügung. Ich war hier, im sonnigen Portugal. Ich würde meinen Eltern helfen und ansonsten Urlaub machen. Die Algarve war schließlich kein Ort für düstere Gedanken. Urlaub, jawohl. Und zwar wie aus dem Prospekt: Sonne und Meer, eiskalter Vinho Verde, Lesen unter der alten Steineiche im Garten meiner Eltern, lange Wanderungen durch die Hügelkette, in der das Dorf meiner Eltern liegt.

«Filha, hier bin ich!» Eine Dreiviertelstunde später entdeckte ich meine Mutter auf einem Stuhl in der überfüllten Eingangshalle des Krankenhauses. Klein und blass und mit wirrem Haar saß sie dort, eine grobgestrickte graue Jacke über der rechten Schulter. Darunter leuchtete weiß ein Verband. Mit der linken Hand hielt sie eine kleine Reisetasche auf dem Schoß. Ich traute mich nicht, sie zu umarmen, sondern drückte ihr nur Küsschen auf die Wangen. Bestimmt hatte sie Schmerzen. «Geht schon», sagte sie.

Vor dem Flug hatte sie mich noch einmal auf meinem Handy angerufen und darum gebeten, sie im Krankenhaus abzuholen, nach nur einer Nacht im Krankenhaus. Ich war, gelinde gesagt, erstaunt. Meine Annahme, dass man nach einer Operation mehrere Tage im Krankenhaus bleiben muss, war offensichtlich falsch. Andererseits kannte ich mich mit Armbrüchen und deren Versorgung in etwa so gut aus wie mit dem Syrienkrieg.

«Die brauchen hier jedes Bett», sagte meine Mutter. Wie auch immer, ich war nicht böse, wenn mir die Fußballstunden mit meinem Vater erspart blieben.

«Es ist gut, dass du gekommen bist, Kind. Wie lange kannst du bleiben?», fragte sie auf dem Weg zum Auto.

«Mal sehen, ich hab noch keinen Rückflug gebucht. Um ehrlich zu sein, bin ich froh, eine Weile von zu Hause wegzukommen.»

Zu Hause. Als ob die halbleere Wohnung noch ein Zuhause gewesen wäre.

Mãe nickte. «Kann ich mir vorstellen.»

Ich fuhr los, Richtung Autobahn.

«Das kostet doch jetzt Geld, kommt gar nicht in Frage», protestierte meine Mutter.

Also gut. Ich wollte nicht diskutieren und fuhr auf die N125 Richtung Spanien. Meine Eltern leben an der spanisch-portugiesischen Grenze, nur ein paar Kilometer vom Grenzfluss Guadiana entfernt.

«Kannst du das ausmachen?»

«Was denn?»

«Die Klimaanlage. Die macht krank. Ich will mich nicht auch noch erkälten und als Nächste auf dem Friedhof liegen.»

«Nun übertreib mal nicht gleich.»

Sie seufzte. «Wenn du wüsstest, auf wie vielen Beisetzungen ich in letzter Zeit war, würdest du nicht so reden.»

«Daran werden wohl kaum Klimaanlagen schuld sein.»

Das Thermometer im Wagen zeigte eine Außentemperatur von achtundzwanzig Grad an, und der schwarze Renault Clio, in dem wir saßen, hatte auf dem Krankenhaus-Parkplatz in der prallen Sonne gestanden. Widerwillig stellte ich die Klimaanlage aus, öffnete stattdessen die Fenster einen Spalt weit und erntete ein zufriedenes Lächeln meiner Mutter.

«Wer ist denn gestorben? Jemand, den ich kenne? Ich meine, außer Onkel Nuno?»

Sie ratterte Namen herunter, zwei klangen bekannt und waren über ein paar Ecken mit uns verwandt. Aber nicht das ließ mich fassungslos zu meiner Mutter hinübersehen.

«So viele? Das ist ja furchtbar!»

«Sage ich doch. Gestorben wird ja immer, wir sind doch fast nur noch Alte im Dorf. Aber in letzter Zeit? Einer nach dem anderen. Als wäre die Pest ausgebrochen. Manchmal denke ich, das ist nicht mehr normal.»

«Und woran sind die alle gestorben?»

«Na ja, woran man eben so stirbt, das Herz, Krebs, Lungenentzündung, du weißt schon. Aber lass uns über etwas anderes sprechen. Hast du schon den Termin für die Scheidung?»

Da redete ich doch fast lieber über tote Greise.

«In knapp drei Monaten.»

«Und du bist ganz sicher, dass es kein Zurück für euch gibt? Justus ist so ein feiner Mann!»

«Ganz sicher, Mãe. Der feine Mann lebt jetzt mit einer Einundzwanzigjährigen zusammen, schon vergessen?»

«Das ist doch sicher nicht von Dauer. Man muss auch verzeihen können, gerade als Frau. Ich weiß, wovon ich rede.»

Ich wusste es auch. Meine Mutter hatte nicht grundlos darauf bestanden, nach Portugal zurückzugehen. Monika Vogelsang hieß die Dame, die in Deutschland zwei

Stockwerke über uns gewohnt hatte. In einer Wohnung, in der auffallend häufig etwas kaputt war. Und dann kam mein Vater, der handwerklich begabte portugiesische Nachbar von unten, und reparierte. Bis meine Mutter dem ein Ende setzte. Das war kurz vor meinem Abitur. Meine Eltern zogen zurück nach Portugal, und ich blieb in Hannover bei einer meiner Tanten.

Aber ich war nicht wie meine Mutter. Ich würde Justus nicht verzeihen, und wenn er auf blutigen Knien zurückgerutscht käme. Und das sagte ich ihr auch. Sie seufzte und sagte erst einmal nichts mehr. Ich hoffte inständig, dass sie um das Thema Justus in naher und ferner Zukunft einen Bogen machen würde. So, wie ich es mir auch für mich und meine Gedanken wünschte.

Wir quälten uns durch die Stadtdurchfahrt von Olhão und ich musste mich aufs Fahren konzentrieren. Ab Tavira begann ich die Fahrt über die Landstraße zu genießen, obwohl ein alter Lastwagen mit knapp sechzig Stundenkilometern vor mir hertuckerte. An Überholen war nicht zu denken, der Gegenverkehr riss überhaupt nicht ab. Offenbar waren wir nicht die Einzigen, die keine Mautgebühren zahlen wollten. Egal. Ich hatte Urlaub. Jedenfalls so etwas Ähnliches. Und ich fuhr durch blühende Landschaften. Außerhalb der Ortschaften strotzten die Wiesen rechts und links der Straße vor Grün und waren durchsetzt von bunten Wildkräutern. «Abril – aguas mil.» Offenbar hatte das Sprichwort vom tausendfachen Wasser im April für dieses Jahr gestimmt. Rechter Hand lag in einiger Entfernung der Atlantik, an diesem windstillen Tag eine spiegelnde, blassblaue Fläche, die fast

25

nahtlos in den Horizont überging. Ich dachte an die graue Tristesse, aus der ich am Morgen abgeflogen war, und atmete tief durch.

«In Altura kannst du auf die Autobahn fahren, bis zur Ausfahrt Vila Real ist es umsonst.»

Ich tat, wie mir geheißen, fuhr ein paar Kilometer auf der Autobahn, nahm die Ausfahrt und bog dann auf die noch ziemlich neue Schnellstraße, die uns gen Norden brachte. Nach ein paar Kilometern veränderte sich die Landschaft, wir fuhren in die Berge. Früher, in meinen ersten Studienjahren hatte ich manchmal mit Freundinnen bei meinen Eltern Urlaub gemacht. Die waren immer völlig überrascht, dass das Hinterland der Ostalgarve so hügelig ist. Und so schön. Es ist, als führe man in weniger als einer halben Stunde von einer Welt in die andere.

Als wir den glitzernd in der Sonne liegenden Stausee von Odeleite passierten, merkte ich, dass meine Mutter eingeschlafen war. Sie begann leise zu schnarchen. Ich stellte die Klimaanlage auf kleiner Stufe wieder an und dachte darüber nach, was sie gesagt hatte. So viele Tote in so einem kleinen Ort. Schon merkwürdig. Womöglich lief im Hinterland der Ostalgarve ein auf Senioren spezialisierter Serienmörder herum. Ich warf allen Ernstes einen besorgten Blick auf meine schlafende Mutter, ehe ich mich eine Idiotin mit kruder Phantasie und zu vielen Krimis im Regal schalt und leise vor mich hin lachte.

Jetzt, keinen Monat später, ist mir jedes Lachen vergangen.

3

«Na, wenn das nicht Anabela Silva ist!»

Oh nein, bitte nicht. Nicht jetzt. Ich wollte doch ganz in Ruhe hier sitzen, den malerischen Ausblick auf den Fluss und das spanische Dorf Sanlúcar de Guadiana am anderen Ufer genießen, meinen Weißwein trinken und später vielleicht noch ein bisschen lesen. In relativer Ruhe jedenfalls. Ich saß am Quiosque, einer Mischung aus Kiosk und Bar, und der Laden war gut besucht. Eigentlich ist es nur eine kleine Bude in Form eines von einer grünen Kuppel gekrönten Pavillons inmitten einer großen Terrasse. Fast alle Tische waren besetzt, aber das Geplauder der anderen Gäste störte mich nicht. Die Wortfetzen, die mir in verschiedenen Sprachen ans Ohr wehten, empfand ich als entspannend, genauso wie die dezente Jazzmusik aus den Lautsprechern. Die Gespräche gingen mich ja nichts an. Ich selbst musste schließlich keinen Ton sagen.

Nun allerdings schon. Der Mann, der vor mir stand, war unverkennbar mein Cousin zweiten Grades Luís Silva, Sohn eines Cousins meines Vaters. Unverkennbar wegen der wulstigen Narbe über seiner rechten Augenbraue, die er einem Sturz vom Baum in Kindertagen verdankt. Mit siebzehn hätte ich in den Ferien beinahe mal was mit ihm angefangen. Als junger Mann war er ziemlich attraktiv und hielt sich für Gottes Geschenk an die Weiblichkeit. Jetzt, als älterer Mann, war er, nun ja, auch nicht hässlich. Aber heute hätte mir auch der Sexiest Man Alive gegenüberstehen können, ich war nicht in Plauderstimmung. Allerdings konnte ich schlecht so tun, als würde ich meinen Cousin nicht kennen. Oder ihn einfach ignorieren.

«Boa tarde, Luís.»

Statt zu antworten, fixierte er mein Weinglas und zog die Augenbrauen hoch. Eine anständige portugiesische Frau trinkt nicht in der Öffentlichkeit, sagt meine Mutter. Allenfalls ist ein Glas Wein zum Essen erlaubt. Weshalb ich mir eigens eine Tüte Chips gekauft hatte. Wenn ich Luís' Blick richtig deutete, galten die Chips allerdings nicht als Mahlzeit. Oder ich hätte die Tüte öffnen sollen.

«Ist was?» Mein Ton war gereizt. Ich war gereizt. Schlimm genug, dass er meine Ruhe störte, ich brauchte nicht auch noch vorwurfsvolle Blicke. Herrgott noch mal, ich war schließlich im Urlaub. Jedenfalls theoretisch. Praktisch hatte ich zum ersten Mal seit drei Tagen ein bisschen Ruhe und Zeit für mich allein. Und jetzt das. Es war nicht fair. Ich trank einen großen Schluck. Sollte Luís Silva doch von mir denken, was er wollte. Nebenbei bemerkt hatte er selbst eine Flasche Bier in der Hand.

«Boa tarde, Bela. Was soll sein?»

Vielleicht hatte ich mir den Vorwurf in seinem Blick nur eingebildet. Er stellte die Bierflasche auf meinen Tisch und beugte sich zu mir herunter. Gut erzogen, wie ich bin, kam ich ihm entgegen. Küsschen links, Küsschen rechts, dann saß er auch schon auf dem Stuhl mir gegenüber, nahm mir die Aussicht auf Sanlúcar und verströmte neben dem Biergeruch einen holzig-würzigen Duft. Wahrscheinlich sein Rasierwasser, und zwar kein billiges. Nicht unangenehm.

«Meine hübsche Cousine gibt sich mal wieder die Ehre? Was für eine Überraschung!» Er sah sich um, drehte den Kopf samt Oberkörper in alle Richtungen. «Und der Herr Professor? Gar nicht dabei?»

So sicher wie das Amen in der Kirche wusste Luís längst von meiner Trennung. Idiot. Ich musste mich mächtig zusammenreißen, um das Wort nicht auszusprechen. Zu meinem Leidwesen habe ich das aufbrausende Wesen meines Vaters geerbt und verbrauche viel Energie dafür, es unter Kontrolle zu halten. Ganz besonders an Tagen, an denen ich schlecht gelaunt bin.

«Wie du siehst.»

«Gut schaust du aus.»

Er sah mir erst ins Gesicht und dann kurz in den Ausschnitt. Wie viele Portugiesinnen aus dieser Gegend bin ich klein und schmal gebaut, habe aber eine üppige Oberweite, die nicht zum Rest des Körpers passen will. Kleider muss ich grundsätzlich eine Nummer zu groß kaufen und ändern lassen. Die Bluse, die ich jetzt gerade trug, hätte auch etwas weiter sein dürfen.

«Danke.»

Verlegenes Schweigen. Luís griff nach dem Roman, den ich auf den Tisch gelegt hatte. «Homens há muitos», Männer gibt es viele. Das Buch hatte ich mir am Flughafen gekauft, um mein Portugiesisch aufzupolieren. Breites Grinsen bei meinem Gegenüber. «Wie wahr, wie wahr. Interessante Lektüre.» Er zwinkerte mir zu. Mit einem Auge. Zweimal. Sollte das eine Anmache sein? Nicht zu fassen. Der Mann war verheiratet und Vater von drei Kindern.

«Und wie geht es deiner Frau?»

«Gut.»

Er blätterte in dem Buch, las ein paar Zeilen.

«Kennst du den Autor?»

Er lachte. «Literatur ist nicht so mein Ding. Mir reichen schon die Dienstanweisungen, die ich dauernd lesen muss.»

Scheiße, ja, Luís war bei der GNR, der hiesigen Polizeigewalt. Weil er Zivil trug, hatte ich nicht mehr daran gedacht. Ob er deshalb so kritisch auf meinen Wein geschaut hatte? Es war klar, dass ich mit dem Auto nach Hause fahren würde, es gab kaum eine Alternative.

Ich suchte nach einem unverfänglichen Thema. «Alcoutim hat sich ja ganz schön gemacht, seit ich zuletzt hier war.» Das stimmte. Wo vor ein paar Jahren noch Autos die Ortsmitte zugeparkt hatten, war jetzt ein hübsch gestalteter Platz mit einem Brunnen, Wasserspielen und Bänken angelegt worden, umstanden von Laternen im Stil alter Gasleuchten, an denen üppig bepflanzte Blumenschalen hingen. Das gesamte Städtchen wirkte herausgeputzt, wie frisch gestrichen. Idylle pur. Vor meinem Besuch in der Bar war ich durch die Gassen geschlendert und hatte gestaunt, wie viele der alten Häuser renoviert worden waren. Und darüber, dass es inzwischen sogar in diesem kleinen Ort einen vollgestopften China-Shop gab, in dem es von der Unterhose über Schuhe bis zu Haushaltsartikeln und Friedhofskerzen so ziemlich alles zu kaufen gab. Ich hatte nicht widerstehen können, war hineingegangen und hatte für drei Euro ein fröhlich buntes Tuch erstanden.

Jetzt schaute ich von der Terrasse der Bar hinunter auf Segelboote, die sowohl am spanischen als auch am portugiesischen Ufer des Guadiana an Stegen vertäut waren. Noch mehr Boote lagen vor Anker. Niederländische, schwedische, spanische, deutsche und britische Flaggen flatterten im leichten Wind. So viele Boote wie heute hatte ich in Alcoutim noch nie gesehen. So viele Touristen auch nicht. Das Städtchen wirkte nicht nur idyllisch, sondern lebendig. Ich war überrascht.

«Wir haben auch eine neue Wache, alles ganz modern.» Luís warf sich in die Brust, als hätte er sie persönlich geplant, gebaut und bezahlt.

«Schön für dich. Und, viel zu tun? Was treiben die bösen Buben hier so?»

«Mach dich ruhig lustig. Hier passiert reichlich.»

Hatte ich mich lustig gemacht? Wenn, dann nicht bewusst. «So?»

«Erst letzte Woche hatten wir im Altersheim eine Messerstecherei. Da war sogar das Fernsehen hier!»

«Wo?» Ich dachte, ich hätte mich verhört.

«Im Altersheim. Da gibt es überhaupt nichts zu grinsen. Fast hätte das Opfer nicht überlebt.»

«Entschuldige, natürlich nicht. Wie alt war denn das Opfer?»

«Siebzig.»

«Und der Täter?»

«Neunzig.»

Nicht genug damit, dass laut meiner Mutter die Alten hier in der Gegend wie die Fliegen starben, sie versuchten auch noch, sich gegenseitig umzubringen. So viel zum Thema Idylle. Ich verkniff mir einen Kommentar.

«Und, hast du den gemeingefährlichen Täter persönlich festgenommen?»

Nach Luís' Miene zu urteilen, schon wieder der falsche Text.

«Du bist noch genauso arrogant wie früher.» Er nahm sein Bier und stand auf. «Meinst wohl, du bist was Besseres, weil du in Deutschland lebst und Journalistin bist.»

Ehe ich eine saftige Erwiderung von mir geben konnte, drehte er mir den Rücken zu und ging zu dem Pavillon, in dem die Getränke und Snacks verkauft wurden. Ups, da war aber jemand empfindlich. So arrogant wie früher? Nur weil ich ihn damals hatte abblitzen lassen? Frechheit.

Mein Glas war leer und ich hatte Lust auf noch eins. Warum eigentlich nicht? Für Verkehrskontrollen hatte die vielbeschäftigte Polizei an diesem Hort des Verbrechens ja bestimmt keine Zeit. Anabela Silva, schalt ich mich selbst, das war jetzt wirklich ein arroganter Gedanke.

Plötzlich bekam ich ein schlechtes Gewissen. Luís hatte mir doch gar nichts getan. Ich hätte ruhig etwas freundlicher zu ihm sein können. Er gehörte immerhin zur Familie. Ich musste daran denken, wie Justus vor Jahren über meine angeblich schlicht gestrickten Verwandten gelästert hatte. War ich inzwischen genauso wie er? Hielt mich für etwas Besseres, wie mein Cousin gesagt hatte? Weil ich als Einzige in der Familie studiert hatte? Weil ich in Deutschland geboren und aufgewachsen war, in einer Großstadt? Das war ja wohl kaum mein Verdienst.

Manchmal versuche ich mir vorzustellen, wie mein Leben verlaufen wäre, hätten sich meine Eltern nicht für die Auswanderung entschieden. Welche Möglichkeiten hätte ich hier in dieser ländlichen Gegend als Kind armer Eltern gehabt? Eben. Vielleicht sollte ich Luís ein Bier ausgeben und mich entschuldigen. Ich sah mich um. Er stand mit dem Rücken zu mir in der offenen Tür des Pavillons und unterhielt sich mit einem älteren Mann. Okay, ich würde jetzt erst einmal die Toiletten suchen. Danach würde ich auf ihn zugehen. Ich sah mich nach einem Hinweisschild um.

Es hing an dem schmiedeeisernen Geländer, das die Terrasse der Bar umgab, direkt neben einer Skulptur. Grob aus weißem Marmor gehauen, lehnte dort ein Uniformierter. Die Ellbogen aufgestützt, über der Schulter das Gewehr, den starren Blick unter der Uniformmütze auf den Fluss gerichtet. Eine Erinnerung an Zeiten des Schmuggels, als viele Männer hier ihr mageres Einkommen aufbesserten, indem sie mit Säcken voller Kaffee und Zucker nachts über den Fluss nach Spanien schwammen und mit spanischen Schuhen oder Mandelkernen zurückkamen. Falls sie nicht von einem Zollpolizisten wie diesem hier erwischt und eingesperrt wurden.

So lange war das alles noch gar nicht her, gut vierzig Jahre. Soweit ich wusste, war bis zur Revolution geschmuggelt worden, also bis ein Jahr vor meiner Geburt. War nicht auch Luís' Großvater bei der Zollpolizei gewesen? Ja, genau, und dessen Bruder ein Schmuggler. Heute erzählten die Alten solche Geschichten mit einem Grinsen. Damals war das garantiert alles andere als witzig gewesen.

Als ich von der Toilette zurückkam, war Luís nicht mehr da.

4

In nachdenklicher Stimmung kam ich bei meinen Eltern an, die gemeinsam auf der kleinen blau gestrichenen Holzbank vor ihrem Haus saßen, den Blick auf die Straße gerichtet. Straße? Lebensader trifft es besser. Wie ein graues Band schlängelt sie sich durch mehrere sanfte Hügel und verbindet sieben kleine Dörfer. Das Haus meiner Eltern liegt oben auf einem der Hügel. Von der Bank aus kann man bestens beobachten, wer von Balurco de Cima (dem oberen Balurco) in Richtung Balurco de Baixo (dem unteren Balurco) fährt oder geht. Und umgekehrt, versteht sich.

Mein Vater rückte zur Seite und ich setzte mich. Die kleine blaue Bank gehört zu den Dingen, die ich hier liebe. Ich könnte stundenlang auf die Straße blicken, sehen, was passiert oder eben nicht passiert. Das ist schon fast wie eine Meditation. Einfach sitzen und gucken. Zeitverschwendung, laut Justus. Ich finde es herrlich und hatte in den vergangenen drei Tagen hier gesessen, so oft ich konnte.

Früh am Morgen fährt der Schulbus am alten Waschplatz im oberen Dorf los, sammelt entlang der Straße die immerhin sechs Schulkinder ein und bringt sie am Abend zurück. Der Briefträger erscheint um die Mittagszeit, und an verschiedenen Tagen der Woche fahren Lieferwagen mit Obst, Fisch und Brot die Dörfer an. Donnerstags bringt ein Minibus aus Alcoutim die älteren Herrschaften ins Städtchen, damit sie einkaufen, zur Post, zur Bank oder zum Gesundheitszentrum gehen können. Das sind die Konstanten. Spannender – zumindest für meine Eltern und ihre Nachbarn – sind die Variablen. Ein neuer Mercedes, ganz edles Modell? Hat jemand Besuch aus Lissabon? Wer?

Ach, da schau mal, wieder welche von diesen Rucksackwanderern. Ob die bei den Ribeiros in der Pension übernachtet haben? Seit es diesen neuen Wanderweg von Alcoutim bis zum Kap Sagres gibt, sollen die ja ganz gut verdienen, die Ribeiros.

Ein ausländisches Kennzeichen? Ist da etwa jemand auf Haussuche? (Gelegentlich verlieben sich tatsächlich Franzosen, Engländer oder Deutsche in diese abgelegene Gegend. Solche, die es ländlich mögen. Dann verdoppeln sich schon mal von einer Minute zur anderen die Preise für die Häuser und Ruinen, die in den Dörfern zu verkaufen sind. Das weiß ich von meinem Vater.)

Jetzt gerade sahen wir weder fremde Autos noch fremde Menschen. Nur André mit dem krummen Rücken und seine Frau Ana, die unter Mühen Säcke von ihrem Gartengrundstück direkt an der Straße nach Hause schleppten. Gleich würden sie an der Bushaltestelle eine Pause einlegen. So wie an jedem Tag, seit ich hier war. Meine Mutter hatte mir erzählt, dass die Eselstute der beiden vor zwei Jahren gestorben war und sie zu alt waren, um sich noch ein neues Lasttier anzuschaffen.

Die Spätnachmittagssonne wärmte mir angenehm das Gesicht. Es war Zeit, die Hühner zu füttern, aber einen Augenblick wollte ich hier noch sitzen bleiben, diesen Moment der Ruhe genießen. Ich schloss die Augen. Plötzlich wurde mir bewusst, dass ich so etwas in Hannover eigentlich nie tat. Also, einfach nur dazusitzen. Ohne zu reden, ohne zu lesen oder schon über den nächsten Artikel nachzudenken. Ohne ein klingelndes oder piepsendes Telefon (mein Handy hing ausgeschaltet im Gästezimmer meiner Eltern an der Steckdose, und ich war geneigt, es die nächsten Tage ausgeschaltet zu lassen). Das Wort «ohne» klang auf einmal nicht mehr nach Verlust, sondern nach Gewinn. Ohne Justus, schoss mir durch den Kopf. Ja, auch ein Gewinn. Ich musste es nur noch wirklich begreifen.

«War es nett in der Stadt?», unterbrach meine Mutter meine Gedanken. «Du bist ja nicht lange weg gewesen.»

«Ich hab Luís getroffen.»

«Luís Santos?»

«Nein, Cousin Luís.»

Mein Vater grummelte etwas. Es klang wie «Bufão». Keine Ahnung, was das hieß, aber nett klang es nicht. Ich spreche und verstehe Portugiesisch, aber mein Wortschatz war in den vergangenen Jahren merklich geschrumpft. Meistens reden meine Eltern und ich Deutsch miteinander. Was auch immer er gesagt hatte, meine Mutter ging darüber hinweg. Die Kunst des gelegentlichen Weghörens, wenn mein Vater spricht, hat sie perfektioniert. Ich glaube, sie hat so eine Art Filter entwickelt: lohnt sich, lohnt sich nicht.

«Ach. Der hat dich doch immer so gemocht.» Ein kleines Lächeln schlich sich in ihre Mundwinkel. «Und ich habe gehört, dass seine Frau ihn verlassen hat. Er steht vor der Scheidung, genau wie du.» Damit verstummte sie.

Meine Mutter versteht sich nicht nur auf die Kunst des gezielten Weghörens, sondern auch auf die des beredten Schweigens.

Schau an. Luís war also wieder Single. Interessant. Allerdings nicht annähernd so interessant, wie meine Mutter offenbar meinte. Was dachte sie sich eigentlich? Vor drei Tagen noch hatte sie für eine Versöhnung mit dem feinen Herrn Professor plädiert und jetzt wollte sie mir Luís schmackhaft machen?

«Ich kümmere mich dann mal um die Hühner.» Ich kann das auch, das mit dem Weghören.

«Ich komme mit.»

«Musst du nicht.» Aber sie stand schon auf.

Die zwölf Hühner, sechs braune und sechs schwarzweiß gescheckte, hockten in einem knapp brusthohen Gehege aus Holzresten und zusammengeflicktem Draht. Darüber hing über ein paar dünnen Balken ein Netz als Schutz vor Füchsen und anderen Räubern. Gebückt und mit eingezogenem Kopf füllte ich zwei flache runde Futternäpfe mit eingeweichtem Getreide und klein geschnittenen Obstresten. Als ich aufsah, hatte ich die kräftigen Waden meiner Mutter vor Augen. Sie steckten in völlig ausgelatschten Turnschuhen, einer hatte ein Loch über dem großen Zeh. Wie ich meine Mutter kannte, würde sie die erst wegschmeißen, wenn sie komplett auseinanderfielen.

«Hör mal, es gibt da etwas, worüber ich mit dir reden will.» Ihre Stimme klang plötzlich belegt. Ganz anders als vorhin. Unwillkürlich wollte ich aufstehen und stieß mir den Kopf an einem der Balken.

«Was denn?»

«Aber kein Wort zu deinem Vater. Versprich mir das.»

Langsam krabbelte ich rückwärts aus dem Gehege.

«Mãe, was ist denn los?»

«Versprich es mir.»

«Also gut, ich versprech's.»

«Lass uns ein Stück gehen.»

Sie wandte sich nach links, zu dem schmalen Weg, der aus dem Dorf hinausführte, nicht Richtung Straße, sondern zu den großen Grundstücken, auf denen Olivenbäume und Eichen standen und wo einer der Nachbarn seine Schafe und Ziegen weiden ließ. Ein paar Minuten gingen wir nebeneinander her, ohne dass sie etwas sagte. Minuten, die mein Hirn mit schwachsinnigen Mutmaßungen füllte: Mutter hat einen Liebhaber, Mutter hat die Euromillionen gewonnen, Mutter will heimlich den Führerschein machen. Was sollte es schon groß geben, wovon mein Vater nichts wissen durfte?

«Ich mache mir Sorgen um deinen Vater. Irgendetwas stimmt nicht mit ihm.»

«Was denn?»

Ich fand, mein Vater war wie immer. Vielleicht noch ein bisschen aufbrausender als sonst. Was mich nicht weiter wunderte. Er war es gewohnt, eine Frau zu haben, die den Haushalt versorgte, ihn bekochte und ihn ansonsten in Ruhe ließ. Jetzt hatte er mich. Ich kann weder besonders gut kochen, noch sehe ich mein Seelenheil darin, einen älteren Herrn zu verwöhnen, der mich dauernd anmotzt. Verstehen Sie mich nicht falsch. Ich liebe meinen Vater. Aber er ist schon ein übler Macho.

«In letzter Zeit ist er so antriebslos. Er geht nicht mal mehr zum Kartenspielen. Und letzten Monat wollte er nicht zur Feira in Pereiro. Das hab ich in all den Jahren, seit wir wieder hier sind, noch nie erlebt. Du weißt doch, wie gern er über den Markt geht.»

Das war in der Tat ungewöhnlich.

«Neulich wollte er zusammen mit Carlos zur Inspektion fahren, und dann hat er den Termin komplett vergessen. Als Carlos vor der Tür stand, wusste er im ersten Moment überhaupt nicht, was der wollte.»

«Und was hat er dazu gesagt?»

«Na, was schon? Aufgeregt hat er sich und behauptet, Carlos hätte den Tag verwechselt. Hat er aber nicht.»

Sie blieb stehen und griff nach einer lilafarbenen Blüte am Wegrand.

«Da ist noch was.» Sie schluckte hörbar. «Er vergisst, Rechnungen zu bezahlen, und wenn ich ihn darauf anspreche, streitet er es ab.»

Das klang nicht gut, ganz und gar nicht gut. In meinem Kopf begann ein hässliches Wort aufzuleuchten, das ich lieber nicht aussprach.

«Mãe, das muss nichts Schlimmes bedeuten, aber er sollte sich besser untersuchen lassen.»

«Und wie soll ich ihn dazu bringen? Er geht nur zur Routineuntersuchung, und da sagt er garantiert kein Wort.»

Ich dachte nach. «Mach einen Termin für dich. Dann besprichst du das Problem, und bei Vaters nächster Routineuntersuchung macht der Arzt ein paar Tests, vielleicht unter irgendeinem Vorwand.»

«Die Ärztin.»

«Was?»

«Wir haben jetzt so eine junge Ärztin.»

«Das ist doch egal. Weißt du, wann er seinen nächsten Termin hat?»

«In ein paar Tagen.»

«Prima. Jetzt brauchst du nur noch einen für dich.»

Sie seufzte. «Würdest du mitkommen?»

«Natürlich.» Ich nahm sie in die Arme, dann gingen wir zurück.

Als wir ins Haus kamen, saß mein Vater vor dem Fernseher und schnarchte mit offenem Mund. Von den Nachrichten bekam er nichts mit. Meine Mutter setzte sich neben ihn.

«Ich geh mal in mein Zimmer.»

«Ja, ist gut.»

Vor einem guten halben Jahr hatte mein Vater sich von der Telefongesellschaft einen Kombi-Vertrag andrehen lassen, mit zweihundert Fernsehsendern, Telefon und Internet. Keine Ahnung, warum. Telefon hatten meine Eltern auch vorher, sie sahen immer noch die gewohnten drei Fernsehsender, und mit dem Internet waren sie in etwa so vertraut wie ich mit einer Betonmischmaschine. Einen Computer besaßen sie nicht, und keines ihrer einfachen Handys war internetfähig. Mein Vater war entweder an einen besonders fähigen (und skrupellosen) Ver-

41

käufer geraten, oder auch dieser Vertragsabschluss hatte schon etwas mit den Veränderungen zu tun, die meine Mutter beunruhigten. Vielleicht beides. Wie auch immer – es gab Internet im Haus, samt WLAN-Router. Ich holte mein Notebook aus dem Koffer und loggte mich ein. Öffnete Google. Schrieb: Alzheimer.

Zwei Minuten später war klar: Das Wort leuchtete völlig zu Recht in meinem Kopf. Alles, was meine Mutter beschrieben hatte, passte zu Alzheimer im Anfangsstadium. Ach was, Bela. Mach dich nicht verrückt. Bestimmt gibt es eine harmlosere Erklärung. Muss es einfach geben. Das ganze Gerede von Tod und Krankheit hier macht dir zu schaffen, und gleich nimmst du das Schlimmste an. Und wenn doch? Was sollte ich dann machen? Wie sollte ich mich um meine Eltern kümmern, wenn mein Vater tatsächlich dement und ich wieder in Deutschland war? Um ganz ehrlich zu sein, dachte ich noch etwas anderes: Das kann ich jetzt überhaupt nicht gebrauchen. Mein Leben ist doch gerade schon kompliziert genug. Anderseits: O diabo caga sempre em cima do monte maior. Der Teufel scheißt immer auf den größten Haufen.

«Hast du mal ein paar Minuten?», fragte mein Vater am nächsten Morgen. Ich war gerade mit dem Frühstücksabwasch fertig. Meine Mutter saß nebenan im Wohnzimmer und legte mit der beweglichen Hand Wäsche zusammen.

«Sicher, worum geht's?»

«Lass uns rausgehen», sagte er mit Blick auf die Wohnzimmertür, «ich will nicht, dass deine Mutter uns hört.»

Fast hätte ich gelacht. Ich würde meine Eltern zwar nicht gerade als Musterbeispiel gelungener Paarkommunikation bezeichnen, aber diese Geheimnistuerei war neu.

Draußen ging er mit mir bis zu der Stelle, an der sich der Hauptweg unseres Dorfes teilt, und wandte sich nach rechts. Wir kamen an einem Haus vorbei, das die Enkel eines verstorbenen Nachbarn schon vor Jahren liebevoll renoviert hatten. Soweit ich wusste, wohnten sie irgendwo im Norden und verbrachten hier regelmäßig ihren Sommerurlaub. Das Gebäude daneben war in bedauernswertem Zustand. Die alte Holztür hing halboffen und schief in den Angeln, drinnen waren eingestürzte Balken zu sehen, ungehindert schien die Sonne durch das offene Dach. Im nächsten Haus mit den dunkelgrünen, geschlossenen Fensterläden wohnte Glória, die gerade ihre Tochter in Lissabon besuchte. Mein Vater ging weiter, bis zum Ende der schmalen Gasse. Beim letzten Haus blieb er stehen, die Hände in den Hosentaschen, den Blick auf die Haustür geheftet, als erwarte er, dass sie jeden Moment aufginge. Eine hochschwangere Katze, die sich auf der Türschwelle sonnte, fühlte sich gestört und huschte davon. Bis vor zehn Jahren hatte hier mein Großvater gelebt, der Vater meines Vaters. Seit seinem Tod stand das Haus leer.

Bilder aus Kindertagen kamen mir in den Kopf, ich sah mich wieder neben meinem Opa sitzen und gemeinsam mit ihm Alfarroba, Johannisbrotschoten, für die Schafe in kleine Stücke zerbrechen, sah mich mit einem Welpen spielen und auf der großen Wiese hinter dem Haus Lupinen pflücken. Es war ein hübsches Haus mit steinernen

Verzierungen am Dach und über der Tür, die früher in einem kräftigen Himmelblau gestrichen waren. Ein blassblauer Schimmer erinnerte noch daran. Nach hinten hinaus gab es eine ummauerte Terrasse, dort hatten die Kräutertöpfe meiner Großmutter gestanden.

«Da müsste gar nicht so viel dran gemacht werden. Eigentlich nur ein Bad rein und die Küche neu. Die Mauern sind trocken und das Dach ist dicht. Ist jetzt auch nicht mehr so kompliziert wie früher mit der Genehmigung.»

«Willst du verkaufen? Was sagen denn Florinda und Conceição dazu?»

Florinda und Conceição sind die Schwestern meines Vaters.

Immer noch mit dem Blick auf die Tür, schüttelte er den Kopf.

«Verkaufen nicht, nein. Renovieren.»

«Aber wozu?»

Endlich drehte er sich zu mir um. Sah mich an. Ich las ungewohnte Befangenheit in seinem Blick. In meinem ganzen Leben hatte ich noch nicht erlebt, dass mein Vater herumdruckste. Aber jetzt.

«Deine Mutter und ich, wir werden ja nicht jünger.»

Ich wartete ab.

«Würde dich nichts kosten, wir haben genug gespart.»

«Mich? Du willst das Haus für mich renovieren?»

«Du bist doch jetzt allein.»

Wer will schon nach Berlin, wenn er nach Balurcos gehen kann?, schoss mir durch den Kopf.

«Deine Mutter wird jemanden brauchen, wenn ich nicht mehr bin.»

«Pai, sag doch so was nicht!»

«Und ich will nicht, dass das jemand Fremdes ist.
Kannst ja mal drüber nachdenken. Aber erst mal kein
Wort zu deiner Mutter.»

Damit drehte er sich auf dem Absatz um und ging von
dannen, ehe ich das Wörtchen «warum» auch nur zu
Ende gedacht hatte. Verdattert sah ich ihm nach. Warum
durfte meine Mutter nicht wissen, was er mir gerade vorgeschlagen hatte? Es ging doch auch sie an. Uns alle. Damit sie nicht wusste, dass er glaubte, in absehbarer Zeit
seinen letzten Gang gehen zu müssen? Konnte schon sein.
Konnte aber auch sein, dass er ahnte, was meine Mutter
von seiner Idee halten würde, nämlich nichts. Ganz bestimmt würde sie nicht wollen, dass ich mein Leben in
Deutschland aufgab, um mich um sie zu kümmern. Oder?

Noch immer stand ich vor dem Haus meiner Großeltern. Ob der Schlüssel noch am alten Platz lag? Ich
tastete nach dem lockeren Stein über dem Türsturz. Tatsächlich. Es war ein großer, altmodischer Schlüssel, der
schwer in meiner Hand lag. Ich schob den Stein zurück
in die Öffnung und steckte den Schlüssel ins Schloss.
Ein leicht muffiger Geruch schlug mir entgegen. In dem
bisschen Sonnenlicht, das durch die Türöffnung und ein
kleines Dachfenster fiel, tanzten Staubpartikel. Alles war
unverändert. Da stand das alte Sofa, auf dem sich mein
Opa immer die Stiefel ausgezogen hatte, gleich gegenüber dem Schrank für Mäntel und Jacken. Der Raum
war größer als ein normaler Flur, vielleicht vier Meter im
Quadrat. Geradeaus ging es zur Wohnküche, drei Türen
führten in die anderen Zimmer.

Ich ging in die Küche. Sie lag tiefer als der Rest des Hauses. Drei im Lauf von Jahrzehnten glatt getretene Steinstufen führten nach unten. Omas Töpfe hingen wie früher über dem uralten Holzofen, auf dem sie auch gekocht hatte. Sie war ein paar Monate vor meinem Opa friedlich in ihrem Bett gestorben. Aber hier, in ihrer Küche, schien ihr Geist noch lebendig, fast erwartete ich, sie gleich mit ein paar Kräutern hereinkommen zu sehen. Nach und nach ging ich durch alle Räume, öffnete die Fenster, befühlte von Oma bestickte Tischtücher, strich mit den Händen über die feingeschmiedeten Ornamente des Eisenbettes, in dem meine Großeltern geschlafen hatten.

Schließlich ging ich nach draußen auf die Terrasse und setzte mich auf einen bedenklich wackelnden Holzstuhl. Auf der Wiese, die sich von der Terrasse schräg abwärts bis zur langen Straße zwischen den Dörfern zog, grasten Schafe und Ziegen. Meckern und Blöken mischten sich mit dem Klingeling von Glöckchen. Violette Prunkwinden und orangefarbene Kapuzinerkresse rankten üppig über die Trockenmauer am Ende der Wiese. Rechter Hand trennten Mandelbäume in hellem Grün die Wiese von der Straße, auf der sich gerade nichts anderes bewegte als ein zotteliger schwarzer Hund. Eine einzelne Biene summte an meinem Kopf vorbei. Ich spürte eine Wärme, die tief aus meinem Innern kam. Ein Gefühl von Glück, trotz der Sorge um meine Eltern. Und ein paar Minuten lang ließ ich mich sogar von der Vorstellung wärmen, irgendwann in diesem Haus, mit diesem Blick über die Wiese zu leben. Im Licht.

Nur schade, dass man Licht nicht essen kann.

Zwei, vielleicht drei Wochen konnte ich noch bleiben, dann musste ich zurück.

5

Jetzt reichte es. Von wegen Urlaub. Von wegen Sonne und Meer, eiskalter Vinho Verde, Lesen und Wandern. Wenn das hier so weiterging, würde mein Bikini zu Staub zerfallen, ehe ich mal Zeit fand, ans Meer zu fahren. Eben hatte meine Mutter verkündet, wir müssten nach ihrem Arzttermin in Alcoutim zu einer Beisetzung. Eine Nachbarin hatte im hohen Alter von fünfundneunzig Jahren das Zeitliche gesegnet. Der Gottesdienst war für vierzehn Uhr angesetzt und ich wusste, dass Familie und Nachbarn schon Stunden vorher in der Kirche am Fluss, der Igreja Matriz, vor dem offenen Sarg sitzen würden.

Ohne mich. Da konnte meine Mutter auf mich einreden, so viel sie wollte. Ich hatte die alte Dame ja nicht mal gekannt. Nein, jetzt war Schluss mit folgsam. Nach dem Arztbesuch würde ich meine Mutter an der Kirche absetzen und dann an den kleinen Sandstrand gehen, den die Gemeinde hier an einem sauberen Flüsschen aufgeschüttet und freundlicherweise mit Sonnenschirmen, Duschen und einer Snackbar ausgestattet hatte. Die «Praia Fluvial do Pego Fundo» war nicht gerade der Atlantikstrand, aber immerhin ein lauschiges Sonnenplätzchen, das ich in aller Ruhe zu genießen gedachte.

Das Gesundheitszentrum war in einem Gebäude untergebracht, das mich an große aneinandergeklebte weiße Pappkartons erinnerte. «Centro Saúde» verkündete ein Schild an der Einfahrt. Es lag unweit von Altersheim und Grundschule im neueren Teil des Ortes. Hier wirkte nichts idyllisch und herausgeputzt, hier herrschte pure Funktionalität statt altem Charme. Meine Mutter ging zielstrebig durch die Glastür, vorbei an einem riesigen Kaffeeautomaten und auf einen kleineren Apparat zu, aus dem sie zu meiner Überraschung eine Marke zog. Wie am Fleischstand im Supermarkt. Ich fand das eigenartig. Während sie das Zettelchen mit der Nummer einer unfreundlich blickenden Frau mit blond gefärbten Haaren und zentimeterlangem schwarzem Ansatz reichte, sah ich mich in der Empfangshalle um. In zwei Vitrinen wurden alte medizinische Instrumente ausgestellt, an einer Pinnwand hingen Plakate und Zettel in mehreren Schichten. Ehe ich lesen konnte, was hier angepriesen wurde, rief meine Mutter schon nach mir. «Bela, wir sind dran!» Das ging aber schnell. In Portugal muss man immer und überall warten, etwas anderes war ich nicht gewohnt. «Nein, nein», sagte meine Mutter, als ich sie darauf ansprach, «das ist hier viel besser organisiert als früher. Und ich habe ja einen Termin. Heute ist es aber wirklich sehr ruhig.» Außer uns war nur noch eine Mutter mit ihrem Sohn da; sie saßen in einer langen Reihe ansonsten leerer grauer Plastikstühle. Gerade kam noch ein alter Mann in den Raum.

Die junge Ärztin, von der Mãe mir erzählt hatte, war so jung nun auch wieder nicht. Anfang vierzig, schätzte ich, also etwa so alt wie ich selbst. Aber nicht das war es, was mich überraschte. Doutora Catarina Cardoso lächelte. Und wie. So würde ich auch gern lächeln können. Aber dazu fehlt mir schon der richtige Mund. Groß – um nicht zu sagen breit – mit wunderschönen vollen Lippen. Darauf ein kräftiger roter Lippenstift, den zu tragen ich mich nicht trauen würde. Und den ich im Gesicht einer Ärztin nicht unbedingt erwartet hätte. Das Lächeln stand auch in ihren dunklen Augen unter den starken, aber perfekt gezupften Brauen. Sie war etwas mollig, sehr hübsch und strahlte uns an, als wären wir aus Schokolade. Es hätte mich nicht gewundert, wenn es im Licht dieses Lächelns gelegentlich zu Spontanheilungen gekommen wäre. Ich jedenfalls hatte plötzlich ein viel besseres Gefühl als noch eben im Auto.

Meine Mutter berichtete von meinem Vater. Doutora Catarina wurde ernst, wirkte aber nicht übermäßig besorgt. «Hm», sagte sie, «dafür kann es verschiedene Ursachen geben.» Das klang doch schon mal gut. «Ich müsste Ihren Mann untersuchen.»

«Aber er darf nicht wissen, dass wir mit Ihnen über ihn gesprochen haben.»

«Oh, eine kleine Verschwörung, wie?» Da war es wieder, das Lächeln. Sie zwinkerte uns zu. «Das kriegen wir schon hin. Sagen Sie mir noch mal seinen Namen, bitte? Und dann kümmere ich mich erst einmal um Sie. Was macht der Arm? Haben Sie noch Schmerzen? Wann haben Sie Ihren nächsten Termin beim Orthopäden?»

Während sie noch mit meiner Mutter plauderte, wanderten meine Gedanken schon mal gen Strand. Hatte ich eigentlich mein Buch eingesteckt? Während ich in meiner Tasche wühlte, hörte ich mit halbem Ohr, wie meine Mutter erzählte, sie wolle gleich zur Trauerfeier für Maria Almerinda in die Kirche. «Ach ja», sagte die Ärztin, «eigentlich schön, wenn man im hohen Alter einfach einschlafen darf. Mir tut nur das junge Ding leid, das sie gefunden hat. Das Mädel war ganz aufgelöst, ich musste ihr eine Beruhigungsspritze geben.»

«Die Enkelin?», fragte ich.

«Nein, eine von den Studentinnen. Wahrscheinlich hat sie vorher noch nie eine Tote gesehen. So, Dona Rita, Ihr Blutdruck ist auch in Ordnung. Das war's dann. Und das mit Ihrem Mann wird schon, machen Sie sich mal nicht so große Sorgen.»

Erst draußen vor der Tür kam ich dazu, meine Mutter zu fragen, von was für einer Studentin eben die Rede gewesen war. «Ach, das ist so ein Programm. Die jungen Leute von der Uni in Faro besuchen einsame alte Leute auf den Dörfern. Ich finde das sehr schön. Zu deiner Tante Conceição kommen sie auch manchmal. Du musst mich übrigens nicht zur Kirche bringen, das Stück laufe ich. Du kommst dann nachher zum Friedhof und holst mich ab?»

«Ja, mache ich.»

Es ist nicht gut, dass der Mensch allein sei. Steht schon in der Bibel. Stimmt. Wenn der Mensch nämlich allein ist und Bela Silva heißt, dann macht er sich Gedanken. Gerne auch unsinnige. Ich lag an der Praia Fluvial auf meinem Badetuch, starrte in den Schilfgürtel am anderen Flussufer und dachte an einen Krankenpfleger aus Delmenhorst.

Wie ich ja schon erwähnt habe, lese ich viel. Schon

aus beruflichen Gründen. Ich sehe auch viel fern. Alles
Menschliche interessiert mich. Na gut, fast alles. Wenn
sehr viel Blut im Spiel ist, schalte ich den Fernseher aus.
Wenn sich B-Promis im Dreck suhlen, gar nicht erst an.
Wie auch immer. Vor einiger Zeit hatte ich eine Doku-
mentation über diesen Krankenpfleger gesehen, der jahrelang unbemerkt im Krankenhaus reihenweise Patienten
umgebracht hatte. Vor allem ein Satz war mir im Gedächtnis geblieben und klingelte jetzt in meinem Kopf: «Wo
Sterben zum Alltag gehört, ist der perfekte Tatort.» Ach
ja, Bela Silva, und jetzt? Willst du aus einer hilfsbereiten
Studentin einen Todesengel machen? Hör auf zu spinnen.
Oder war das doch nicht so abwegig? Es musste ja nicht
unbedingt «das junge Ding» sein, von dem die sympathische Ärztin gesprochen hatte. Mãe hatte schließlich von
mehreren Studenten geredet.

Ob die alten Leute wohl obduziert wurden? Jetzt wäre
mir sehr recht gewesen, Cousin Luís zu sehen. Als Polizist musste der so was doch wissen. Allerdings würde
Luís mich vermutlich auslachen, wenn ich ihm sagte,
warum ich nach Obduktionen fragte. Vorausgesetzt, dass
er überhaupt mit mir redete.

Ein leises Zwitschern, das aus meiner Tasche drang,
brachte mich in die Wirklichkeit zurück. Ich brauchte
eine Weile, um mein Telefon zu finden. Eine SMS von
Marlis, einer guten Freundin in Hannover. **Melde dich
bitte, ist dringend.** Heute hatte ich mein Handy zum ersten Mal seit Tagen eingeschaltet, damit ich mich mit meiner Mutter kurzschließen konnte. Offenbar hatte Marlis
schon mehrfach versucht, mich anzurufen. Was konnte

denn so dringend sein? Marlis arbeitet an der Staatsoper Hannover im Personalservice und ist ansonsten glücklich verheiratete Mutter von zwei Kindern. Da war doch hoffentlich nichts passiert?

«Hi, Marlis, was ist denn los?»

«Ah, gut, dass du dich meldest. Ich hab hier ein Problem. Du bist doch noch in Portugal?»

«Ja, wieso?»

«Wir brauchen dringend eine Unterkunft für einen unserer Gasttenöre. Aber wegen der Messe ist mal wieder alles dicht. Könnte er vielleicht bei dir …? Nur für ein, zwei Wochen, dann finden wir etwas anderes. Wir zahlen gut.»

«Wie gut?»

«50 Euro pro Nacht.»

Ich überlegte. Das Geld konnte ich bestens gebrauchen. Morgen musste ich den Vertrag für den Leihwagen verlängern. Aber ein Fremder in meinen vier Wänden? Die mir andererseits nicht mehr sehr viel bedeuteten. Und wenn Marlis mein Arbeitszimmer abschloss …

«Okay, die Nachbarin rechts hat einen Schlüssel. Ich ruf sie an.»

Zwanzig Minuten später war alles geregelt. Und ich hatte das gute Gefühl, einen weiteren Schritt auf dem Weg in mein komplett justusfreies Leben getan zu haben. Der Gedanke, dass es bei meiner Rückkehr im Badezimmer nach einem anderen Aftershave riechen würde als seinem, gefiel mir sehr. Selbst wenn ich den Mann, dessen Rasierwasser ich dann riechen würde, gar nicht kannte.

Das Thema männliche Düfte versetzte mich aus meinem hannoverschen Badezimmer zurück nach Alcoutim. Schließlich war der letzte Mann, dessen Duftwässerchen ich gerochen hatte, Cousin Luís. Der Mann, mit dem ich sprechen wollte. Nicht wegen seines Odeurs, versteht sich, sondern wegen seines hoffentlich vorhandenen Fachwissens in Sachen Leichenöffnungen. Wenn ich nicht mit ihm redete, würde das Klingeln in meinem Kopf kaum aufhören und ich weiter von Serienmördern und Todesengeln herumphantasieren, die bei meiner alten Tante ein und aus gingen. Ich packte mein Badetuch ein, beschloss, noch schnell einen Kaffee zu trinken, und dann Luís zu suchen.

Jetzt, in der Mittagszeit, waren in der Snackbar der Praia Fluvial einige Tische besetzt. Anscheinend verbrachten auch Angestellte aus den umliegenden Einrichtungen hier ihre Mittagspause. Nicht weit von mir entdeckte ich die Ärztin mit den knallroten Lippen. Sie saß allein an einem Tisch, vor sich ein Wasser und eine Kaffeetasse. Glückes Geschick! Warum in die Ferne schweifen, wenn das Gute liegt so nah? Warum den Spott meines Polizistencousins riskieren, wenn ich meine Frage auch bei einer Ärztin loswerden konnte?

Als hätte sie bemerkt, dass ich sie ansah, blickte sie auf, lächelte und nickte mir zu. Einladend, wie ich fand. Finden wollte.

«Darf ich mich vielleicht für einen Moment zu Ihnen setzen?»

Falls sie verwundert war, ließ sie sich nichts anmerken. «Bitte.»

Da saß ich nun und wusste nicht recht, wie ich anfangen sollte. Am besten mit ein bisschen Smalltalk. Schließlich war ich in Portugal, und Portugiesen fallen nicht gern mit der Tür ins Haus. Nicht mal beim Brotkaufen. Erst wird geplaudert.

«Sie kommen nicht von hier, oder?», fragte ich schließlich. Mir war während des Termins mit meiner Mutter aufgefallen, dass sie sehr viel deutlicher und akzentuierter sprach als die Leute hier in der Gegend. Sozusagen Hochportugiesisch. Ich tippte auf Lissabon oder Coimbra.

«Nein, ursprünglich bin ich aus der Gegend von Viseu, habe aber lange in Coimbra gelebt.»

Coimbra ist eine relativ große und berühmte Universitätsstadt in der Mitte des Landes. Alcoutim musste für Doutora Catarina ein totales Kaff sein.

«Von Coimbra nach Alcoutim – das ist aber mal eine Veränderung.»

Sie lachte.

«Ja, aber eine schöne. Ich mag den Süden und lebe lieber auf dem Land als in der Stadt. Und Sie? Sind Sie von hier? Sie haben einen Akzent, aber ich kann ihn nicht zuordnen.»

«Meine Familie kommt von hier, aber ich bin in Deutschland aufgewachsen und lebe dort.»

«Also nur zu Besuch?»

Seltsamerweise zögerte ich einen Moment, ehe ich antwortete.

«Ja, schon. Weil meine Mutter sich den Arm gebrochen hat.»

«Schön, wenn die Kinder sich um die Eltern kümmern.»

Ich überlegte kurz, ihr von dem Vorschlag meines Vaters zu erzählen, entschied mich aber dagegen. Ich kannte die Frau schließlich gar nicht. Wobei – sie war schon jemand, den ich gern kennenlernen würde. Vielleicht konnte ich mit ihr darüber sprechen, wenn die Diagnose feststand und sich meine Befürchtung bestätigte.

Doutora Catarina trank ihr Wasser aus und sah auf die Uhr. Oh, nicht gut. Ich hatte meine eigentliche Frage noch gar nicht gestellt.

«Äh, kann ich Sie vielleicht noch etwas fragen?»

«Wenn es schnell geht, ich muss los.»

«Die Frage mag etwas sonderbar erscheinen, aber … werden hier alle, die sterben, obduziert?»

«Wie bitte?»

«Zum Beispiel die alte Dame, die heute bestattet wird. Ist sie obduziert worden?»

«Was wollen Sie unterstellen?» Sämtliche Freundlichkeit war aus ihrer Miene verschwunden.

«Unterstellen? Nichts!» Um Gottes willen, das hatte sie jetzt aber völlig in den falschen Hals bekommen.

«Ich habe mich das nur gefragt, weil meine Mutter sagte, dass hier so viel gestorben wird, und na ja, da dachte ich …»

«Ja? Was?»

«Also, ich habe mich gefragt, ob ein unnatürlicher Tod überhaupt auffallen würde.»

«Der unnatürliche Tod einer herzkranken Fünfundneunzigjährigen?»

«Nein, also ich meinte, grundsätzlich.»

«Hören Sie, ich führe eine sehr gründliche Leichenschau durch, und wenn es irgendwelche Zweifel gibt, dann wird die Leiche nach Faro überführt und obduziert. Wir sind hier zwar im Hinterland, aber keineswegs hinter dem Mond.»

«Aber finden Sie die vielen Tode denn nicht auffällig?»

«Ich finde sie traurig. Und zu Ihrer Information: Dies hier ist die Gemeinde mit den meisten alten Menschen in ganz Portugal. Da ist es wohl nicht verwunderlich, wenn viele Menschen sterben. Sie dürfen mir glauben, dass auch ich alles andere schöner fände.»

«Ja, natürlich.» Inzwischen wünschte ich mir fast, ich hätte den Mund gehalten.

«Schönen Tag noch», sagte sie, stand auf und verschwand ohne ein weiteres Wort oder gar ein rotes Lächeln in Richtung Gesundheitszentrum.

Na toll, Bela Silva. Erst Luís verärgert, jetzt die nette Ärztin. Vielleicht solltest du um die Bars von Alcoutim besser einen Bogen machen. Oder einen Kommunikationskurs buchen. Oder aufhören, dich mit seltsamen Theorien von deinen eigenen Problemen abzulenken. Aber immerhin war meine Frage beantwortet. Oder? Nein, genaugenommen nicht. Eigentlich hatte sie nur gesagt, dass in Zweifelsfällen obduziert wurde. Aber nicht, ob es solche Fälle in letzter Zeit gegeben hatte. Und auf die Frage, ob ein unnatürlicher Tod bei einem alten Menschen auffallen würde, war sie auch nicht direkt eingegangen. Ich ließ das kurze Gespräch noch einmal Revue passieren. Blieb an der Behauptung hängen, dies sei die am stärksten überalterte Gemeinde von ganz Portugal. Das war mir neu. Doch was wusste ich schon über die Gegend? Da gab es Erinnerungen aus Ferienzeiten und flüchtige Eindrücke aus den letzten Tagen.

Mein Telefon klingelte wieder. Mãe. Die Messe war vorüber, und sie bat mich, zum Friedhof am anderen Ende des Ortes zu kommen.

Zu früh, wie sich herausstellte. Als ich ankam, wartete die kleine Trauergemeinde noch vor den Friedhofsmauern. Ein wenig abseits von den Menschen parkte ein leerer Leichenwagen. Mãe stand mit einigen Nachbarinnen zusammen. Ich ging zu ihnen und grüßte in die Runde. «Sie bereiten noch den Sarg vor», sagte meine Mutter und deutete auf eine Tür neben dem Friedhofstor, «es wird noch ein bisschen dauern.» Was immer es da vorzubereiten gab, ich wollte es nicht wissen.

Lieber ging ich auf den Friedhof. Kaum war ich durch das schmiedeeiserne Tor getreten, stand ich schon zwischen – beinah hätte ich gesagt: Gräbern. Aber von Begraben kann wohl keine Rede sein, wenn Särge übereinander in Wandfächer geschoben werden. Rechts und links von mir ruhten die Verstorbenen in drei Reihen übereinander; fast jedes Fach war mit einer Glasscheibe verschlossen, dahinter die Lebens- und Sterbedaten, eingraviert in Marmor oder Granit, Fotos der Dahingeschiedenen, Kerzen und Kunstblumen, letzte Grüße der Angehörigen. Bei einigen wenigen fehlte das Glas, dann gab es nur eine gravierte Steinplatte.

Langsam schritt ich die langen Reihen ab, las die Namen, bis ich schließlich den meiner Großmutter und einige Meter weiter, ganz am Ende der Reihe zu meiner Linken, den meines Großvaters fand. Die Eltern meiner Mutter lagen nicht hier, sondern auf dem Friedhof von Odeleite, dem Ort, aus dem sie stammten. Es war sonderbar, in den kleinen ovalen Bilderrahmen die Gesichter meiner Großeltern zu sehen. Gleichzeitig schön und schmerzlich. Das verschmitzte Lächeln meines Opas war so vertraut, genauso der strenge Blick meiner Oma unter den ordentlich toupierten Haaren.

Ich ging weiter, vorbei an einer Treppe, die zu einem tiefer gelegenen Teil der Anlage führte, der Erdbestattungen vorbehalten war. Offenbar wollten nicht alle hier in einer Fächerwand enden. Die meisten dieser Gräber waren von schlichten Metallgeländern umgeben, die mich an Bettgestelle erinnerten. Auf mich wirkte der Anblick der Gestelle auf der kargen graubraunen Erde bedrückend, daran konnten auch die Kunstblumensträuße nichts ändern, die viele der Gräber schmückten. Vielleicht auch deshalb, weil mindestens die Hälfte der Blumenvasen auf dem unebenen Boden umgefallen waren und im Staub lagen.

Obwohl laut meiner Mutter auch mein Onkel auf diesem Teil des Friedhofs lag, ging ich die Treppe nicht hinunter, sondern lief weiter an den Reihen der Wandfächer entlang.

Kein einziges beidseitig des Hauptweges war mehr frei, und die Sterbedaten lagen alle mehrere Jahre, zum Teil Jahrzehnte, zurück. Eine breite Öffnung zwischen den Wänden führte zu einem weiteren Teil des Friedhofs. Noch mehr Fächer, einige kleinere waren für Urnen bestimmt. «Restos mortais», sterbliche Überreste war auf vielen der Grabplatten über den Namen graviert. Ganz schön direkt. Ein weiterer Durchgang, schließlich eine letzte Wand, deutlich neuer als die anderen. Bestattet wurde offenbar von links nach rechts. Und rechts waren nur noch ganze zehn Fächer frei. Ich fragte mich, was die Gemeinde tun würde, wenn hier weiter en gros gestorben wurde. Viel Platz für weitere Sargwände sah ich nicht.

Wie ein leises Rauschen hörte ich die Stimmen der Trauergemeinde draußen vor den Friedhofsmauern. Ab und zu drang vom Fluss das Geräusch eines startenden Bootsmotors herauf. Vögel sangen. Noch immer war ich allein auf dem Friedhof. Keiner da, der sich wundern konnte, wenn ich die Grabinschriften von Menschen studierte, die ich gar nicht gekannt hatte. Irgendwie musste ich mir ja die Zeit vertreiben. Die andere Möglichkeit wäre gewesen, doch noch mit meiner Mutter und ihren Freundinnen zusammen zu warten. Wenig verlockend – ich wusste ziemlich genau, welche Themen besprochen wurden: Krankheiten und Gebrechen jeglicher Art, wahlweise mein bemitleidenswerter Zustand als verlassene Frau.

Cristiano Alves, geboren 1944, gestorben am 6. Januar 2016. Schmerzlich vermisst von seinen Töchtern und Enkeln. Das Foto zeigte ihn in jungen Jahren, ein ernst blickender Mann in Anzug und Krawatte.

Maria Rita Borralho, geboren 1944, gestorben am 2. Februar 2016. Anscheinend von niemandem schmerzlich vermisst. Kein Bild.

António Alves, geboren 1942, gestorben am 8. Februar

2016. Seine Ehefrau verblieb in ewiger Sehnsucht. Auch hier ein Jugendfoto. Er trug einen Schnäuzer und hatte Ähnlichkeit mit Cristiano Alves. Ein Bruder?

Raimunda Irene Tomaz, geboren 1944, gestorben am 19. März 2016. Betrauert von Kindern und Enkeln. Die sepiagetönte Fotografie zeigte ein rundes Gesicht mit eingefallenem Mund. Als ob das Gebiss fehlte.

Henrique Carlos Domingues, geboren 1944, gestorben am 20. März 2016. Ruhe in Frieden. Auf dem Bild trug er ein rotes Jackett über einem gestreiften Shirt. Sein Gesichtsausdruck war deutlich weniger fröhlich als seine Kleidung.

Pedro Palma de Noronha, geboren 1975, gestorben am 3. April 2016. Mein Jahrgang. Noch so jung. Ein Mann mit rundlichem Gesicht und warmem Lächeln. Er hatte Frau und Kinder hinterlassen.

Maria Custódia Alves, geboren 1944, gestorben am 7. April 2016. Keine weitere Inschrift. Anstelle eines Bildes eine kleine Madonnenfigur und ein kleines Sträußchen Trockenblumen.

Dieses Jahr war bisher kein gutes für Menschen mit dem Nachnamen Alves. Oder für solche aus dem Jahrgang 1944. Ich rechnete nach. Zweiundsiebzig Jahre. Das war doch gar nicht so alt. Etwas älter als mein Vater. Der Gedanke an ihn bereitete mir Gänsehaut. Wie lange würde es ihn noch geben? Wann würde ich vor einem der Fächer stehen und zusehen müssen, wie sein Sarg in der Wand verschwand?

Ich war froh, als die Stimmen jetzt endlich näher kamen, und zog mich zurück auf den älteren Teil des

Friedhofs. Keine halbe Stunde später war die Bestattung vorüber und ich saß mit meiner Mutter im Auto. Nein, weder Butterkuchen noch Kaffee. Ich konnte mich noch gut daran erinnern, wie furchtbar meine Eltern die Sitte des Leichenschmauses gefunden hatten, als sie vor Jahren in Deutschland zur Trauerfeier einer Kollegin meines Vaters eingeladen waren. Ich selbst fand es eigentlich schön und tröstlich, dieses gemeinsame Erinnern nach dem Friedhofsbesuch. Aber heute war mir sehr recht, dass Portugiesen darüber anders denken und wir direkt nach Hause fahren konnten.

«Sag mal, kennst du eine Familie Alves?» Der Name kam mir bekannt vor, aber ich wusste nicht, woher ich ihn kannte.

Meine Mutter antwortete nicht.

«Mãe?»

«Die Alves? Nein, eigentlich nicht.»

Eine für meine Mutter sehr ungewöhnliche Bemerkung. Im Gegensatz zu meinem Vater ist sie ausgesprochen gesellig und mit Gott und der Welt bekannt.

«Also kennst du sie nun, oder nicht?»

Sie seufzte. «Ich weiß, wer sie sind, aber wir haben nichts miteinander zu tun. Warum interessierst du dich für die Alves?»

«Ach, eben auf dem Friedhof ist mir aufgefallen, dass gleich drei Leute mit dem Namen in den letzten Monaten gestorben sind. Waren die alle verwandt?»

«Ja.»

«Ist ja schrecklich für die Familie. Eine Erbkrankheit?»

«Anabela, was gehen dich diese Leute an?»

62

«Ich bin nur neugierig. War ich schon immer, wie du weißt.»

Jetzt lachte sie. Ich lachte mit. Ganz sicher stand ihr genau wie mir eine Szene aus meiner Kindheit vor Augen. Ich war acht oder neun, hatte die Masern und durfte im Bett meiner Mutter schlafen. Kaum allein gelassen, hatte ich nichts Besseres zu tun, als den Inhalt ihrer Nachttischschublade zu untersuchen. Darin lagen so komische Gummiringe in kleinen Tüten. Als meine Mutter wieder ins Schlafzimmer kam, versuchte ich gerade verzweifelt, ein ausgerolltes Kondom in seinen Urzustand zurückzuversetzen – bis heute eine gern erzählte Familienanekdote. Und nicht der einzige Beleg meiner frühen Neugier. Als ich ein paar Jahre später Journalistin werden wollte, war das für niemanden in der Familie eine Überraschung gewesen.

Mãe wurde wieder ernst.

«Der jüngere Alves-Bruder ist bezecht in seinen eigenen Brunnen gefallen und ertrunken. Darüber haben alle geredet. Was mit dem älteren und der Cousine war, weiß ich nicht genau. Bei ihm war es das Herz, glaube ich.»

«Weißt du zufällig, ob die auch Besuch von den Studenten hatten?»

«Du stellst heute aber wirklich seltsame Fragen. Nein, keine Ahnung. Wie gesagt, ich kenne die Familie kaum.» Sie klang jetzt ausgesprochen widerwillig. Zeit, das Thema zu wechseln.

«Ich hab heute Mittag eure Ärztin getroffen und einen Kaffee mit ihr getrunken.»

«Hat sie noch etwas gesagt wegen Pai?»

«Nein, darüber haben wir nicht geredet. Sie hat mir erzählt, dass sie nicht von hier ist. Eine sympathische Frau, findest du nicht?»

«Doch, doch. Sie ist mit Júlio Rodrigues zusammen, aber den wirst du nicht kennen. Er ist Lehrer in Martim Longo.»

«Wohnen sie da?»

«Nein.» Sie grinste. «Die Mutter von Júlio, die alte Ludovina, ist nicht ohne. Ich habe gehört, dass Doutora Catarina darauf bestanden hat, in einem anderen Ort zu wohnen, damit Ludovina nicht andauernd bei ihr und Júlio auf der Matte steht. Sie haben ein Haus in Tacões gemietet.»

Wissen Sie jetzt, warum ich fand, dass meine Mutter ungewöhnlich wortkarg auf meine Frage nach der Familie Alves reagiert hatte? Wären wir nicht in diesem Moment zu Hause angekommen, hätte das kleinste Nachhaken gereicht, um Júlios Familienverhältnisse bis ins letzte Detail zu erfahren.

Wie auch immer, über die Familie Alves würde ich mit jemand anderem sprechen müssen. Denn so viel war klar: Mutter würde nichts weiter sagen und ich war jetzt erst recht neugierig.

Mein Vater empfing uns mit grimmigem Gesicht und der Mitteilung, dass seine Brieftasche gestohlen worden sei. Wir fanden sie im Kühlschrank.

Die blaue Bank blieb an diesem Abend verwaist. Ein kalter Ostwind pfiff um das Haus meiner Eltern. De Espanha, nem bom vento nem bom casamento. Aus Spanien kommt weder ein guter Wind noch eine gute Hochzeit. Auch so ein Satz meines Vaters. Zum ersten Mal habe ich ihn gehört, als ich mich – im Sommer nach dem Beinahe-Techtelmechtel mit Cousin Luís – unsterblich in einen sehr schönen Spanier aus Sanlúcar de Guadiana verliebt hatte (viel schöner und viel interessanter als Luís). Er hieß Julián. Der Inbegriff des stolzen Spaniers. Der Inbegriff des Geht-gar-nicht-Schwiegersohnes für meinen Erzeuger. Nichts gegen die Nachbarn vom anderen Ufer des Flusses, aber ...

Seinerzeit war ich schwer empört über die Vorurteile meines Vaters gegenüber dem schönen Julián. Ich regte mich erst ein bisschen ab, als meine Oma mir erklärte, dass Pai den Satz nicht erfunden, sondern ein Sprichwort zitiert hatte. Offenbar gibt es da so eine Art kollektives Trauma. Oma erzählte mir, dass Eheschließungen zwischen portugiesischen und spanischen Königsfamilien schuld daran seien, dass das kleine Portugal sechzig Jahre lang unter spanischer Herrschaft stand. Von 1580 bis 1640. Portugiesische Kinder lernen so etwas in der Schule, aber in meinem hannoverschen Gymnasium spielte portugiesische Geschichte natürlich keine Rolle. Und ehrlich gesagt fand ich es auch ziemlich bescheuert, wegen einer so uralten Geschichte meinen schönen Lover abzulehnen. Der sich übrigens am Ende des Sommers von mir ab- und einer Spanierin namens Inmaculada zuwandte. Inmaculada, das bedeutet: die Unbefleckte. Ein Witz, wenn Sie mich fragen. Seit dieser Zeit mache ich einen Bogen um allzu schöne Männer. Jedenfalls kam der Wind heute aus Spanien und war fies. Ungewöhnlich für diese Jahreszeit.

Nach dem Abendessen, bei dem mein Vater ruhig und in sich gekehrt war, setzte ich mich eine Weile zu meinen Eltern vor den Fernseher, verabschiedete mich aber nach den Nachrichten, als eine Lotterie-Show begann.

Ich wollte ein bisschen lesen. Nach ein paar Minuten legte ich «Homens há muitos» aber wieder aus der Hand. Wie sollte ich mich auf die Suche eines Mannes nach der großen Liebe konzentrieren, wenn in meinem Hirn ganz andere Gedanken ziellos herumspazierten? Liebe war im Moment wirklich nicht mein Thema. Mein Thema waren tote alte Leute. Solche mit Namen Alves. Und solche aus dem Jahrgang 1944. Ich bekam sie einfach nicht aus dem Kopf. Ich riss mehrere Zettel von dem Notizblock, den ich immer in der Tasche habe. Schon von Berufs wegen. Falls ich irgendwo etwas aufschnappe, das für eine Kolumne taugt. Und jetzt wollte ich genauso vorgehen, wie ich das auch beim Kolumnenschreiben mache. Ich schreibe das Thema, um das es gehen soll, in die Mitte des Blattes und ziehe einen Kreis darum. Dann versuche ich, mein bewusstes Denken auszuschalten und alles aufzuschreiben, was mir zu dem Begriff einfällt. Jedes neue Wort bekommt seinen eigenen Kreis und kann neue Assoziationen auslösen. Am Ende weiß ich dann meistens, wohin es mit der Kolumne gehen soll. Die Gedanken spazieren nicht mehr ziellos durch die Gegend, sondern halten sich an den Weg, den ich sie gehen lassen will. «Alves» schrieb ich auf ein Blatt. «Todesfälle» auf das nächste. «1944» auf ein drittes.

Zwanzig Minuten später war so viel klar: 1944 war erst einmal nur eine Jahreszahl und wahrscheinlich eine

Sackgasse. Außer «Klassengemeinschaft» war mir nichts dazu eingefallen. Zu den Stichworten «Alves» und «Todesfälle» gab es deutlich mehr Kreise auf meinen Zetteln. Statt einer Kolumne schrieb ich zuletzt eine Liste von Fragen. Jetzt musste ich nur noch Leute finden, denen ich sie stellen konnte.

FEBRUAR 2016

Der Bus kam pünktlich. Sie war eine der Ersten, die einstiegen, und setzte sich ganz nach hinten. Die Gespräche im Bus drehten sich hauptsächlich um Bluthochdruck und Zahnschmerzen. Dona Sebastiana, eine ihrer Nachbarinnen, schwarz gekleidet wie sie selbst, erzählte ihr ausführlich von Problemen mit ihrer Telefonrechnung. Sie hörte kaum zu, fühlte immer wieder in ihrer großen Handtasche nach dem kleinen Beutel mit den Samen. Ganz fein hatte sie sie gehackt. So, wie sie es damals in Trás-os-Montes gemacht hatten, wenn die Ratten zu zahlreich wurden.

«Je feiner, desto wirksamer», erklärte die alte Espírituosa, der sie zur Hand ging, nachdem sie sich endlich von der Infektion erholt hatte. Sie zeigte ihr die Mamoneiras, hohe Pflanzen mit großen, glänzenden Blättern, von denen sie die Samen geerntet hatte. Die Büsche waren viel größer als sie selbst. Gespreizten Fingern gleich wuchsen Blätter an langen Stielen. Die Samen sahen aus wie mit Blut vollgesaugte Zecken. Nach dem Hacken ließ Espírituosa sie eine winzige Menge probieren. Sie schmeckten nussig.

Die Ratten fraßen sie gern.

Und nach spätestens zweiundsiebzig Stunden waren sie tot.

An einem anderen Tag pressten sie in der Olivenpresse aus den gleichen Samen Öl. «Das habe ich dir gegeben, um die Wehen einzuleiten», erzählte die Alte. Vor Schreck fiel ihr ein Eimer mit Samen aus der Hand. «Sie haben mir Gift gegeben?» Espírituosa lachte herzlich. «Nur die Samen sind giftig, das Öl nicht. Du kannst es auch für deine Haare nehmen, dann bekommen sie einen schönen Glanz. Oder davon trinken, wenn du mal nicht aufs Klo kannst.»

Sobald sie, kurz nach ihrer Hochzeit, einen eigenen Garten hatte, säte sie Mamoneiras. Die Büsche wuchsen und vermehrten sich wie Unkraut. Ständig musste sie neue Pflanzen weghacken. Aber bis heute benutzte sie das Öl für ihre Haare.

Und an diesem Donnerstag würde sie eine alte Ratte töten.

Wenn alles gut ging. Wenn nicht – nun, es kamen noch viele Donnerstage. Sie hatte reichlich von den Samen.

Acht Mal hielt der Bus, ehe sie Alcoutim erreichten. Er war in Balurco de Baixo zugestiegen, an der Seite seiner Frau, einer verhuschten Gestalt in grauem Rock und dunkelgrüner Jacke.

An der Haltestelle in Alcoutim wartete sie, bis die anderen sich zerstreut hatten. Die meisten gingen zuerst die steile Straße in Richtung Post hoch. Auch er. Danach stand ein Besuch bei der Bank an. Es war der erste Donnerstag im Monat, die Renten waren auf den Konten. Dann würde er mit seiner Frau am Quiosque einen Kaffee trinken und dazu einen kleinen Nusskuchen essen. Wie an jedem Donnerstag. Das Alter, dachte sie, hat auch Vorteile. Die Gewohnheiten werden fester und die Erinnerungen an Vergangenes klarer.

Am Quiosque war es noch ruhig. In spätestens einer Stunde würden sich die Leute in dem kleinen Pavillon drängen, um ihre Bestellungen aufzugeben. Bis draußen auf die Straße reichte dann die Warteschlange. Service am Tisch gab es nicht. Hinter dem winzigen Tresen stand eine junge, gertenschlanke Frau mit hochgesteckten Locken, die sie nicht kannte. «Sim?» Bunte Perlengehänge an den Ohren, dazu ein gelangweilter Blick.

«Um café cheio e um queque de noz, por favor.»

Die junge Frau nahm einen Nusskuchen mit der Zange aus der Vitrine neben dem Regal mit den Zeitschriften und legte ihn auf einen Teller. «O café muito cheio?» Sie nickte. Den Espresso vertrug sie nur cheio, verdünnt mit Wasser, sonst schlug er ihr auf den Magen.

Zum Glück wärmte die Sonne schon etwas, in ihrer dicken Jacke konnte sie sich draußen an einen Tisch setzen. Auch drinnen gab es einige wenige Tische, aber so dicht beieinander, dass jedes Wort gehört, jede Bewegung gesehen wurde.

Außer ihr saß nur ein junger Mann auf der Terrasse und war in die Boulevardzeitung Correio da Manhã *vertieft. Er beachtete sie nicht. Junge Leute beachteten sie nie, sie war einfach eine von den alten Witwen. In winzigen Schlucken trank sie ihren ungesüßten Kaffee. Als Diabetikerin hatte sie sich Süßes schon vor vielen Jahren weitgehend abgewöhnt. Nebenbei wickelte sie den kleinen Kuchen in ein Taschentuch und steckte ihn in die Tasche. Noch war Zeit.*

Der Fluss lag ruhig in seinem Bett, die Boote vor Anker standen quer. Niedrigwasser. Nicht mehr lange, dann würde das Wasser vom Meer auflaufen. Früher, als sie ein

Kind gewesen war und es die Mine in Pomerão noch gab, hatten die schweren Holzschiffe mit dem Erz immer hier in Alcoutim auf das Hochwasser warten müssen, um bis zur Küste fahren zu können. Damals, als die Welt noch in Ordnung war.

Ihre Gedanken wanderten zurück zu jenem Tag, an dem sie blutverschmiert und mit zerrissener Bluse nach Hause gekommen war.

«Filha, was ist passiert?»

Im Gesicht der Mutter steht blankes Entsetzen.

Erst wollen keine Worte kommen, sie kann nur schluchzen. Dann, nach und nach, bricht das Grauen aus ihr heraus. Das Grauen und der Name.

«Cristiano Alves, sagst du?»

Die Mutter bekreuzigt sich. «Santa Mãe de Deus», Heilige Mutter Gottes.

Dann fühlt sie die Hände der Mutter auf ihren Schultern. «Sieh mich an!»

Sie hebt den Blick, noch immer laufen die Tränen, sie zittert am ganzen Körper.

«Das ist nie passiert, hörst du? Nie!»

Sie kann nicht glauben, was sie hört.

«Geh in dein Zimmer. Ich bringe dir Wasser.»

Sie starrt in das Gesicht der Mutter, sieht gleichzeitig Mitleid und Härte in den vertrauten Zügen.

«Aber ...»

«Kein Aber! Du musst das vergessen. Kein Wort, zu niemandem.»

Wie betäubt geht sie in ihre Kammer, die sie für sich allein hat, seit die ältere Schwester bei einer Familie in Stellung ist. Der kleine Bruder ist zum Jäten in einem Nachbarort. Sie ist froh, dass er sie nicht so sieht.

Die Kleider fallen zu Boden. Die Mutter kommt mit der Waschschüssel. Sie lässt sich waschen, als wäre sie eine Puppe. Lässt sich ihr Nachthemd über den Kopf ziehen, legt sich auf das schmale Bett mit der harten Matratze. Dreht sich mit dem Gesicht zur Wand. Die Mutter streicht ihr über die Haare, seufzt und geht aus dem Raum.

Später, sie weiß nicht, wie viel Zeit vergangen ist, hört sie den Vater ins Haus kommen, hört ihre Eltern in der Küche flüstern. Ihr Vater! Sie ist sein Liebling. Er wird etwas unternehmen, wird Cristiano zur Rechenschaft ziehen. Bestimmt wird er das.

Sie hört das leise Knarren der Tür, als er ins Zimmer kommt. Spürt sein Gewicht auf der Matratze, als er sich auf den Rand des Bettes setzt. Ein sanftes Streicheln über ihren Rücken.

«Es tut mir so leid, meine Kleine. Aber wir können nichts tun. Es ist, wie deine Mutter gesagt hat: Du musst vergessen, was heute passiert ist.»

Die Welt, die sie kannte, existiert nicht mehr. Die Welt, in der sie sich auf ihre Eltern verlassen konnte.

Ohne dass sie sich dessen bewusst war, fanden ihre Hände wieder den Weg in die Tasche, kneteten den kleinen Beutel darin. Sie hatte es damals einfach nicht begreifen können. Erst Jahre später, als die Familie in Lissabon lebte und sie schon verlobt war, als sie kein unwissendes Kind mehr war, hatte sie die Angst der Eltern begriffen. Vor ihm hatten sie

Angst gehabt, vor dem Mann, der heute endlich bestraft werden würde. Vor António Alves, Cristianos älterem Bruder.

«Ist alles in Ordnung mit Ihnen?»

Vor ihr stand die junge Frau mit den langen Ohrringen, in der Hand einen Lappen. «Sie sind ganz blass.»

«Das ist nur der Kreislauf, es geht gleich wieder.»

Die Frau nahm den leeren Teller und die Tasse, wischte kurz über den Tisch und verschwand wieder im Pavillon, vor dem sich bereits eine Schlange bildete.

Es wurde Zeit.

Sie ging zu den Duschräumen, die unten am Bootssteg für die Bootsleute gebaut worden waren. Niemand dort. Sie schloss sich in eine der Toiletten ein, setzte sich auf den geschlossenen Deckel und holte in aller Ruhe den saftigen kleinen Kuchen aus der Tasche. Mit dem mitgebrachten Obstmesser bohrte sie ein kleines, tiefes Loch in die Unterseite, fing den herausfallenden Kuchenteig in einem Taschentuch auf, das sie sich auf den Schoß gelegt hatte. Vermischte einen Teil des Teiges mit den gehackten Samen. Zehn Samenkapseln hatte sie zerkleinert. Mehr als genug. Die Mischung feuchtete sie mit Spucke an, drückte sie wieder in das Loch und umwickelte den Kuchen mit einer Serviette. Jetzt musste sie nur noch dafür sorgen, dass er ihn aß.

Kurz darauf wartete sie vor dem Zeitschriftenregal neben dem Kuchenbuffet. Er stand in der Schlange und redete auf seine Frau ein, die unentwegt auf den Boden starrte. Anscheinend war er wütend. Ein spanisches Ehepaar bekam den bestellten Kaffee und belegte Brötchen, zahlte und balancierte Tassen und Teller nach draußen. Noch zwei Leute waren vor ihm. Sie machte sich bereit, nahm ihren präparierten Kuchen aus der Tasche, hängte sich die Tasche über die Schulter. Griff mit der linken Hand eine Zeitschrift mit Backrezepten – wie passend, beinah hätte sie gekichert – aus dem Ständer, den Kuchen in die rechte.

In ihrem Rücken hörte sie ihn bestellen, Kaffee, Wasser und einen Nusskuchen. Wie immer. Sie spürte ihn direkt hinter sich, als er sich zum Büfett umdrehte, an dem die junge Frau mit den Ohrringen eben den Kuchen auf den Teller legte. Sie sah die Hand, die ihm den Teller reichte.

Jetzt.

Eine Drehung, die Zeitschrift wischte den Kuchen vom Teller. Sie ließ die Zeitschrift fallen, bückte sich, griff nach dem Kuchen, erreichte ihn, bevor er auf den Boden fiel. Als sie sich wieder aufrichtete, steckte sein Kuchen in ihrer Jackentasche und sie hielt das andere Stück in der Rechten.

«Noch mal gut gegangen», sagte sie und legte den Kuchen auf den Teller. «Entschuldigung.»

Die Bedienung war schon zurück in ihrem winzigen Arbeitsraum und bediente die Kaffeemaschine für die nächsten Kunden.

«Idiota!» Er sah sie kaum an, und selbst wenn, es wäre egal gewesen. Sie bezweifelte, dass er wusste, wer sie war. Mit Blick auf die Warteschlange und die beschäftigte junge Frau nahm er ihr nach kurzem Zögern den Teller ab und ging nach draußen, wo seine Frau bereits mit Kaffee und Wasser am Tisch saß.

Sie selbst hob die Zeitschrift auf und stellte sie zurück in den Ständer. Erst jetzt begannen ihre Hände zu zittern. Ein paar Minuten blieb sie noch stehen, gab vor, weiter die Zeitschriften anzusehen, dann ging sie, wieder ruhiger, langsam nach draußen, auf die Straße. Ein kurzer Blick auf den Tisch, an dem er saß. Der Teller war leer, eben klopfte er sich einen Krümel vom Bauch und trank einen Schluck Kaffee.

Vier Tage später saß sie während seiner Totenmesse zufrieden auf der hintersten Bank.

6

MAI 2016

«Olá, Tia.» Meine Tante Maria Conceição saß an ihrem Küchentisch und pulte dicke Bohnen aus ihren trockenen Schalen. Die Saat für die nächste Saison. Als ich hereinkam, sah sie auf und lächelte dünn. Tia Conceição ist die älteste Schwester meines Vaters und eine verbitterte Frau. Manchmal habe ich das Gefühl, sie weiß nicht einmal, dass Menschen auch lauthals lachen können. Meiner Mutter zufolge hat sie nie verwunden, dass ihr Mann Mitte der sechziger Jahre im Kolonialkrieg um Guinea gefallen ist. Seitdem trägt sie Schwarz. Aber schweres Schicksal oder nicht – ich habe grundsätzlich Probleme mit griesgrämigen Leuten und mache um Tia Conceição möglichst einen großen Bogen.

«Na, das ist ja eine Überraschung. Kommst du mal deine alte Tante besuchen.»

Ich schämte mich. Ein bisschen. Erstens, weil ich mal wieder meiner Aversion freien Lauf gelassen hatte. Und zweitens, weil dies kein uneigennütziger Besuch war. Aber Letzteres musste ich ihr ja nicht erzählen.

«Willst du Kaffee?»

Ich nickte.

Sie setzte Wasser auf, schob die dicken Bohnen auf

dem Tisch zur Seite, holte zwei Tassen sowie Instantkaffee aus einem Hängeschrank in der Küchenzeile gegenüber dem Tisch und öffnete eine Schachtel Kekse. Seit ich vor Jahren zum letzten Mal hier gewesen war, hatte sich wenig verändert. Wie auch, Tantes Küche war so winzig wie ihre Rente. Für den Tisch und die beiden Stühle war in der Ecke zwischen dem Eingang und der Tür zu einem Abstellraum gerade genug Platz. Die Stuhlbeine aus Metall zeigten Roststellen, das Holzfurnier der Schränke schlug Wellen. Nur der Kühlschrank glänzte neu. Durch die offene Tür wehte der Wind den Duft von Lilien herein und überlagerte einen leicht modrigen Geruch. Wie so oft hier im Hinterland, war die Küche meiner Tante vom Rest des Hauses getrennt. Wenn Conceição bei Regen von der Küche in ihr Wohnzimmer wollte, brauchte sie einen Schirm.

Die Wand gegenüber der Tür wurde von einem breiten offenen Kamin beherrscht. Darin stand eine Vase mit Trockenblumen, aber im Winter würde Conceição hier bestimmt noch heizen und den größten Teil des Tages vor dem Kamin verbringen, so wie sie es schon in meinen Kindertagen getan hatte. In ihrem Haus gab es keine Heizung. Auf dem Holzbalken am Rauchfang standen neben kleinen Porzellanfiguren mehrere Schachteln mit Medikamenten.

«Ich hatte gedacht, dass wir uns bei der Beisetzung von Maria Almerinda gestern sehen würden», sagte ich. Geschickt, geschickt, Bela Silva, eine feine Entschuldigung und gleichzeitig ein prima Einstieg in einen zwanglosen Plausch über Tod und Sterben.

«Nimm dir Kaffee», sagte die Tante, und brav löffelte ich Pulver in meine Tasse. «Für dich auch?»

«Nein, den vertrage ich nicht mehr, ich nehme Tee.» Sie deutete auf eine Packung Kamillentee, die hinter den Bohnen stand. Ich wartete, bis das Wasser aufgegossen war und meine Tante sich mit einem Ächzen auf ihren Stuhl hatte fallen lassen.

«Gestern war's ganz schlimm mit meinen Gelenken, ich konnte kaum laufen. Iss einen Keks, du bist viel zu dünn.»

Das konnte man von ihr beim besten Willen nicht sagen. Dreißig Kilo weniger und ihre Gelenke würden es ihr danken. Ihre Schwester dagegen, meine Tante Florinda, war noch immer rank und schlank wie ein junges Ding. Allerdings war sie auch viel jünger. Zu Florinda würde ich vielleicht morgen gehen. Sie war vor kurzem Witwe geworden. Gleich nach meiner Ankunft hatte ich sie besucht, um noch einmal persönlich zu kondolieren, weil ich nicht zu Onkel Nunos Beisetzung hatte kommen können. Es war ein kurzer Besuch gewesen, die Tante traurig und geistesabwesend.

Die dicke Conceição verschlang drei Zimtplätzchen, während ich noch an meinem ersten knabberte. Ich setzte neu an.

«Die Studentin, die Maria Almerinda gefunden hat, soll ja ganz schön mit den Nerven fertig gewesen sein.»

«Ach ja, das hab ich auch gehört. So ein nettes Mädel. Aber damit müssen die jungen Leute eben rechnen, wenn sie zu uns Alten kommen. Ich sehe ja manchmal auch tagelang keinen Menschen. Wenn ich demnächst tot unter dem Tisch liege, wer weiß, wann mich dann jemand findet.»

Den unausgesprochenen Vorwurf an meine Eltern überhörte ich geflissentlich. «Du kennst sie, die Studentin?»

«Ja, die war schon ein paarmal hier, die Noêmia. Das ist schön, wenn sich jemand für unsereinen interessiert und sogar für das, was früher war. Das will doch sonst keiner mehr hören.» Ein langer Blick auf mich.

«Kommt nur die Noêmia zu dir oder auch andere?»

«Manchmal kommt auch Helder. Aber das Mädchen mag ich lieber als den Jungen. Ach, hol mir doch gerade mal meine Tablette.»

Ich stand auf und nahm eine der Packungen vom Holzbalken. «Diese?»

«Nein, die nicht, die große weiße Schachtel da. Die anderen muss ich erst nach dem Abendessen nehmen.»

Ich reichte ihr die Packung.

«Nein, gib mir nur eine, ich bekomme die immer so schlecht raus.»

Ich drückte eine Kapsel aus dem Blister und sah im Geiste eine freundliche Studentin, die einer anderen alten Frau die falsche Pille gab.

«Bekommen alle alleinlebenden alten Leute hier Besuch von den Studenten, oder gibt es da eine Auswahl?»

«Weiß ich nicht. Was interessiert dich denn das? Erzähl mir lieber von dir. Deine Mutter sagt, dein Mann ist weg? Bist ohne wahrscheinlich besser dran. Die meisten taugen sowieso nichts.»

Und schon erging sie sich in einer wirren Geschichte

von der Enkelin irgendeiner Bekannten, deren Ex-Mann das gemeinsame Kind entführt habe.

Während Tia Conceição ohne Punkt und Komma redete, trank ich meinen Kaffee und zerbrach mir den Kopf, wie ich meine weiteren Fragen elegant anbringen könnte. Vergeblich. Dann eben unelegant. In ihre nächste Atempause hinein fragte ich:

«Kennst du die Familie Alves? Die hat das Schicksal in letzter Zeit ja auch ganz schön geschlagen.»

«Alves? Kenn ich nicht.» Ihr Blick wanderte zu der großen Plastikuhr neben dem Rauchabzug. «Was denn, schon fast sechs? Jetzt will ich die Nachrichten sehen.» Sie stemmte sich mit einem Stöhnen von ihrem Stuhl hoch. «Nett, dass du vorbeigekommen bist.»

Zwei Minuten später klappte ihre Wohnzimmertür zu und ich stand verblüfft allein auf dem Innenhof zwischen Küche und Haupthaus.

Was war denn bloß mit dieser Familie Alves? Ich glaubte keinen Moment, dass meine Tante sie nicht kannte. Vielleicht ein alter Streit zwischen den Familien, über den niemand reden wollte? Gut möglich. In meiner Familie gibt es eine gewisse Neigung zur Unversöhnlichkeit. Und nicht nur in meiner. Ich muss immer lachen, wenn ich in irgendeinem Buch über den großen Zusammenhalt der südeuropäischen Familie lese. Ha, kann ich da nur sagen. Wollte ich aufzählen, wie viele total zerstrittene Familien ich hier kenne, ich wäre morgen noch nicht fertig. Da spricht dann ein Bruder jahrzehntelang kein Wort mit dem anderen, selbst wenn sie Tür an Tür wohnen. Sei's drum. Jedenfalls war ich kaum schlauer als vor dem

Besuch bei meiner reizenden Tante. Ich zog das Tor zur Straße hinter mir zu und machte mich auf den Weg nach Hause.

Das Dorf lag wie ausgestorben in der Abendsonne. Außer dem Zwitschern von Vögeln war kaum etwas zu hören. Nur vor einem Haus saß eine uralte Dame mit sorgsam onduliertem weißem Haar auf einer gemauerten Bank neben ihrer Haustür, unter sich eine gefaltete Wolldecke. Die bunten Plastikstreifen des Fliegenvorhanges vor der Tür bewegten sich gemächlich im leichten Wind. An der Bank lehnte ein Gehstock, ihre geschwollenen Füße steckten in weichen Pantoffeln. Aus dem offenen Fenster hinter ihr kam portugiesische Schlagermusik. Im Vorbeigehen grüßte ich freundlich.

«Não quer se sentar um pouco?» Sie deutete mit der Hand neben sich. Ich sollte mich setzen? Ich kannte die Dame doch gar nicht. Aber sie sah mich so hoffnungsvoll aus milchig grauen Augen an, dass ich nicht das Herz hatte, einfach weiterzugehen.

«Os dias já são grandes, não são?»

Doch, das konnte ich bestätigen, die Tage wurden schon länger. Eine Weile sagte sie nichts mehr. Still saßen wir nebeneinander, den Blick auf einen üppig rosafarben blühenden Oleanderbusch im Vorgarten gegenüber gerichtet, in den Ohren die Musik aus dem Radio im Haus.

«Geht es Ihnen gut?», fragte sie dann.

«Mais ou menos», mehr oder weniger. Die portugiesische Standardantwort.

Wieder versank sie in Schweigen.

Ich schaute zur Seite. Sie hatte die Augen geschlossen.

In den kleinen Ohren steckten zarte goldene Ohrringe. War sie eingeschlafen? Nein.

«Die Gesundheit ist das Wichtigste. Ich bin jetzt siebenundneunzig, ich weiß, wovon ich rede.» Ein tiefes Seufzen. «Ich kann kaum noch sehen, und mit dem Laufen ist es auch nichts mehr.»

«Das tut mir leid.»

Aber immerhin hatte sie offenbar noch einen klaren Kopf. Unvermittelt stand mir das Gesicht meines Vaters vor Augen. Er war heute bei der Ärztin gewesen. Jegliche Begleitung zu dem Termin hatte er sich verbeten und anschließend nur etwas von einem zweiten Termin bei einem anderen Arzt gegrummelt. Meine Mutter hatte schließlich Doutora Catarina angerufen und erfahren, dass sie ihn an einen Neurologen überwiesen hatte.

«Ich habe von weiß getünchten Häusern geträumt. In meiner Familie wird jemand sterben. Hoffentlich bin ich das. Ich mag nicht mehr.»

Ehe mir einfiel, was ich auf einen solchen Satz sagen konnte, tippte sie plötzlich mit spitzem Finger auf meinen Oberarm.

«Sie haben da ein Haar auf der Jacke.»

Bitte? Hatte sie nicht gerade gesagt, sie könne kaum noch sehen? Ich musste grinsen.

«Danke», sagte ich und zupfte das Haar vom Stoff.

«Früher war noch Leben im Dorf. Ach ja, das waren Zeiten. So schöne Zeiten. Harte Zeiten, aber schöne Zeiten. Ich bin zur Schule gegangen, wissen Sie? Die ganzen vier Jahre. Obwohl ich ja nur ein Mädchen war, aber mein Vater wollte, dass ich was lerne.»

Sie nickte vor sich hin. Ich dachte daran, wie meine Tante in bitterem Ton gesagt hatte, dass kaum noch jemand von der Vergangenheit hören wolle, und übte mich in Duldsamkeit.

«Viele von den anderen Kindern mussten aufs Feld oder in die Oliven. Ich dann ja später auch. Vor Sonnenaufgang raus, arbeiten bis nach Sonnenuntergang. Und wenn wir auf den Grundstücken am Fluss gepflückt haben, über eine Stunde zu Fuß hin und genauso zurück. Die Männer mit den Körben. Ach ja. Aber wir haben viel gesungen und am Wochenende war Tanz.» Glücklich strahlte das runzelige Gesicht bei dieser Erinnerung. Genau in diesem Moment tönte aus dem Fenster das Lied «Há baile na aldeia», es gibt Tanz im Dorf. Ehrlich. Wir lachten beide auf. «Und wenn wir ein Schwein geschlachtet haben, ach, das war auch ein Fest! Da kamen alle zusammen. Jetzt bin ich ganz allein. Die Tage werden schon länger, nicht wahr?»

«Haben Sie denn keine Kinder?»

«Die haben ihr eigenes Leben. Was sollen die sich um ihre alte Mutter kümmern?»

Ich war empört. Was waren das für schreckliche Kinder, die ihre siebenundneunzigjährige Mutter im Stich ließen? Noch dazu so eine reizende alte Dame. Und wie kam sie eigentlich zum Friseur? Vielleicht mit der freundlichen Noêmia? Oder dem jungen Helder?

«Wer? Die kenn ich nicht. Zu mir kommt niemand», sagte sie auf meine Frage und zog sich die Jacke enger um die Schultern. Die Sonne verschwand gerade hinter dem Dach des Hauses gegenüber. Es wurde Zeit, wenn ich noch eine Frage loswerden wollte. «Sie sind nicht zufällig mit der Familie Alves verwandt?»

Statt einer Antwort spuckte sie auf den Boden. Im ersten Moment hielt ich es für Zufall. Aber dann sah ich in ihr Gesicht, das noch vor ein paar Minuten so glücklich geleuchtet hatte. Nun waren ihre Züge hart, die Augen schienen mir dunkler.

«Verbrecher. Alle!» Sie spie die Worte nur so aus. «Ins Gefängnis gehören die. Aber das will ja heute niemand mehr wissen. Es gibt keine Sühne. Hat es nie gegeben.» Noch einmal spuckte sie aus, und ich fand erst einen Moment später meine Sprache wieder.

«Was ...?» Weiter kam ich nicht.

«Mãe, mit wem sprechen Sie denn da?»

Ich zuckte zusammen. Was für eine unangenehm schrille Stimme. Sie kam aus dem Haus. Erst jetzt fiel mir auf, dass das Radio verstummt war. Eine Hand teilte den Fliegenvorhang vor der Tür, neben der wir auf der Bank saßen. In der nächsten Sekunde stand eine Frau um die siebzig mit rostrot gefärbtem Haar, Kittelschürze und strengem Blick vor uns.

«Boa tarde», sagte ich leicht verwirrt und schob «Anabela Silva» hinterher.

«Boa tarde», sagte auch die Frau, stellte sich aber nicht vor, sondern nahm den Arm der alten Dame. «Mãe, Sie müssen jetzt ins Haus kommen; es wird kalt und das Abendessen steht auf dem Tisch.» Schon lange hatte ich das förmliche Sie für die eigene Mutter nicht mehr gehört. In unserer Familie wird geduzt. Sie nahm den Stock und reichte ihn der Greisin, die mühsam auf die Füße kam.

«Sie sind die Tochter der Dame? Aber —»

«Lassen Sie mich raten, sie hat Ihnen erzählt, dass sich niemand um sie kümmert.»

Ich konnte nur nicken. Die Frau seufzte. «Das macht sie immer.» Sie schob die alte Dame Richtung Tür. Die drehte sich noch einmal um, zwinkerte mir zu und verschwand dann grinsend im Haus. «Boa tarde», sagte die Tochter zum zweiten Mal, diesmal als Verabschiedung. Dann war auch sie verschwunden.

Na so was. Wie steigert man das Wort verblüfft?

7

Die Bibliothek von Alcoutim war in der Casa dos Condes untergebracht, einem liebevoll restaurierten Gebäude, das laut Homepage der Gemeinde aus dem Mittelalter stammte und damals vermutlich dem Grafen von Alcoutim gehört hatte. Ich hatte kurz gegoogelt, um die Öffnungszeiten zu erfahren. Die Casa dos Condes lag nah dem Platz mit den Wasserspielen gegenüber der Touristeninformation. Eine Treppe mit steinernem Geländer führte zum Eingang und auf der anderen Seite des Eingangs wieder hinunter zur Straße. Auf dem schmalen Treppenabsatz vor der Tür standen ein Mann und eine Frau ins Gespräch vertieft. Beide stützten die Unterarme auf die Brüstung, der Mann rauchte eine Selbstgedrehte. Neben ihm verkündete ein großes, buntes Schild, dass es hier nicht nur Bücher, sondern auch internationale Zeitschriften, eine Ausstellungsgalerie und Internet gab.

«Com liçenca», mit Verlaub, sagte ich, weil der ausladende Po der Frau den Weg zur Tür versperrte. Sie schrak hoch, entschuldigte sich, lächelte und hielt mir die Glastür auf, die ins Innere des Gebäudes führte.

Keine Spur von Mittelalter im Empfangsbereich. Auf einem Tisch in der linken Ecke lagen Informationsbroschüren in mehreren Sprachen, daneben führte eine Tür in ein Durchgangszimmer mit zwei kleinen Schreibtischen samt Computern. Im Raum dahinter sah ich einen Jungen an einem Tisch sitzen und in ein Heft schreiben. Rechts von der Tür eine Glasvitrine mit T-Shirts, CDs, Büchern und Postkarten. Ich wandte mich um. Ein moderner Tresen aus Holz und Metall trennte einen Bereich mit weiteren zwei Schreibtischen und einem großen Kopiergerät vom Eingangsbereich ab. Die gut gepolsterte Frau schob sich durch eine Lücke zwischen Tresen und Wand. «Kann ich etwas für Sie tun?»

Freundlicher Blick, angenehme Stimme, halblange lockige Haare mit einem deutlichen grauen Streifen am Mittelscheitel.

«Ich würde gerne etwas zur Lokalgeschichte lesen.» Der Gedanke, in die Bibliothek zu gehen, war mir aufgrund des Stichwortes Klassengemeinschaft gekommen. Ich hatte die vage Idee, hier Aufzeichnungen zu finden, in denen die Namen der Menschen vom Friedhof auftauchten. Am besten natürlich der Name Alves.

Möglicherweise wollte ich auch ein bisschen Zeit schinden, ehe ich mich auf die Suche nach Cousin Luís machte, um das Thema Obduktionen zu vertiefen.

Anstatt mir zu antworten, öffnete die Mollige ein Fenster in der Wand zur Straße. «Mário!» Wieder mit Blick zu mir sagte sie:

«Da kann Ihnen am besten mein Kollege helfen, der kennt sich damit aus.»

Der Raucher kam mit fragendem Blick herein.

«Die Dame hier interessiert sich für Lokalgeschichte.»

Er sah nicht schlecht aus, dieser Mário. Mitte, Ende dreißig, schätzte ich. Ein schmales Gesicht mit ausgeprägten hohen Wangenknochen, das ohne seine runde Brille mit dem dünnen Horngestell vielleicht hart gewirkt hätte. Dunkle, wellige Haare, relativ lang, aber zurückgekämmt. Bildete ich es mir ein, oder leuchteten seine Augen beim Stichwort Lokalgeschichte kurz auf?

«Kommen Sie.»

Während ich seinen federnden Schritten eine Treppe hinunter folgte, musste ich unweigerlich an Justus in jüngeren Jahren denken. Allerdings war Justus um einiges größer als dieser Mann.

Nach wenigen Stufen standen wir im menschenleeren Lesesaal. Er bestand aus einem vielleicht zwanzig Meter langen und acht Meter breiten Raum mit einer niedrigen Decke aus Holzdielen. Die Wände waren mit schlichten Bücherregalen vollgestellt. Nur gleich vorn war ein Stück Backsteinmauer freigelegt, die vielleicht aus dem Mittelalter stammte. In der Mitte des Saals standen einige kleine Tische mit Stühlen.

«Was genau interessiert Sie denn? Alcoutim blickt auf eine fünftausendjährige Geschichte zurück, das ist ein weites Feld. Wir haben hier Menhire und Hünengräber aus dem Neolithikum.» Stolz schwang in seiner Stimme mit.

Ups. Mein Interesse an alten Steinen ist grundsätzlich eher gering. Genauer gesagt: nicht vorhanden.

«Ja, äh, also, ich hatte nicht so sehr an die Frühgeschichte gedacht, eher an Sozialgeschichte, sagen wir der vergangenen sechzig, siebzig Jahre? Gibt es da etwas?»

Der Mann namens Mário wirkte enttäuscht. Vermutlich hielt sich die Zahl der Menschen, die sich mit ihm über Menhire und Hünengräber unterhalten wollten, in ziemlich engen Grenzen.

«Nicht sehr viel», sagte er und ging zielstrebig zu einem Regal am Kopfende des Lesesaals. Ein Fach, vielleicht einen halben Meter breit, enthielt meist schmale Bände zur Thematik fundo local, lokaler Hintergrund. Er zog einige heraus und legte sie auf einen der Lesetische.

«Schauen Sie einfach mal durch. Wenn Sie Fragen haben, ich bin oben.»

Damit ließ er mich allein.

Während der nächsten zwei Stunden blätterte ich in Lebenserinnerungen von Menschen aus der Region, las eine Abhandlung über die wirtschaftliche Entwicklung der Gegend quer, dann ein paar Seiten in einem Buch zum Thema Schmuggel. Schließlich blieb ich an einer Studie mit dem Titel «Colónia Balnear» hängen. Ende der fünfziger bis Anfang der sechziger Jahre waren die Kinder vor allem armer Familien aus dem Kreis Alcoutim zu betreuten Badeferien in den knapp vierzig Kilometer entfernten Küstenort Monte Gordo geschickt worden, um sich an der Seeluft zu erholen.

Schwarzweißfotos zeigten Gruppen von grinsenden Kleinen in Einheitskleidung am Strand. Es gab auch Luftaufnahmen von Monte Gordo. Meine Güte! Ich kannte den Ort, war zuletzt mit Justus dort gewesen. Ein grässlicher Apartment- oder Hotelbau reihte sich dort an den nächsten, in meinen Augen allesamt Bausünden. Nur der Strand war immer noch schön. Die Bilder dagegen zeigten ein kleines Fischerdorf mit einem einzigen mehrstöckigen Gebäude. Das erste Hotel.

In der Studie standen jede Menge Namen. Aber keiner von meiner Liste. Vor dem Besuch in der Bibliothek war ich noch schnell beim Friedhof vorbeigefahren und hatte alle Namen und Daten, die mir aufgefallen waren, aufgeschrieben. Wenn ich im Kopfrechnen nicht so eine Niete wäre, hätte ich schneller begriffen, warum die Namen auf meinem Zettel nicht im Buch stehen konnten. Die Ferienfreizeit am Meer gab es für Acht- bis Zwölfjährige. Meine 1944er hatten das Pech, für die Badeferien ein paar Jahre zu früh geboren worden zu sein. Auch der Name Alves tauchte zu meinem Leidwesen nirgendwo auf. Nach der Begegnung mit der alten Dame und ihren kryptischen Bemerkungen war ich naturgemäß noch neugieriger auf diese Familie. Auch wenn die alte Dame – von meiner Mutter wusste ich inzwischen, dass sie Maria de Lourdes hieß – offensichtlich ein kleines Problem mit der Wahrheit hatte. Gleich drei Töchter kümmerten sich abwechselnd um sie, und ihre Tage verbrachte sie in der Tagespflege des Altenheims in Balurco de Baixo.

Wie es aussah, war dieser Besuch in der Bibliothek reine Zeitverschwendung. Außer vielleicht in einem Punkt: Höchstwahrscheinlich existierten im städtischen Archiv alte Unterlagen der Schulen. Dort war laut Quellenangabe auch die Autorin der Studie fündig geworden. Ich stellte mir vor, wie ich ins Archiv ging. In meiner Phantasie fragte eine strenge Stimme: «Und wofür brauchen Sie die Unterlagen?» Was sollte ich dann schon sagen? Ich seufzte und nahm die Bücher vom Tisch, um sie zurück ins Regal zu stellen.

«Und, war etwas Interessantes dabei?»

Nach zwei Stunden allein in der Stille des Lesesaals erschrak ich über die Stimme in meinem Rücken derart, dass mir die Bücher aus dem Arm fielen. Ich bückte mich schnell. Allerdings tat das auch der Bibliothekar, und wir prallten prompt mit den Köpfen aneinander. «Desculpa», Entschuldigung, sagten wir beide wie aus einem Mund und mussten lachen. Zusammen sammelten wir die Bände auf, Mário sortierte sie ein.

«Es ist ein bisschen ungewöhnlich, dass sich jemand für unsere Lokalgeschichte interessiert, der nicht von hier ist.»

«Aber ich bin von hier!»

«So? Dann würde ich Sie aber kennen oder hätte Sie zumindest schon mal gesehen. Ich würde mich ganz sicher an Sie erinnern.» Wenn er lächelte, zeigte sich auf seiner linken Wange ein Grübchen.

«Meine Eltern sind aus Balurcos.» Ich streckte die Hand aus. «Anabela Silva.»

Er nahm sie und stellte sich ebenfalls vor.

«Mário Gomes.»

«Wie der Fußballer?»

«Nein, der schreibt sich mit einem z am Ende, ich mit einem s.» Genervter Ton. Garantiert hatte er im fußball-verrückten Portugal diese Frage schon tausendmal gehört. Ich entwickelte mich allmählich zur Spezialistin für ungeschickte Gesprächseröffnungen.

«Ach so», sagte ich lahm.

«Dann sind Sie also die Journalistin.»

«Was?» Ob meiner tiefsinnigen Gedanken über meine blöde Frage wäre mir Mários Bemerkung fast entgangen.

«Woher wissen Sie das denn?»

«Dies ist ein kleiner Ort.»

Und mein Cousin eine Quasselstrippe.

«Wollen Sie über die Geschichte von Alcoutim schreiben?»

Ich hätte ihm jetzt natürlich erzählen können, dass ich nur Kolumnen für Frauenzeitschriften schrieb. Aber ... na ja. Journalistin klingt nun mal interessanter.

«Das weiß ich noch nicht, im Moment ist mein Interesse noch eher privater Natur.» Nicht gelogen.

Er sah auf die Uhr.

«Ich habe jetzt Mittagspause, haben Sie Lust auf einen Kaffee? Vielleicht gibt es ja Fragen, die ich beantworten kann?»

Ich sah in kaffeebraune Augen hinter der Hornbrille, sah ein Lächeln darin. Und konnte nicht widerstehen. Weder dem Lächeln noch der Möglichkeit, ein paar meiner Fragen an den Mann zu bringen.

«Gerne.»

Wir gingen zu Soeiro, einer Bar mit Grillrestaurant und perfektem Blick auf den Fluss gleich unterhalb der Hauptkirche, nur einen Katzensprung von der Bibliothek entfernt. Vom Grill wehte der Duft gegrillter Hühnchen mit Knoblauch.

Als wir uns an einen der Tische draußen setzten, knurrte mein Magen laut und vernehmlich. «Das hört sich an, als bräuchten Sie mehr als einen Kaffee», sagte mein Begleiter lächelnd. «Der Mittagstisch hier ist gut und günstig.» Meine Eltern aßen heute bei meiner Tante Conceição zu Mittag, ich hatte gerade keinerlei Verpflichtungen. Also dann. Mário und ich entschieden uns für einen Eintopf aus weißen Bohnen, Kohl und Fleisch. Als Vorspeise genügten uns Oliven, frischer Ziegenkäse und Brot. Dazu bestellten wir eine Karaffe Rotwein und Wasser.

«Sind Sie Historiker?», fragte ich zwischen zwei etwas bitteren Oliven. Nicht oft genug gewässert, würde meine Mutter sagen.

«Nur Hobbyhistoriker, eigentlich bin ich Soziologe.»

Mário war bei der Kreisverwaltung angestellt, erzählte er weiter, unter anderem für die Öffentlichkeitsarbeit zuständig und hatte auch einige der Broschüren verfasst, von denen ich in der Bibliothek ein paar eingesteckt hatte.

«Das ist natürlich nichts, was mit journalistischem Schreiben zu vergleichen wäre, erwarten Sie nicht zu viel.»

Zum Glück kam das Hauptgericht und rettete mich zumindest vorerst vor drohenden Fragen zu meiner Arbeit. Der Eintopf schmeckte göttlich. Das Schweinefleisch war zart und mager, die Chouriço, eine mit Paprika und Knoblauch gewürzte Wurst, nicht zu fett und nicht knorpelig, die Morcela, eine Blutwurst, zerfiel auf der Gabel. Bohnen und Kohl ergänzten sich wunderbar und waren herzhaft gewürzt. Meine Mutter hätte es nicht besser kochen können, und das will was heißen.

Während des Essens redeten wir nicht viel.

«Ich habe gehört, es gibt hier ein soziales Projekt mit Studenten aus Faro, die alte Leute besuchen. Hat das auch die Kreisverwaltung organisiert?», fragte ich beim Kaffee.

«Nein, das war die Kirche. Das Programm läuft aber jetzt aus, und es ist keine Fortsetzung geplant, soweit ich weiß.»

«Ach? Wie schade, ich habe nur Gutes darüber gehört. Meine Tante bekommt auch Besuche. Wie lange läuft das denn schon?»

«Seit Semesterbeginn. Vielleicht finden sich nicht genug junge Leute. Da müssten Sie mit dem Padre sprechen.»

«So wichtig ist es nicht.» Ich nahm noch einen Schluck von meinem Kaffee und überlegte, ob der Pfarrer nicht doch eine gute Quelle sein könnte.

Mário lehnte sich entspannt auf seinem Stuhl zurück, streckte die Beine aus, nahm ein Päckchen Tabak aus der Hemdtasche und begann, sich eine Zigarette zu drehen.

«Stört es Sie, wenn ich rauche?»

«Drehen Sie mir auch eine?»

«Gerne.»

Ich bin Gelegenheitsraucherin. Und gerade jetzt hatte ich große Lust auf die Mischung des Geschmacks von Tabak und starkem Espresso. Meiner bescheidenen Ansicht nach gibt es in diesem Land von Kaffeetrinkern den besten Espresso der Welt. Und, ja, ich war auch schon in Italien.

«Sie sagten, Sie interessieren sich für die Sozialgeschichte unserer Gegend. Darf ich fragen, warum? Auch wenn mein Interesse eher der älteren Geschichte gilt, ganz besonders der der römischen und später maurischen Besetzung, ist mir die jüngere Geschichte natürlich nicht fremd.»

«Meine Eltern sind in den sechziger Jahren ausgewandert. Über die Zeit davor sprechen sie kaum. Ich selbst bin in Deutschland geboren und aufgewachsen, weiß also rein gar nichts über die Zeit. Und da ich heute ein bisschen Muße habe, dachte ich, ich lese mal etwas darüber.»

«Aber hatten Sie nicht nach einem früheren Zeitraum gefragt; sechzig oder siebzig Jahre zurück, wenn ich mich recht entsinne?»

Ich fühlte, wie mir das Blut ins Gesicht schoss. Selbst schuld. Der Mann war weder taub noch dumm. Sein Gedächtnis war offenbar auch bestens in Ordnung.

«Ach so, ja, das ist nur, weil …»

Was sollte das? Wollte ich nun Informationen oder nicht? Allein würde ich nicht weiterkommen, so viel war klar. Und wenn ich mich selbst und meine Befürchtungen ernst nahm, dann konnte ich sie auch aussprechen.

«Mir ist da auf dem Friedhof etwas aufgefallen.»

Mário zog die Augenbrauen hoch und runzelte die Stirn.

«Auf dem Friedhof.» Keine Frage, eine Feststellung, in der leichtes Befremden mitschwang.

«Genau. In letzter Zeit sind hier viele alte Leute gestorben – nein, sagen Sie jetzt bitte nichts von Überalterung, das weiß ich selbst –, aber gleich mehrere vom Jahrgang 1944. Und dann noch drei Leute mit dem Nachnamen

Alves. Das kommt mir merkwürdig vor. Sagt Ihnen der Name Alves etwas?»

«Und was wollten Sie dann in unseren Büchern finden?»

«Irgendetwas, das die Menschen miteinander verbindet, ein Schuljahrbuch oder so. Oder etwas über eine Familie Alves. Ich weiß, wie dünn das alles klingt. Aber ich hab halt ein komisches Gefühl.» So, jetzt war es raus. Jetzt lehnte ich mich in meinem Stuhl zurück und wartete auf das große Lachen. Doch Mários Stirn blieb gerunzelt.

«Haben Sie aus diesem Grund auch nach dem Besuchsprogramm der Studenten gefragt?»

«Äh, ja. Also nicht, dass ich konkret einen Verdacht hätte, aber ich gestehe, der Gedanke an einen Todesengel ist mir gekommen. Jemand, der meint, alte Leute erlösen zu müssen, so etwas in der Art.»

«Da gibt es aber ein Problem.»

«Ja, ich weiß, die alten Leute sind alle eines natürlichen Todes gestorben.»

Er nickte. «Alles andere wäre aufgefallen.»

«Sicher?»

«Wie meinen Sie das?»

Jetzt war ich so weit gegangen, jetzt konnte ich ihm auch noch von meinen restlichen Überlegungen und den eigenartigen Bemerkungen der greisen Maria de Lourdes erzählen. Mário war ein guter Zuhörer.

«Haben Sie schon mit Ihrem Cousin Luís gesprochen? Der müsste doch wissen, ob es Obduktionen gegeben hat.»

«Noch nicht.»

«Hm.»

Mário spielte mit seiner leeren Kaffeetasse und schaute über die Mauer auf den Fluss.

«Ich kenne eine Inês Alves, deren Vater Anfang des Jahres gestorben ist. Sie ist Immobilienmaklerin. Soweit ich weiß, hat sie noch Schwestern, die leben aber nicht hier in der Gegend. Sonst kenne ich niemanden mit diesem Namen.»

Daher kannte ich den Namen! Ich hatte ihn auf verschiedenen Verkaufsschildern an Häusern und Grundstücken gelesen. Augenblicklich gingen meine Gedanken in eine neue Richtung. Vielleicht ging es gar nicht um einen geistig verwirrten jungen Menschen, der glaubte, alte Leute vorzeitig ins Jenseits schicken zu müssen. Vielleicht ging es um Immobilien, um Erbschaften. Hatte die alte Dame das gemeint? Waren die Alves deshalb in ihren Augen «alle Verbrecher»? Hingen die Verkaufsschilder dieser Inês Alves an Grundstücken, die den 1944ern gehört hatten? Nein, eine mordende Maklerin, die noch dazu sogar die eigene Familie eliminierte, nur um an Geld zu kommen, konnte selbst ich mir nicht vorstellen. Oder doch?

Mários Telefon klingelte.

«Sicher meine Kollegin. Ich fürchte, ich muss wieder rüber», sagte er mit einem Blick auf das Display und nahm das Gespräch an.

«To?»

Auch so eine portugiesische Eigenart, mit der ich mich schwertue. Können die Leute am Telefon nicht mal ihren

Namen nennen? «To» ist die verkürzte Form von «estou», was so viel heißt wie «Ich bin (hier)». Das sagen sie auch dann, wenn sie nicht wissen, wer anruft.

«Ja, Daniela, komme gleich», sagte Mário gerade und drückte die Kollegin weg.

«Wenn Sie wollen, kann ich mal im Archiv nach den alten Schülerverzeichnissen sehen.»

«Sie halten mich nicht für verrückt?»

Das Grübchen erschien wieder auf seiner linken Wange.

«Ich bevorzuge das Wort interessant. Und einer interessanten Frau tue ich doch gern einen Gefallen.»

«Äh», ich lächelte geschmeichelt, «Sie haben nicht vielleicht auch gute Verbindungen zum Grundbuchamt?»

Mário lachte schallend.

«Sie sind mir vielleicht eine Marke.» Aber er versprach zu sehen, was er tun konnte. «Sie sind übrigens eingeladen.»

Er zog sein Portemonnaie aus der Hosentasche, verschwand mit langen Schritten in der Bar und war nach wenigen Minuten zurück.

«Danke für die Einladung. Und dafür, dass Sie mich nicht ausgelacht haben.»

Ein bisschen verlegen standen wir uns gegenüber. Ich wusste nicht recht, wie ich mich von ihm verabschieden sollte. Ich war im Küsschen-Küsschen-Land. Männer, Frauen, Verwandte, Bekannte – ständig begrüßen oder verabschieden sich die Leute in Portugal mit Küsschen. Mir liegt das nicht. Erst recht, wenn es um einen Mann

98

geht, den ich kaum kenne. Schließlich gaben wir uns die Hand.

«Ach, einen Moment noch.» Ich suchte in meiner Handtasche nach der kleinen Schachtel mit meinen Visitenkarten.

«Leider habe ich keine portugiesische Nummer. Aber ich rufe sofort zurück, falls Sie sich melden.»

«Ich werde mich melden, ganz sicher.»

Damit steckte er die Karte zu seinem Tabak in die Hemdtasche, lächelte noch einmal und ging.

Kopfschüttelnd sah ich ihm nach. Was immer ich mir von diesem Tag versprochen hatte – ein flirtender Bibliothekar, der für mich recherchieren wollte, gehörte nicht dazu. Wie pflegt mein Vater zu sagen? De onde não se espera, salte a lebre. Wo man es am wenigsten erwartet, springt der Hase.

Fast drei Uhr. Ich musste mich beeilen, wenn ich noch mit Luís reden und ans Meer fahren wollte. Meinen Eltern hatte ich versprochen, vor dem Abendessen wieder zu Hause zu sein.

Ich fragte in der Polizeiwache nach meinem Cousin. Er hatte Frühschicht gehabt und war schon nach Hause gegangen. Seine Telefonnummer hatte ich nicht, aber ich wusste, wo er wohnte. Nein, falsch, ich wusste, wo er gewohnt hatte. Eher unwahrscheinlich, dass er nach der Trennung von seiner Frau noch mit ihr unter einem Dach lebte. Der Kollege, mit dem ich sprach, wollte mir weder Telefonnummer noch Adresse sagen.

«Mãe? Ich bin's, Bela. Weißt du vielleicht, wo Luís jetzt wohnt?»

Ich konnte ihr Grinsen förmlich hören.

«Was? Nein, ich werde ihn ganz sicher nicht morgen zum Essen bei uns einladen, ich will ihn nur etwas fragen. Ich muss dann auch los. Danke dir, bis nachher.»

Für die hochnotpeinliche Befragung, die mich heute garantiert noch erwartete, würde ich mir etwas einfallen lassen müssen.

Zehn Minuten später stand ich vor der Tür eines Reihenhauses unweit der Schule im neueren Teil des Städtchens. Im Jogginganzug, mit müdem Gesicht und feuchten Haaren öffnete mein Cousin die Tür.

«Prima!» Um Missverständnissen vorzubeugen: Prima ist das portugiesische Wort für Cousine. «Na, das nenne ich eine Überraschung.»

Sein Ton war freundlich. Wenn er noch sauer war wegen neulich, dann ließ er es sich nicht anmerken. Vielleicht hatten wir einfach beide einen schlechten Tag gehabt.

«Ist was passiert?»

«Nein, ich dachte, ich schau mal vorbei.»

Wie einfallsreich ich doch wieder war.

«Tja dann, komm rein. Ist aber nicht besonders aufgeräumt.»

Dafür besonders untertrieben. Ich folgte ihm durch einen winzigen Flur in ein Wohnzimmer. Dass es sich um ein Wohnzimmer handelte, schloss ich messerscharf aus der Tatsache, dass in dem Raum zwei Sofas standen, deren Farbe ich nicht hätte benennen können. Sie waren über und über mit Kleidungsstücken, Zeitschriften und Krams zugemüllt. Eines der Sofas war auf einen riesigen

Flachbildschirm ausgerichtet; in dem Kleiderhaufen darauf war eine Mulde; anscheinend hatte Luís hier eben gesessen. Der Tisch vor dem Sofa war bedeckt mit mehreren Ausgaben der *Correio da Manhã* und der Fußballzeitung *A Bola* sowie geöffneter und ungeöffneter Post. Auf den Papieren lag ein angeschnittener Brotlaib, in dem ein Messer steckte, daneben standen ein Teller mit Wurst- und Käseresten sowie eine halbvolle Flasche Bier. Auf dem Boden sammelten sich Staubflocken und Brotkrümel. Weitere Möbel gab es nicht. Nur ein paar aufeinandergestapelte Umzugskartons. Der Fernseher lief ohne Ton. Fußball, was sonst. Klassischer ging's nicht. Ich sollte meiner Redakteurin bei Gelegenheit mal sagen, dass manche Klischees einfach wahr sind. Oder ihr eine Kolumne über das Klischee vom Klischee anbieten.

Luís schob auf dem zweiten Sofa ein paar Wäschestücke beiseite. Der Bezug war hellblau.

«Setz dich, willst du ein Bier?»

«Ja, gern.» Reine Taktik, ich bin keine große Biertrinkerin. Aber er sollte mich auf keinen Fall wieder für arrogant halten.

Luís verschwand durch die Tür neben dem Fernseher und zog sie hinter sich zu. Ein saugendes Geräusch sagte mir, dass er den Kühlschrank öffnete, dann hörte ich leises Klirren. Mit zwei Bierflaschen und einem Glas für mich kam er zurück. Wir stießen an. «Saúde», Gesundheit, sagten wir wie aus einem Mund.

«Tut mir leid, das mit dir und Mariana. Warum hast du mir neulich nicht erzählt, dass ihr euch getrennt habt?»

«Ist nichts, worauf ich stolz bin.»

«Kann ich bestens verstehen.» Wir tauschten ein Lächeln. Zwei Gescheiterte unter sich.

Wieder sah ich mich in dem kahlen Raum um und dachte an meine eigene Wohnung. Da, wo bei Luís die Kartons standen, gähnten bei mir Lücken im Mobiliar und an den Wänden. Auch wenn es bei mir aufgeräumter und sauberer war, erschien mir meine Wohnung genauso seelenlos. Es war, als stünde das Wort «einsam» in großen Lettern an der Wand, hier wie dort.

«Wie geht es deiner Mutter?», erkundigte sich Luís. Also gut, kein Austausch unter Frischgetrennten. Hätte mich auch gewundert.

«Ganz gut, aber sie kann ihren Arm noch nicht belasten.»

«Dann bleibst du noch länger?»

«Ein bisschen.»

Wir tranken von unseren Bieren und schwiegen eine Weile.

«Also, warum bist du gekommen? Meine schönen Augen sind wohl kaum der Grund.»

Ich gab mir einen Ruck. Schließlich hatte Mário mich auch nicht ausgelacht.

«Ich habe da mal eine Frage, die dir vielleicht merkwürdig erscheint.»

«Dann mal los.»

«Wenn hier jemand stirbt und die Todesumstände nicht eindeutig erscheinen, dann wird die Leiche doch obduziert?»

Luís sah mich an, als hätte ich mich vor seinen Augen in ein seltenes Tier verwandelt.

«Sicher. Aber wieso willst du das wissen?»

«Eigentlich interessiert mich, ob das in letzter Zeit vorgekommen ist.»

«Wieso?»

Sein Gesichtsausdruck wurde misstrauisch, die Augen schmal, der Mund ein Strich. Kein Zweifel, ich stand mal wieder kurz davor, in Ungnade zu fallen. Mein Gefühl sagte mir, dass ich ihm gegenüber besser nicht so offen sein sollte wie Mário gegenüber.

«Ach, weißt du, ich hab im Moment einfach zu viel Zeit. Und – aber bitte sag das niemandem, ja? Es ist mir ein bisschen peinlich – also, ich will vielleicht einen Krimi schreiben. Nur so als Hobby, verstehst du?»

Luís brach in lautes Lachen aus. Ist doch schön, wenn man an einem Tag gleich zwei Männern zu großer Heiterkeit verhelfen kann, versuchte ich positiv zu denken. In Wahrheit machte ich mich wohl gerade lächerlich. Ein Reizwort für mich. Lächerlich nennt Justus meine Kolumnen, lächerlich und überflüssig. So wie ich für ihn lächerlich und überflüssig geworden bin.

«Das ist nicht dein Ernst, oder?»

Ich versuchte mich an einem koketten Lächeln. «Alle Journalisten träumen doch davon, irgendwann ein Buch zu schreiben.» Um noch ein Klischee zu bemühen.

Luís hörte gar nicht mehr auf zu lachen.

«Der Killer von Alcoutim?»

Fehlte nur noch, dass er sich auf die Schenkel klopfte. So langsam konnte er sich ruhig mal wieder einkriegen. Endlich nahm er einen langen Schluck aus seiner Bierflasche.

«Ich glaube, deinen Schauplatz solltest du noch mal überdenken. Hier laufen keine Mörder rum.» Sagte der Mann, der noch vor ein paar Tagen mit einer Messerstecherei im Altersheim geprahlt hatte.

«Erst mal sammle ich ja sowieso nur Wissen. Recherche, du weißt schon. Wo der Roman spielen soll, weiß ich noch gar nicht so genau. Also gab es Obduktionen?»

«Schon, zwei, soweit ich weiß. Ein Unfallopfer und eine Lungenentzündung. Nichts für einen Krimi.»

«Ein Autounfall, sagst du?»

«Nö, der jüngere Alves ist mit zwei Promille im Blut in seinen Brunnen gefallen. Hat keinen gewundert, musste aber trotzdem untersucht werden.» Davon hatte auch meine Mutter erzählt.

«Alves? Der Vater von der Immobilienhändlerin?»

«Nee, der Onkel. Aber der Vater ist kurz darauf auch gestorben. Woran, weiß ich nicht.»

«Und die Lungenentzündung?»

«Traurige Geschichte. War ein Familienvater, ein guter Freund von mir. Hatte Krebs im Endstadium, ohne es zu ahnen.»

Also nicht die Alves-Cousine.

«Du sagtest, zwei Obduktionen, soweit du weißt. Wird denn nicht immer die Polizei informiert, wenn es dazu kommt?»

«Nur im Fernsehen. Das ist normalerweise eine Sache unter Ärzten, wenn die sich sicher sein wollen. Da wird die Familie informiert, und die hängt das nicht an die große Glocke. Wenn sie überhaupt ihre Zustimmung gibt. Aber die Sache mit dem Brunnen war Dorfgespräch.»

Mit einem langen Zug trank er die eine Bierflasche aus und öffnete mit Hilfe des Brotmessers die zweite. Er wollte auch mir nachschenken, aber ich winkte ab.

«Nein, danke, ich muss dann auch los, der Strand wartet.»

Er stand auf.

«Wir könnten mal zusammen was trinken gehen.»

«Ja, klar, machen wir.»

«Ich ruf dich an. Grüß deine Eltern von mir.»

«Mache ich.»

Küsschen, Küsschen.

Nada, niente, rien, nothing, dachte ich auf dem Weg ans Meer. Mit dem Thema Obduktionen war ich durch. Da war nichts zu holen. Und alles andere? Blödsinn, Spekulation, Unsinn. Am Strand machte ich mir klar, dass bei meiner ganzen Recherche im Grunde genommen nur eines herausgekommen war: ein Mittagessen mit einem attraktiven Mann. Immerhin.

Die Schuhe in der Hand lief ich ein Stück am Wasser entlang in Richtung Monte Gordo, dessen Hochhäuser ich in einigen Kilometern Entfernung sehen konnte. Hier in Vila Real waren nur wenige Menschen am Strand. Es gab keine Hochhäuser, nur feinen Sand, Muscheln und Meer. Nach ein paar hundert Metern suchte ich mir ein Plätzchen am Rand der Dünen und packte mein Badetuch aus. Zum Schwimmen war mir der Atlantik noch zu kalt. Aber es war schön, auf die glitzernde Wasserfläche zu schauen. Schön und beruhigend. Ein einsames Segelboot steuerte die Mole an, die das Meer von der Mündung des

Guadiana trennt. Viel schöner und viel beruhigender, als sich mit abstrusen Mordtheorien zu beschäftigen. Feierlich beschloss ich, mich ab sofort wieder den angenehmen Dingen des Lebens zuzuwenden.

Ob Mário auch gern an den Strand ging?

Bevor ich zurückfuhr, besorgte ich mir in einem Telefonladen ein einfaches Handy und eine portugiesische Prepaidkarte.

MÄRZ 2016

Die Frau im Bett wurde unruhig, wachte aber nicht auf, als sie ihr vorsichtig die Bettdecke wegzog und den in einen hellblauen Flanellpyjama gehüllten runden Leib freilegte. Durch ein Fenster neben dem Bett fiel das Licht des fast vollen Mondes. Schwere dunkle Möbel ließen den Raum kleiner wirken, als er war. Im ganzen Haus hing der Geruch von kaltem Zigarettenrauch. Widerlich.

Sie steckte die kurze dünne Nadel auf den Insulinpen, hielt die Plastikröhre senkrecht und klopfte leicht dagegen. Winzige Luftblasen stiegen in der Spritze auf. Zunächst stellte sie eine Einheit ein, drückte den Knopf, und aus der Nadelspitze trat Flüssigkeit aus. Perfekt. Kurz hielt sie inne, um zu lauschen. Nichts anderes war zu hören als das leise Schnorcheln der Frau im Bett. Soweit sie wusste, lebten Tochter und Schwiegersohn mit im Haus. Sie konnte nur hoffen, dass beide jetzt, um ein Uhr nachts, im Tiefschlaf lagen. Mit ruhiger Hand stellte sie am Pen die höchste Dosis ein. Die Überdosis.

Nun kam der kritische Moment. Behutsam schob sie den Stoff des Pyjamas zwischen zwei Knöpfen etwas auseinander. Weiße, erstaunlich glatte Haut kam zum Vorschein. Sie stieß die Nadel ins Fleisch und drückte den Knopf des

Pens bis zum Anschlag. Hoffte, bis in den Muskel durchzudringen, wo das Insulin schneller wirken würde. Raimunda Irene murmelte im Schlaf, wachte aber noch immer nicht auf. Die angebrochene Packung Schlaftabletten lag auf dem Nachttisch, neben einem Stück Traubenzucker. Aber auch ohne das Schlafmittel hätte Raimunda als langjährige Diabetikerin den kleinen Pìekser im Bauch wahrscheinlich kaum gespürt. Es war für sie ein normales Gefühl. Nicht schlimmer als ein Mückenstich. Ihr selbst ging es genauso.

Die Bettdecke kam wieder an ihren Platz, der Pen wanderte zurück in die Handtasche.

Eine Weile blieb sie noch ruhig neben dem Bett stehen. Auf Raimundas Haut bildete sich ein feiner Schweißfilm. Aber sie krampfte nicht, schlief einfach weiter. Auch das kannte sie von sich: Wenn sie zu unterzuckern drohte, sandte ihr Körper kaum noch Warnsignale aus. Ihr Arzt hatte ihr erklärt, ihr körpereigenes Alarmsystem sei über die Jahre abgestumpft. Er war es auch gewesen, der sie vor langer Zeit vor einer Unterzuckerung durch zu viel Insulin gewarnt hatte. Ein netter Mann.

Lächelnd sah sie auf die Frau hinab und pries den Tag, an dem sie just in dem Moment in die Apotheke gekommen war, an dem Raimunda ihr Insulin und ihre Schlaftabletten abholte. Bis dahin hatte sie nicht gewusst, dass auch das Biest an der Zuckerkrankheit litt. Woher auch? Seit der schrecklichen Zeit nach ihrer Rückkehr aus Trás-os-Montes hatte sie jeden Kontakt mit ihr gemieden.

In der Apotheke hatte sie sich an das Regal mit den Kosmetika gestellt, mit dem Rücken zum Verkaufstresen. Die Apothekerin sprach jetzt über die Gefahr einer Abhängigkeit von dem starken Schlafmittel. Raimunda nahm schließlich die braune Papiertüte mit ihren Medikamenten und ging, ohne sie bemerkt zu haben.

Ein Hustenanfall in einem der anderen Zimmer des Hauses riss sie aus ihren Gedanken. Hörte sich nach dem Raucher an. Es wurde Zeit.

Bevor sie ging, zog sie sich den Ärmel ihres Regenmantels über die Hand und stieß die Schlaftabletten sowie das Stück Traubenzucker vom Nachttisch, das für Notfälle bereitlag. Den Zucker schob sie mit dem Fuß ein paar Zentimeter unter das Bett. Nur eben außer Sichtweite. Sollte Raimunda doch noch aufwachen und merken, was los war, würde sie die rettende Glucose kaum finden. Und für jeden anderen würde es so aussehen, als hätte die Kranke selbst das kleine Päckchen versehentlich vom Nachttisch gestoßen. Die Schachtel mit den Schlaftabletten blieb auf dem Boden vor dem Nachttisch liegen.

Wäre sie noch gläubig, hätte sie wohl gesagt, jetzt läge es in Gottes Hand. Aber ihren Glauben hatte sie an jenem Tag verloren, an dem der Vater sie zu den Schafen schickte.

Leise schloss sie die Zimmertür, verließ das Haus ebenso leise durch die Hintertür und legte den Schlüssel zurück unter den Blumentopf, unter dem sie ihn gefunden hatte.

Morgen würde sie wissen, ob sie auch diesmal Erfolg gehabt hatte.

Ob es zu Ende war.

8

MAI 2016

«Dona Anabela?»

«Ja? Wer ist denn dran?» Noch halb im Schlaf hatte ich nach meinem klingelnden Telefon gegriffen. Wie spät war es überhaupt? Nach dem Mittagessen hatte ich mich im Garten meiner Eltern auf eine Liege im Schatten einer Steineiche gelegt und war prompt eingeschlafen. Es war Tag zwei nach meinem Besuch am Meer. Tag zwei ohne einen einzigen Gedanken an Mord und Totschlag.

«Mário Gomes.»

«Oh.»

Kurz nach dem Aufwachen bin ich nie besonders wort-gewandt.

«Störe ich?»

«Nein, nein, einen Augenblick bitte.» Kurz entschlos-sen legte ich das Telefon aus der Hand, griff nach der Wasserflasche neben der Liege, schraubte sie auf und goss mir das Wasser über den Kopf. Schon etwas wacher nahm ich das Telefon wieder in die Hand.

«Entschuldigung. Ja?»

«Ich denke, wir sollten uns sehen.»

Immerhin war ich schon wach genug, um die etwas seltsame Formulierung zu registrieren. Ein «Ich würde

Sie gern sehen» hätte deutlich netter geklungen, oder? Dann fiel mir ein, dass ich versprochen hatte, ihn zurückzurufen, damit nicht er die Roaming-Gebühren zahlen musste. Noch waren die nicht abgeschafft.

«Ich rufe Sie zurück, okay?»

«Ist schon in Ordnung. Also, hätten Sie Zeit?»

Wir verabredeten uns für den späteren Abend in der Taberna Ramos, wo man gut essen und gut draußen sitzen kann, wenn auch mit Blick auf die Zapfsäulen der einzigen Tankstelle in der näheren Umgebung. Aber Ramos hat außerdem das bestsortierte Weinregal der Gegend und einen weiteren Vorteil: Ich konnte zu Fuß hingehen. Leider nur in vernünftigen Schuhen, der kürzeste Weg führte querfeldein über steinige Wege. Als Ausgleich für die fehlenden hübschen Sandalen gab ich mir viel Mühe mit meinem Make-up.

A vida é uma caixinha de surpresas, das Leben ist eine Schachtel voller Überraschungen. Wie wahr. Mário war nicht allein. Knallrote Lippen, starke Augenbrauen, leichtes Übergewicht – neben ihm saß unverkennbar Doutora Catarina Cardoso. Was machte die denn hier? Die Tankstelle war längst geschlossen, ein zufälliges Treffen also unwahrscheinlich. Zumal die beiden sich eine Flasche Wein teilten. Schälchen mit eingelegten Karottenscheiben, Oliven und Brot gaben einen weiteren zarten Hinweis auf mangelnden Zufall. Die beiden waren so ins Gespräch vertieft, dass sie meine Ankunft erst bemerkten, als ich direkt vor dem Tisch stand.

«Boa noite!» Mário lächelte, die Ärztin nickte mir zu.

«Setzen Sie sich doch. Trinken Sie einen Wein mit?»

«Ja, gern», sagte ich, nach wie vor irritiert. «Und ein Mineralwasser bitte.»

Mário stand auf, um drinnen ein zusätzliches Glas und das Wasser zu besorgen.

«Sie sind überrascht, mich zu sehen.» Immer noch kein rotes Lächeln, sondern eine gerunzelte Stirn.

«Um ehrlich zu sein: sehr.»

Natürlich kam mir die Untersuchung meines Vaters in den Kopf. Er war vorgestern beim Neurologen gewesen, und wir hatten noch kein Ergebnis der Untersuchung. Das sollte an den Hausarzt geschickt werden, an Catarina. Doch selbst meine ausgeprägte Vorstellungskraft reichte nicht aus, um mir die Mitteilung der Diagnose hier, jetzt und ohne den Patienten vorzustellen.

Mário kam zurück, kurz darauf brachte der Wirt das Gewünschte und schenkte den Wein ein. Hier draußen waren wir die einzigen Gäste. Ich fühlte mich unbehaglich, wusste mit der Situation nichts anzufangen.

«Ich will nicht lange drum herumreden», sagte Doutora Catarina. «Ihre Frage neulich, ob der unnatürliche Tod eines alten Menschen hier auffallen würde, ist mir nicht mehr aus dem Kopf gegangen. Und als mir Mário von Ihrem Gespräch und von den ganzen Namen, die Sie notiert haben, erzählte, bin ich noch nachdenklicher geworden.»

Ich warf Mário einen bösen Blick zu. Sah so aus, als hätte ich meine Gedanken genauso gut der *Correio da Manhã* anvertrauen können. Er hob abwehrend die Hände und sagte: «Ich bin mit Catarina und ihrem Freund Júlio befreundet.»

Als ob das eine Entschuldigung gewesen wäre. Egal. Ich konnte nur hoffen, dass inzwischen nicht das ganze Dorf klatschte. Doch letztlich siegte meine Neugierde über den Ärger.

Ich sah Catarina direkt in die dunklen Augen. «Und?»

«Es hat in der Tat in letzter Zeit zwei Obduktionen gegeben, die ich veranlasst habe.»

«Das weiß ich schon.»

«Dann wissen Sie auch, dass einer der Fälle die Familie Alves betraf?»

Ich nickte.

«Nun, ich hatte noch einen Patienten mit dem Namen Alves, der kürzlich gestorben ist. Ich habe das erst später erfahren, weil er nicht hier, sondern in Faro gestorben ist. António Alves. Seine Frau hat den Rettungswagen gerufen, an einem Freitagabend. Da war das Centro Saúde nicht besetzt.»

Sie trank einen Schluck Wein. «Wir sind schon lange unterbesetzt, müssen Sie wissen, ich arbeite nicht nur in Alcoutim, sondern auch in Martim Longo. Viele Patienten werden auch gleich ins Centro Saúde nach Vila Real verwiesen. Dahin fährt auch der Rettungswagen. Jedenfalls hatte Senhor Alves wohl eine heftige Magen-Darm-Entzündung, so heftig, dass er von Vila Real ins Krankenhaus nach Faro gebracht wurde, wo dann letztlich sein Kreislauf versagt hat. Bei älteren Menschen keine Seltenheit. Aber ich habe mich doch gewundert, als ich davon erfuhr, weil dieser Mann im Gegensatz zu seinem Bruder in sehr guter körperlicher Verfassung war.»

«Und, wurde er obduziert?»

«Meines Wissens nicht.»

«Was denken Sie?»

Sie nahm sich Zeit mit ihrer Antwort, als müsse sie sich entscheiden, ob sie überhaupt weitersprechen sollte. Sowohl Mário als auch ich hingen an ihren schönen roten Lippen.

«Es könnte eine Vergiftung gewesen sein.»

«Eine Lebensmittelvergiftung?»

«Ich habe mit seiner Frau gesprochen. Sie sagt, er habe nichts Ungewöhnliches gegessen.»

«Also wurde er vergiftet.»

Wir alle drei lauschten meinen Worten nach.

«Oder er hat sich versehentlich vergiftet», sagte Catarina.

«Das wäre wohl kaum unentdeckt geblieben», wandte ich ein und fragte: «Was ist mit Maria Custódia Alves? War sie auch Ihre Patientin?»

«Ja, und sie ist definitiv von ihrem Krebs besiegt worden.»

Mário räusperte sich.

«Ich war beim Grundbuchamt und habe in alten Unterlagen gestöbert. Die Alves müssen hier mal eine ganz große Nummer gewesen sein. Sie hatten die größte Quinta in der ganzen Gegend. Hektarweise Land bis weit in den Alentejo.» Die Region Alentejo grenzt nördlich von Alcoutim an die Algarve.

«Hatten?»

«Bis zur Nelkenrevolution. Danach wurden sie enteignet.»

«Ich dachte, das sei später alles wieder zurückgedreht

worden?» Ich konnte mich dunkel daran erinnern, wie mein Großvater als überzeugter Kommunist sich darüber aufgeregt hatte, noch Jahre danach.

«Nicht alles. Die Alves-Quinta gibt es so nicht mehr. Vermutlich sind sie aber entschädigt worden. Mehr weiß ich im Moment auch nicht. Da müsste ich weiterforschen.»

«Was redet ihr denn da?», fragte Catarina.

«Na ja, wenn der Mann vergiftet worden ist, dann muss es ja auch ein Motiv geben. Womöglich liegt es in der Vergangenheit.»

«Moment mal», protestierte die Ärztin. «Dass er ermordet worden ist, habe ich nicht gesagt. Ich bin einfach nur im Zweifel, ob er besser obduziert worden wäre. Oder noch werden sollte. Ach, ich hätte einfach gar nichts sagen sollen.»

«Warum haben Sie eigentlich nichts gesagt? Bisher, meine ich. Wenn Ihnen das doch gleich komisch vorgekommen ist?»

Sie mochte mich offenbar nicht direkt ansehen, rang sich aber zu einer Antwort durch.

«Die Kollegen in Faro wären wohl kaum begeistert, wenn ich behaupte, sie hätten etwas übersehen.»

«Also Angst vor den Folgen?»

Sie antwortete nicht. Das war mir Antwort genug.

«Weiß jemand, ob die Alves-Brüder Besuch von den Studenten hatten?»

«Warum fragst du das?» Unversehens ging Catarina zum Du über. Ich hatte nichts dagegen, für meinen Geschmack wird in Portugal sowieso viel zu viel gesiezt.

«Nicht eine Sekunde glaube ich, dass diese engagierten jungen Leute etwas mit den Todesfällen bei uns zu tun haben.» Sie klang entrüstet.

«Hatten sie nicht», antwortete Mário, «ich hab den Padre gefragt. Ganz unverfänglich, versteht sich.»

Mein neuer Lieblingsbibliothekar war ja ganz schön eifrig gewesen. Wir lächelten uns kurz an.

Die Todesengel-Theorie hatte sich damit erledigt. Blieben zwei tote Alves-Brüder, die unter seltsamen Umständen gestorben waren. Und meine Erinnerung an die Worte der alten Maria de Lourdes. «Verbrecher. Alle!»

Catarina stand auf und griff nach der Jacke, die über ihrer Stuhllehne hing. «Ich muss nach Hause.»

«Warte, Catarina, ich finde, du solltest mit meinem Cousin Luís sprechen, der ist bei der GNR.»

«Ich denke darüber nach», antwortete sie und verabschiedete sich mit Küsschen. Ich bat sie noch um ihre Handynummer und gab ihr meine. Dann stieg sie in einen am Straßenrand geparkten weißen Renault Mégane und fuhr davon.

Mário schenkte mir Wein nach.

«Zigarette?»

Ich nickte.

«Keine Sorge, ich habe nicht an die große Glocke gehängt, was du mir erzählt hast», sagte Mário, «aber weil ich Catarina nun mal kenne und wir uns heute über den Weg gelaufen sind, ich meine, da lag es doch nahe, sie auf das Thema anzusprechen.»

«Schon gut.»

Ein Pick-up fuhr auf die Tankstelle. Der Fahrer sprang

bei laufendem Motor aus der Fahrerkabine, knallte die Tür zu und ging in die Bar. Wir hörten ihn ein Bier bestellen. Abgasgestank wehte über die Tische. Ich schüttelte ungläubig den Kopf. Mário stand auf, ging in die Bar und kam mit dem Fahrer wieder heraus. Der stellte den Motor ab, grinste mich an und ging zurück zu seinem Bier.

«Es könnte tatsächlich was dran sein an deinem Verdacht. Wahnsinn. Mord in Alcoutim, man stelle sich vor.» Mário starrte versonnen auf die Weinflasche.

«Bist du gern am Strand?»

«Wie bitte?»

«Vergiss es.»

Es war schon merkwürdig. Nach allem, was ich in den vergangenen Tagen zusammenphantasiert hatte, wollte ich jetzt nicht sofort wahrhaben, dass tatsächlich etwas Schreckliches geschehen sein sollte. Für mich war das so gut wie amtlich. Catarina mochte ja Bedenken haben, ihren Verdacht offiziell zu äußern. Aber sie war sich im Grunde ihres Herzens sicher. Sonst hätte sie nicht geredet. Wenn die Ärztin Luís nicht informierte, dann würde ich es tun. Übermorgen. Einen Tag gab ich ihr Zeit. Und mir selbst auch. Morgen würde ich versuchen, noch mal mit Maria de Lourdes zu reden. Auch wenn Ehrlichkeit nicht der zweite Vorname der alten Dame war – dieses Spucken und Schimpfen war aus tiefster Seele gekommen, da war ich mir sicher. Ich erzählte Mário davon. Er fand auch, dass ich noch einmal mit ihr sprechen sollte.

«Bestellen wir noch eine Flasche?», fragte er.

«Sei mir nicht böse, aber ich gehe auch nach Hause.»

9

«Alle haben getuschelt, alle haben es gewusst, aber keiner hat etwas unternommen, nicht mal die eigene Familie. Alle hatten Angst vor den Alves oder steckten mit denen unter einer Decke. Das arme Ding!»

«Was haben alle gewusst, Dona Maria?», fragte ich und bemühte mich, gleichbleibend freundlich und geduldig zu klingen. Leicht war das nicht.

«Ich kann kaum noch sehen, und mit dem Laufen ist es auch nichts mehr. Geht es Ihnen gut?»

Wir saßen auf einer Bank vor der Tür des Altersheimes in Balurco de Baixo im Schatten des blau-weiß gestrichenen Gebäudes. Andere Schattenplätze gab es nicht. Weder Baum noch Strauch, nur graues Pflaster und freien Blick auf den Zaun, der das gesamte Gelände des Heimes umgab. Das Ambiente ließ mich trotz des farbigen Anstriches an einen Knast denken. Maria de Lourdes hatte die blau geäderten Hände um den Griff ihres Stockes gelegt. Ich war kurz davor, ihr das Ding über den Kopf zu ziehen. Nur so ein Gedanke, versteht sich.

«Die Gesundheit ist das Wichtigste überhaupt», sagte die alte Dame bestimmt zum zehnten Mal, «nicht wahr?»

Dona Maria bei einem Thema zu halten war ungefähr

so, als wollte ich mit bloßen Händen einen Zitteraal fangen.

Es war kein Problem gewesen, sie zu einem Plausch vor der Tür zu überreden, obwohl sie sich nicht erinnern konnte, je mit mir gesprochen zu haben. Sie freute sich auch über unbekannten Besuch. Wahrscheinlich war alles besser, als in einem großen kahlen Saal gemeinsam mit anderen Senioren aufgereiht an der Wand zu sitzen und auf einen Bildschirm zu starren. Dort hatte ich sie gefunden. Anscheinend war ich die einzige Besucherin des Tages. Das wunderte mich nicht. Es waren deutlich über 30 Grad, und mir war der Schweiß ausgebrochen, als ich zu Fuß zum Heim gegangen war und dann in der prallen Sonne vor dem Tor auf Einlass gewartet hatte. In diesem Altersheim waren Besuche nur zwischen zwei und vier Uhr am Nachmittag erlaubt. Was für eine schwachsinnige Besuchszeit in einem heißen Land. Zum Glück wehte über unsere Bank ein frischer Wind.

Inzwischen wusste ich, dass Maria de Lourdes in jüngeren Jahren Schneiderin gewesen war, ihren Mann beim Tanz kennengelernt hatte und der arme Kerl damals immer mehr als zehn Kilometer zu Fuß gehen musste, wenn er seine Angebetete sehen wollte. Ich war über ihren wichtigsten Besitz informiert (ein Haus, drei Oliven- sowie zwei Johannisbrotbäume), kannte die Zahl ihrer verstorbenen Geschwister (vier) und ihr Lieblingsgetränk (Milch). Zwei Versuche, mit ihr über mein eigentliches Thema zu sprechen, waren in der warmen Luft verpufft und mein Vorrat an Geduld mittlerweile auf einen kargen Rest zusammengeschrumpft.

Dann, eben, wie aus dem Nichts, dieser Satz über die Alves. Gerade als ich beschlossen hatte, mich zu verabschieden.

«Was ist dem armen Ding passiert, Dona Maria?»

«Weggeschickt wurde sie, in den Norden. Und als sie wiederkam, da haben sie ihr das Leben zur Hölle gemacht. Jawohl.»

«Wer denn?»

«Raimunda Irene, die war die Schlimmste von allen. Weil der Cristiano sie nicht mal angeguckt hat, sondern nur Augen für das Blauauge hatte. Das war ihr Spitzname.»

Blaue Augen sind in Portugal eher selten. Aber in dieser Gegend kommen sie immer mal wieder vor. Auch in unserer Familie wird alle paar Generationen ein blauäugiges Kind geboren. Laut Familienüberlieferung geht das auf den Einfluss eines keltischen Stammes zurück, der sich in der Antike an der Ostalgarve herumgetrieben hat. Meine eigenen Augen sind übrigens dunkelbraun. Aber ich schweife ab. Maria de Lourdes sprach weiter.

«Hure hat sie sie genannt, als ob nicht jeder gewusst hätte, dass Cristiano der Kleinen Gewalt angetan hat. Die Kleine, die war eine ganz Brave und Fromme, die wäre nie freiwillig … na, Sie wissen schon. Noch keine fünfzehn war sie. Aber der Alves, der hat sich ja immer alles genommen, was er wollte. Dem konnte ja nichts passieren. Über den hat der große Bruder die Hand gehalten.»

Sie umklammerte den Stock jetzt so fest, dass die blauen Adern ihrer Hände fast nicht mehr hervortraten, und blickte starr geradeaus.

«Wer war die Kleine, der Gewalt angetan wurde?»

«Wie spät ist es? Ich möchte meine Milch.»

Ich holte mein Handy aus der Tasche. Kurz vor vier.

«Gleich ist Kaffeezeit, Dona Maria. Aber verraten Sie mir doch bitte, wie das blauäugige Mädchen hieß.»

«Welches Mädchen?»

Santa Mãe de Deus!

«Das Mädchen, das in den Norden geschickt wurde. Das Blauauge. Wie war sein richtiger Name?» Ich hielt den Atem an, betete, dass sie nicht wieder in andere Gefilde abdriften würde.

«Linda», sie lächelte, «ja, so hieß sie.»

Linda, die Schöne.

«Schönheit kann ein Fluch sein», bemerkte die alte Dame.

«Können Sie sich an den Familiennamen erinnern?»

«Cavaco?», fragte sie und schüttelte den Kopf. «Nein. Souza? Nein, der war es auch nicht. Silva? Ach Kind, tut mir leid, ich weiß es nicht mehr.»

«Macht doch nichts, Dona Maria. Wissen Sie denn noch, wann das alles passiert ist?»

Sie schaute jetzt ganz traurig.

«Mit den Jahren komme ich immer so durcheinander.»

«Vielleicht ist zu der Zeit noch etwas anderes passiert, an das Sie sich erinnern, etwas Besonderes?»

Sie schüttelte den Kopf.

So kam ich nicht weiter.

«Sie wollten mir noch von Raimunda Irene erzählen. Und von dem großen Bruder?»

«Böse! So böse!» Plötzlich kicherte sie los und sagte

in hämischem Ton: «Über den Cristiano hat sie herumerzählt, dass er es mit den eigenen Töchtern treibt. Dabei waren die noch Kinder!» Sie hörte auf zu kichern und runzelte die Stirn. «Das war aber später, da war der Doktor Salazar schon tot.»

Zu meiner Schande hatte ich keine Ahnung, wann der portugiesische Diktator gestorben war. Vor der Revolution? Danach? Womöglich während? Nein, das hätte wahrscheinlich sogar ich schon gehört. Die Revolution galt als unblutig, obwohl einige Menschen gestorben waren. Ich erinnerte mich an Fotos von Nelken, die in Gewehrläufen steckten. Vor zwei Jahren, zum vierzigsten Jahrestag, war auch in deutschen Zeitungen an das Ende der portugiesischen Diktatur erinnert worden.

Eine junge Frau im weißen Kittel kam auf uns zu. «Dona Maria, kommen Sie bitte.» Und mit Blick auf mich: «Sie müssen jetzt gehen.»

Die Pflegerin half Dona Maria auf die Beine. Mit Küsschen auf die trockenen Wangen der alten Dame verabschiedete ich mich. «Der Cais do Sodré!», rief sie plötzlich direkt an meinem Ohr. Feine Spucketröpfchen landeten auf meinem Hals. Ich ging etwas auf Abstand.

«In dem Jahr war das große Unglück in Lissabon!»

Sichtlich froh über ihre Gedächtnisleistung strahlte sie mich an. Meinte sie jetzt die Vergewaltigung von dem Mädchen? Vermutlich. Ich kam nicht mehr dazu, sie zu fragen.

«Wir müssen jetzt rein, Dona Maria, sonst bekommen Sie keinen Kuchen mehr», mahnte die Pflegerin. «Und dann wollten wir doch auch noch basteln.»

Fünf Minuten später schloss sich die schwere Gittertür im Zaun hinter mir.

Tief in Gedanken lief ich die lange Straße von Balurco de Baixo in Richtung Balurco de Cima zurück, vorbei an dem alten Radbrunnen, vorbei an der kleinen Kneipe, auf deren Terrasse unter einem Sonnenschirm eine Gruppe Männer saß und Karten spielte, vorbei an einem mitten auf der Fahrbahn dösenden Hund, der kaum den Kopf hob. Ich sah das alles und ich sah nichts. Ein vergewaltigtes Mädchen. Weggeschickt von der eigenen Familie. Schreckliche Vorstellung. Meine eigene Familie mochte ja nicht perfekt sein, aber wir hielten wenigstens zusammen. Dann ein Bruder, der einen Vergewaltiger schützt. Zu ärgerlich, dass wir unterbrochen worden waren und ich nicht noch einmal nach diesem Bruder hatte fragen können. Konnte diese alte Geschichte mit den Todesfällen zu tun haben? Hatte ich heute etwas von Bedeutung erfahren oder nicht? Und dann diese Raimunda Irene. Erst jetzt, als ich den Namen vor mich hin murmelte, klingelte es in meinem Kopf. Stand nicht eine Raimunda Irene auf der Liste der 1944er?

Nicht einmal das ratternde Geräusch eines Helikopters über meinem Kopf riss mich länger als einen Augenblick aus meinen Gedanken. Er schien in Richtung Fluss zu fliegen. Vielleicht brannte es irgendwo. Hoffentlich kein schlimmes Feuer. Die hohen Temperaturen in den vergangenen zwei Wochen hatten die tiefgrünen Wiesen, über die ich mich bei meiner Ankunft gefreut hatte, schnell austrocknen lassen, inzwischen gab es schon mehr Braun- als Grüntöne in der Landschaft. Wald- und Flächenbrände sind in dieser Gegend alles andere als eine Seltenheit. Überhaupt in Portugal. Die Feuer sind oft Folge von Brandstiftungen und gefürchteter als die biblischen Plagen. Der Anblick von Löschflugzeugen und Hubschraubern, die mit angehängten ballonförmigen Tanks im Guadiana Löschwasser aufnehmen, war sogar mir vertraut.

Kaum zu Hause, ging ich in mein Zimmer und holte die Liste aus meiner Tasche. Mein Vater saß wie üblich im Wohnzimmer vor dem Fernseher, Mãe war bei ihrer Freundin Glória, die heute aus Lissabon zurückgekommen war.

Raimunda Irene Tomaz, geboren 1944, gestorben am 19. März 2016. Da stand es. So tot wie die Alves-Brüder. Januar, Februar, März. Jeden Monat eine Leiche. Und jede trug einen Namen, den ich heute aus dem Mund von Maria de Lourdes gehört hatte. Zwei vom selben Jahrgang, die sich offenbar gut gekannt hatten. Das konnte doch alles kein Zufall sein. Woran diese Raimunda wohl gestorben war? Aber eins nach dem anderen. Erst einmal wollte ich wissen, wann sich diese Vergewaltigung ereignet hatte. Maria de Lourdes mochte alt und ein bisschen verwirrt sein, aber ich glaubte keine Sekunde, dass sie sich das alles ausgedacht hatte.

Ich fuhr den Laptop hoch.

Laut Wikipedia hatte es im Bahnhof Cais do Sodré in Lissabon 1963 ein schweres Unglück gegeben, als eine Betondecke einstürzte und hundert Menschen unter sich begrub. Vierzig waren gestorben. 1963. Vor dreiundfünfzig Jahren. Da waren die Brüder Alves neunzehn und einundzwanzig Jahre alt gewesen. Alt genug. Aber wer sollte nach all den Jahren noch auf die Idee kommen, wegen einer Vergewaltigung einen Rachefeldzug zu starten? Hm.

Dann war da noch die Geschichte vom Missbrauch der eigenen Töchter, die diese Raimunda angeblich herumerzählt hatte. Falls an dem Gerede tatsächlich etwas dran war, sah ich da schon eher ein Motiv. Pädophilie ist schließlich keine Erfindung des einundzwanzigsten Jahrhunderts. Missbrauch innerhalb der Familie schon gar nicht.

Wieder konsultierte ich das Internet, um den Zeitpunkt eingrenzen zu können. Salazar war 1970 gestorben, las ich, vier Jahre vor der Revolution. Nicht von seinen Gegnern zu Fall gebracht, sondern von einem Liegestuhl. Im wahrsten Sinne des Wortes. Er war mit dem Stuhl gestürzt, auf den Kopf gefallen und später den Folgen des Sturzes erlegen. Wie bizarr.

«Filha, hörst du das? Das ist jetzt schon wieder ein Hubschrauber.» Meine Mutter stand in der Zimmertür. Ich klappte den Laptop zu und schob die Liste darunter.

«Es wird irgendwo brennen.» Ich ging mit ihr vor das Haus.

«Das ist ein Polizeihubschrauber.»

«Vielleicht kommt nachher was in den Nachrichten.»

In der Tat. Zum Schluss der 20-Uhr-Sendung brachte das Telejournal auf RTP1 kurze Bildsequenzen von einem kreisenden Helikopter, aufgeregten Hunden vor Polizeiwagen, Männern in Jagdmontur und GNR-Uniformen. Ich meinte, auch Cousin Luís im Gewimmel zu entdecken, war mir aber nicht sicher. Den Schluss des Berichtes bildete die Aufnahme eines Krankenwagens. Dazu sagte die Stimme des Nachrichtensprechers: «Nordwestlich der Stadt Alcoutim an der Algarve ist heute am späten Nachmittag die Leiche eines älteren Mannes gefunden worden. Die Polizei schließt ein Gewaltverbrechen nicht aus. Nähere Angaben wurden bisher nicht gemacht. Und nun zum Sport.»

10

«Filha, Telefon für dich!» Der Ruf meiner Mutter weckte mich nach einer Nacht, die ich hauptsächlich damit verbracht hatte, mich in meinem schmalen Bett hin und her zu wälzen. Sobald ich die Augen schloss und eindämmerte, zeigte mir mein Unterbewusstsein mein sehr viel jüngeres Ich, das panisch durch einen dichten Wald vor einem riesigen Mann davonlief. Zum Glück war ich jedes Mal hochgeschreckt, ehe der Mann mich packen konnte.

Lag ich wach, quälten mich meine Gedanken. Noch ein alter Mensch tot. Ein Gewaltverbrechen. Konnte es da einen Zusammenhang geben? Sollte ich zur Polizei gehen? Meine Liste vorzeigen? Musste ich? Nein. Nicht, ehe ich größere Klarheit hatte. Wer wusste, was ich sonst in Gang setzte, und das womöglich völlig grundlos.

Ich rieb meine verquollenen Augen.

«Anabela!»

«Komme ja schon», murmelte ich, zwang mich aus dem Bett und ging ins Wohnzimmer. Meine Mutter hielt mir den Telefonhörer entgegen und flüsterte mit aufgerissenen Augen: «Jemand von der Polícia Judiciária will dich sprechen!» Die Kriminalpolizei? Die Liste, dachte ich sofort. Und dann: Blödsinn. Ich nahm den Hörer.

«Silva.»

«Guten Morgen, entschuldigen Sie die frühe Störung», sagte eine angenehme und hellwache Männerstimme. Wie spät war es überhaupt? Ich sah auf die Wanduhr über dem Sofa. Kurz vor acht.

«Ja?»

«Mein Name ist Paulo Pinto, ich bin Inspektor der PJ und würde Sie gern um Hilfe bitten. Ein Kollege von der GNR hier in Alcoutim hat uns erzählt, dass Sie fließend Deutsch und Portugiesisch sprechen.»

«Ja, und?»

«Wir haben hier ein Problem. Unsere Dolmetscherin ist im Mutterschutz und die Vertretung hat sich krankgemeldet. Der Kollege meinte, Sie könnten vielleicht aushelfen.»

«Aushelfen?» Reiß dich zusammen, Bela, der Mann muss dich ja für geistig minderbemittelt halten. «Wobei denn?»

«Das würden wir Ihnen lieber persönlich erklären. Wir haben uns vorübergehend hier in der Polizeistation eingerichtet. Sie wissen, wo das ist?»

«Ja sicher.» Ich zögerte. Dachte wieder an die vermaledeite Liste. Machte mir noch einmal klar, dass dieser Anruf nichts damit zu tun haben konnte.

«Sie würden uns wirklich sehr helfen.»

Und Luís würde mir den Kopf abreißen, wenn ich nein sagte. Garantiert hatte er vor den Leuten von der Kripo ordentlich mit seiner zweisprachigen Cousine angegeben. Sein eigener Kopf saß übrigens auch schon locker. Er hätte mich ja wohl mal fragen können, ehe er meinen Namen weitergab.

«Also gut. Ich kann mir auf jeden Fall anhören, worum es geht. Reicht es, wenn ich in etwa vierzig Minuten da bin?»

«Sagen wir um neun?»

«Ja, in Ordnung.»

«Com licença», sagte die Stimme, mit Verlaub, dann war sie weg. Ich legte den Hörer zurück auf die Gabel.

«Du musst zur Polizei?» Die Stimme meiner Mutter schwankte zwischen Aufregung und Besorgnis.

«Sie brauchen eine Dolmetscherin.»

«Das hat bestimmt mit der Nachricht von gestern zu tun! Vielleicht ist das Opfer ein deutscher Tourist.»

«Gut möglich.» Sogar sehr wahrscheinlich, dachte ich hoffnungsfroh. Dann gab es zumindest keinen Zusammenhang mit meinen Toten. Meine Toten? Meine Güte, Bela.

Luís, heute in blauer Uniform mit frisch gebügeltem Hemd, nahm mich in Empfang. Er führte mich sofort durch einen Pulk von Leuten, die sich im Empfangsbereich der Wache drängten, in einen Flur und klopfte an eine Tür. «Wir sprechen uns noch», zischte ich ihm zu, für mehr war keine Gelegenheit.

«Entre!», rief jemand, herein!

Hinter einem Schreibtisch, der den Raum fast komplett ausfüllte, stand ein hochgewachsener Mann von seinem Stuhl auf und kam mit ausgestreckter Hand auf mich zu. Ein zweiter, jüngerer Mann stand neben einem Fenster an der Wand.

«Anabela Silva? Vielen Dank, dass Sie gekommen sind. Danke, Agente, wir kommen dann zurecht.» Luís nickte und verließ den Raum. «Ich bin Chefinspektor João Almeida, und das ist Inspektor Paulo Pinto.» Pinto hieß wörtlich übersetzt das Küken. Kam hin. Mitte zwanzig, schätzte ich. Das also war der Mann von der PJ, mit dem ich telefoniert hatte. Tiefschwarzes Haar, mit Gel zurückgekämmt, muskulöser Oberkörper, über dem ein eng geschnittenes weißes Oberhemd spannte, stramme Oberschenkel in khakifarbenen Chinohosen. Nein, doch eher ein Gockel, ein Gockel mit schöner Stimme. Nun schwieg er allerdings, grüßte nur mit einem Nicken.

«Setzen Sie sich doch.» Der Chefinspektor wies auf den Stuhl vor dem Schreibtisch und setzte sich selbst wieder dahinter. Sein Alter war schwerer zu schätzen. Irgendwo zwischen vierzig und fünfzig. Silbergraues, fast schon weißes Haar, sehr kurz geschnitten. Eine Brille mit schwarzem, eckigem Gestell. Hellgrauer Anzug ohne Krawatte, das Jackett offen. Dezent grau-weiß gestreiftes Hemd. Seriöse Ausstrahlung. Aber … ich weiß nicht, wie ich es beschreiben soll, auch irgendwie weich. Freundlich. Gemütlich. Er war nicht dick, hatte aber ein etwas rundliches Gesicht und einen Mund, der selbst dann zu lächeln schien, wenn er ernst guckte. So wie jetzt.

«Sie haben bereits gehört, dass es hier ein Verbrechen gegeben hat?» Ich nickte und dachte: mindestens eins, hielt aber wohlweislich den Mund.

«Bei dem Opfer –» Weiter kam er nicht, weil das Telefon auf dem Schreibtisch klingelte.

«Entschuldigung.» Er nahm ab. «Sim?»

«Ja» anstelle von «Ich bin». Auch keine echte Verbesserung, dachte ich überflüssigerweise. Ich glaube, ich war ein bisschen nervös. Almeida am Telefon hörte nur zu und fixierte derweil einen Punkt irgendwo über meinem Kopf.

An der Wand hinter seinem Stuhl hing das gerahmte Emblem der GNR. Ansonsten war der Raum kahl. Die Krimileserin in mir suchte vergeblich nach den obligatorischen Tatortfotos und mit Pfeilen verbundenen Notizen. Das hier war ganz sicher nicht das Büro, in dem die Herren von der Kripo ihre Ermittlungen durchführten. Logisch eigentlich. Ich war schließlich eine Außenstehende, sie würden mich kaum in ihr Allerheiligstes einladen. Und auf Fotos von einer Leiche war ich auch überhaupt nicht scharf. Wieder musterte ich mein Gegenüber. Er hielt den Telefonhörer mit der linken Hand. Kein Ehering. In südlichen Ländern wird der links getragen. Ich betrachtete sein Profil. Es würde mich nicht wundern, wenn er Haarschnitt und Brille gewählt hätte, um strenger zu wirken. Allerdings ohne nennenswerten Erfolg. Er sah aus wie jemand, dem man sofort vertrauen wollte. Wie ein Vater, der am Wochenende mit seinem Sohn zum Fußballspiel geht. Ob ihm diese Ausstrahlung bei der Arbeit nützlich war? Möglich. Je länger ich ihn ansah, desto jünger schien er mir. Er musste frühzeitig ergraut sein. Zu viel Mord und Totschlag? Konnte ich mir gut vorstellen.

«Gut, danke, wir sprechen später darüber», sagte er zu wem auch immer und legte auf.

«Entschuldigung. Also, wo waren wir stehengeblieben? Richtig. Das Opfer ist deutscher Staatsbürger, und wir müssen Angehörige und Bekannte vernehmen, die wenig oder gar kein Portugiesisch sprechen. Der Kollege Silva hat Sie als Dolmetscherin vorgeschlagen, weil wir einen krankheitsbedingten Engpass haben, das hat Ihnen Inspektor Pinto ja bereits gesagt. Sollten Sie sich bereit erklären, uns zu helfen, müssten Sie eine Verschwiegenheitserklärung unterschreiben. Wie ich höre, sind Sie Journalistin. Nehmen Sie es mir bitte nicht übel, wenn ich nochmals betone, dass nichts von dem, was Sie hören würden, an die Öffentlichkeit gelangen darf. Kein einziges Wort.»

Ein Mann klarer Ansagen.

«Natürlich würden wir Ihre Zeit vergüten. Also, was sagen Sie?»

«Ich bin keine ausgebildete Dolmetscherin.»

«Das ist mir bewusst. Aber wer keinen Hund hat ...»

«... jagt mit der Katze.»

Wir grinsten beide. Der Chefinspektor wurde mir mit jeder Minute sympathischer. Ich weiß nicht, ob dieses gemeinsame Grinsen oder das Zauberwort Vergütung den Ausschlag gab. Jedenfalls hörte ich mich sagen: «Also, wenn Sie meinen, helfe ich gern.»

«Den Papierkram erledigt dann mein Kollege mit Ihnen. Paulo?» Inspektor Pinto steckte sein Handy, auf dem er herumgetippt hatte, während sein Chef mit mir sprach, in die Hosentasche. Almeida stand auf, damit Pinto seinen Platz einnehmen konnte, gab mir die Hand und verließ das Büro. Fünf Minuten später hätte ich beinah noch einmal breit gegrinst. 250 Euro Tageshonorar, nicht schlecht. Wenn diese Vernehmungen zwei Tage dauerten, hatte ich die Kosten für den Leihwagen wieder drin. Ich unterschrieb einen Vertrag und die Verschwiegenheitserklärung.

«Und jetzt?»

«Jetzt warten Sie bitte hier.» Dann war auch Pinto verschwunden.

Allein in dem kahlen Raum wurde ich unsicher. Vielleicht hätte ich doch erst einmal in Ruhe nachdenken sollen, bevor ich mich auf diese Sache einließ. Hier ging es um Mord. Ganz real. Womöglich blutig. Kam ich damit klar? Die Herren Kommissare hätten mir wenigstens sagen können, wie der Mann gestorben war. Aber vielleicht kam das noch. So ganz ohne Briefing konnten sie mich doch nicht arbeiten lassen. Wo blieben die beiden überhaupt? Durch die geschlossene Tür konnte ich Telefonklingeln und Stimmen hören, aber nichts verstehen.

Ich nutzte die Zeit, um meine Mutter zu informieren. Gut, dass Glória wieder im Dorf war, sonst hätte ich diesen Dolmetscherjob gar nicht annehmen können. War wirklich gar nicht schlecht bezahlt. Kürzlich hatte ich in einem Artikel über die wirtschaftliche Situation Portugals gelesen, dass der gesetzliche Mindestlohn ganze 530 Euro betrug – für eine Vollzeitstelle, wohlgemerkt. Und ich würde an einem einzigen Tag fast die Hälfte verdienen. Das war fast schon unglaublich. Ob ich … die Tür ging auf.

«Kommen Sie bitte?» Wieder Inspektor Pinto. Hoffentlich würde ich nicht nur mit diesem Muskelpaket zu tun haben.

Luís sah ich nicht mehr, als wir durch die Wache nach draußen gingen. Zehn Minuten später saß ich im Fond eines großen Renaults und besah mir Pintos gegelten

Hinterkopf. Er fuhr. João Almeida saß auf dem Beifahrersitz und telefonierte schon wieder. Ich wartete ab, bis er sein Gespräch beendet hatte, in dem es um irgendwelche Spuren zu gehen schien, dann sprach ich ihn an.

«Wie ist dieser Mann denn zu Tode gekommen? Ich denke, ich sollte ein paar Informationen haben, ehe wir in das erste Gespräch gehen.»

Almeida drehte sich auf seinem Sitz so weit um, dass er mich ansehen konnte.

«Natürlich.»

Wieder schien er leicht zu lächeln, obwohl sein Gesichtsausdruck ansonsten ernst war.

«Der Getötete wurde seit einigen Tagen vermisst. Er ist von einer Wanderung nicht zurückgekommen. Seine Leiche wurde gestern am späten Nachmittag an einem Feldweg bei Corte das Donas gefunden. Mit eingeschlagenem Kopf. Sehr viel mehr wissen wir noch nicht.»

«Also ein Tourist.»

«Nein. Ein Auswanderer. Er hatte ein Haus in Guerreiros do Rio. Allerdings ohne Residência. Sein Hauptwohnsitz war nach wie vor in Hamburg. Wir werden jetzt seine Nachbarin befragen, die ebenfalls in Guerreiros wohnt und ihn vermisst gemeldet hat. Sie hat ihn gestern auch identifiziert. Ich denke, mehr müssen Sie im Augenblick nicht wissen.»

«Wie alt war der Mann?»

«Vierundsechzig.»

«Könnte es nicht ein Unfall gewesen sein? Vielleicht ist er gestolpert und unglücklich gefallen. Hier in der Gegend gibt es ja reichlich Steine.»

«Wie gesagt, ich denke, mehr müssen Sie nicht wissen.»

«Oh, ja, okay, danke.»

Almeida lächelte mich an. Mit einem richtigen Lächeln, das bis zu den Augen reichte, vielleicht, um seinen Worten die Schärfe zu nehmen. Mein Telefon klingelte. Das Lächeln verschwand, bis auf diesen kleinen festgewachsenen Rest.

«Wenn Sie Ihr Telefon dann bitte ausmachen würden, wenn wir da sind?»

«Ja, natürlich. Mache ich gleich.»

Ich sah auf das Display. Mário. Schade, dass ich ihm jetzt nicht erzählen konnte, in welch denkwürdiger Situation sich die interessante Anabela Silva just befand. Einfach wegdrücken wollte ich ihn aber auch nicht.

«Hallo Mário, du, es tut mir sehr leid, ich kann im Moment nicht sprechen. Ich rufe dich so bald wie möglich an. Nicht böse sein.»

«Tudo bem», sagte Mário, okay, und legte auf. Folgsam machte ich das Telefon aus. Bestimmt hatte er angerufen, um zu hören, was bei dem Gespräch mit Maria de Lourdes herausgekommen war.

Das Dorf Guerreiros do Rio zog sich westlich vom Flussufer an einem Hang hinauf. Ein Schild gleich an einem der ersten Häuser lud in ein Museum ein. Vor dessen Eingang war ein bunt lackiertes Fischerboot aufgebockt, die kräftigen Farben leuchteten in der Vormittagssonne. Linker Hand lag ein Segelboot am Steg. Und wo früher nur ein Parkplatz gewesen war, gab es jetzt ein Café. Nein,

ein «Caffè». Womöglich wurde es von einem Italiener betrieben. Es hieß Bar do Rio. Davor, auf dem früheren Parkplatz, standen knallrote Plastikstühle unter weißen Sonnenschirmen. Plötzlich erschien es mir ungleich verlockender, dort zu sitzen als in einem Polizeiwagen. Pinto bog rechts in eine schmale Straße ein, die steil den Hang hinauf in den höchsten Teil des Dorfes führte. Von hier oben hatte man einen phantastischen Blick über die Dächer auf den Fluss.

Kurze Zeit später begrüßte uns eine hagere, blonde Frau mit verweinten Augen im faltigen Gesicht. Brigitte Herrmann aus Aachen. Ihr Haus lag genau gegenüber dem des Opfers. Neben dem Haus des Toten, einem schlichten, zweistöckigen Bau, standen Wagen mit Polizeiaufschrift.

Frau Herrmann bat uns in ihre geräumige Küche mit Blick auf den Fluss und bot Kaffee an. «Gerne», sagte João Almeida. Während sie mit leicht zittrigen Händen Leitungswasser in eine Filtermaschine füllte und eine Packung Aldi-Kaffee aus einem Hängeschrank nahm, sah ich mich um. Alte portugiesische Kacheln gepaart mit Ikea. Interessante Mischung.

Sie verstehe Portugiesisch, erklärte Frau Herrmann eben, jedenfalls einigermaßen. Mit dem Sprechen allerdings habe sie Probleme. Portugiesisch sei ja nicht einfach für eine deutsche Zunge. «Und mit über fünfzig lernt es sich auch nicht mehr so leicht.» Ihr Lächeln bat um Entschuldigung. Über fünfzig? Ich tippte eher auf über sechzig.

Als der Kaffee auf dem Tisch stand, fragte Chefinspektor Almeida, ob sie mit einer Aufzeichnung des Gespräches einverstanden sei. Sie nickte. Pinto holte ein Formular und einen kleinen Digitalrecorder aus der Aktentasche, die er dabeihatte. Brigitte Herrmann unterschrieb die Einverständniserklärung, Pinto startete das Gerät, klärte Namen, Geburtsdatum et cetera ab (sie war einundsechzig) und verstummte. «Dann erzählen Sie mal, was Sie über die Pläne Ihres Nachbarn wussten und warum Sie ihn wann vermisst gemeldet haben», forderte Almeida sie auf. Beide Beamte hatten Blöcke und Unterlagen vor sich liegen, aber nur Pinto machte sich Notizen.

«Der Peter, der ist so gern gewandert. Das war ja einer der Gründe, warum er hierhergezogen ist. Und dann natürlich sein Projekt. Jedenfalls, am Montag, da wollte er einen neuen Wanderweg ausprobieren. Das hat er dauernd gemacht. Er hat die Einsamkeit gemocht. Und die Wege wollte er dann später auch mit seinen Touristen wandern. Er ist ganz früh morgens los, wegen der Hitze.» Ungefähr alle drei Sätze übersetzte ich, was sie sagte.

«Wissen Sie, wo er diesen Weg ausprobieren wollte?»

Sie schüttelte den Kopf.

«Sie sprachen von Touristen.»

«Ja, das war sein Projekt. Er hat ein Grundstück gekauft und wollte dort kleine Häuser bauen und vermieten. Vor allem an Wanderer, davon kommen ja immer mehr hier in die Gegend.»

«Wo ist dieses Grundstück?»

«Das weiß ich nicht genau, er hatte es mir noch nicht gezeigt.» Sie schniefte kurz. «Irgendwo nordwestlich von hier. Wohl ziemlich abgelegen. Er hat immer von seiner unberührten Oase gesprochen.»

Pinto und Almeida sahen sich an, Almeida nickte kurz, Pinto nahm sein Telefon aus der Tasche und ging aus dem Raum.

«Wissen Sie, wann genau er sich auf den Weg gemacht hat?»

Sie errötete leicht.

«Zufällig habe ich aus meinem Schlafzimmerfenster gesehen, das geht zur Straße. Um sieben Uhr früh ungefähr. Wissen Sie, ich habe einen unruhigen Schlaf und hörte, wie seine Haustür ins Schloss fiel.»

«Dann haben Sie sicher auch gesehen, ob er etwas bei sich hatte, eine Tasche oder Ähnliches.»

«Seinen Rucksack, wie immer. Aber das habe ich Ihren Kollegen doch schon gesagt.»

«Sonst nichts?»

«Ich habe nichts anderes gesehen.»

«Wissen Sie zufällig, ob er größere Mengen Bargeld mitnahm, wenn er wandern ging?»

«Das kann ich mir nicht vorstellen. Warum sollte er?»

«Wer wusste noch von der geplanten Wanderung?»

Sie zuckte mit den Schultern. «Da bin ich überfragt.»

Pinto kam zurück und setzte sich wieder.

«Wann haben Sie sich gedacht, dass etwas nicht stimmt?»

«Eigentlich erst abends. Als er mittags noch nicht wieder aufgetaucht war – am Haus waren alle Fensterläden zu, wissen Sie –, hab ich gedacht, er ist vielleicht irgendwo eingekehrt oder hat sich noch mit jemandem getroffen. Aber abends ...», wieder wurde sie rot, «also, wir waren zum Essen verabredet. Und dass er einfach so nicht kommt, ohne abzusagen, das passte nicht zu ihm. Ans Telefon ist er auch nicht gegangen. Und die Fensterläden waren den ganzen Tag zu. Da habe ich dann bei der GNR angerufen. Aber der Polizist am Telefon hat mich gar nicht richtig ernst genommen.»

Almeida ging über ihren vorwurfsvollen Ton hinweg. «Hat Senhor ...», er sah auf seine Unterlagen, «Senhor Usékamp −»

«Glüsenkamp», korrigierte Frau Herrmann. Ja, ja, dachte ich, die deutsche Sprache ist eben auch eine echte Herausforderung für die portugiesische Zunge.

«Mit wem könnte er sich getroffen haben? Kannte Senhor Peter hier viele Leute? Soweit ich es verstanden habe, hat er das Haus gegenüber erst kürzlich gekauft?»

«Das stimmt, vor knapp sechs Wochen. Aber natürlich war er im Vorfeld schon oft hier. Und als junger Mann hat er schon einmal in Portugal gelebt, da gab es wohl noch einige Kontakte aus alter Zeit.»

«Dann sprach er Portugiesisch?»

«Jedenfalls besser als ich, denke ich, aber ehrlich gesagt sprechen die Portugiesen hier meistens Englisch mit uns. Ich hab ihn kaum mal Portugiesisch sprechen hören.»

Ich übersetzte und fragte gleich nach: «Über welchen Makler hat er sein Haus gekauft?»

Vernehmliches Räuspern seitens João Almeidas. Ich stellte die Frage noch einmal auf Portugiesisch. Böser Blick von Paulo Pinto. Irritation bei Brigitte Herrmann.

«Ist das wichtig? Ich glaube, das war diese Frau, deren Plakate überall hängen.»

Almeida klang nicht amüsiert, als ich auch das übersetzte. «Senhora Anabela, wenn Sie das Stellen der Fragen uns überlassen würden?»

«Entschuldigung», sagte ich. «Kommt nicht wieder vor.» Da war ich wohl kurz aus der Rolle gefallen. Peinlich. Andererseits: Inês Alves, so, so. Für den Rest der Befragung hielt ich mich an mein Versprechen.

«Sie sagten eben: mit uns. Wen meinen Sie?»

«Die anderen Ausländer, die hier leben. Wir sitzen oft unten in der Bar do Rio zusammen, da war er natürlich auch gelegentlich dabei. Aber mit den Engländern und dem schwedischen Paar hat er kaum geredet, nur mit den Deutschen.»

Pinto ließ sich von Brigitte Herrmann die Namen der anderen Deutschen im Ort auf seinen Notizblock schreiben und fragte nach den Kontakten aus alter Zeit. Aber darüber wusste Brigitte Herrmann nichts Genaues. Auch über seine Familienverhältnisse konnte sie nicht viel sagen. Geschieden und Vater eines Sohnes. Den Sohn kannte sie nicht, Peter hatte kaum von ihm gesprochen. Als Pinto sie schließlich nach ihrem Verhältnis zu Peter Glüsenkamp fragte, lief sie wieder rot an und weinte.

«Sie waren also ein Paar?», wurde ich geheißen nachzuhaken.

«Nein», antwortete sie und schob mit leiser Stimme nach: «Noch nicht.»

Die arme Frau. Sozusagen verwitwet, bevor sie den Mann überhaupt hatte. Tragisch.

Stille senkte sich über den Raum.

Almeida und Pinto warfen sich einen Blick zu, dann räusperte sich Almeida und verkündete, für den Augenblick habe er keine Fragen mehr. Brigitte Herrmann solle am nächsten Tag nach Alcoutim kommen, um das Protokoll zu unterschreiben.

«Ach, eins noch.» Das war Pinto. «Wo finden wir das Haus des Ehepaares ...» − ein Blick auf seinen Block − «Schoaschmär?»

Verständnislose Blicke allüberall. Pinto gab mir sichtlich genervt den Zettel mit den Namen. Ich konnte mir ein Grinsen nicht verkneifen.

«Er meint das Ehepaar Joachimmeyer.»

Zum Glück gab es ansonsten nur noch eine Anna Kruse und einen Segler namens Alexander Lange. Nach meiner Einschätzung mochte Paulo Pinto es nicht besonders, wenn jemand über ihn lachte. Der Mann konnte gucken wie eine schlecht gelaunte Katze.

Drei Befragungen später war mein eigener Gesichtsausdruck vermutlich auch nicht gerade freundlich. Nach dem letzten Gespräch in einer äußerlich dem alten südportugiesischen Stil nachempfundenen Villa mit hochmodernem Innenleben gingen wir wieder zum Auto. Ich war hungrig, erschöpft und hatte Kopfschmerzen. Auf Dauer war die ständige Übersetzerei anstrengend. Stundenlang mehr oder weniger die gleichen Fragen und Antworten. Soweit ich das beurteilen konnte, ohne großen Erkenntnisgewinn. Niemand kannte den Getöteten so gut, dass er Freund und Feind des Mannes hätte benennen können oder selbst als Freund oder Feind in Frage gekommen wäre. Alle zeigten sich angemessen schockiert über den Tod ihres Neuzugangs. Fand jedenfalls ich. Nur eine Bemerkung ragte aus dem Meer der Nichtigkeiten. Anna Kruse schnaubte förmlich, als die Rede auf das sich anbahnende Verhältnis zwischen Peter Glüsenkamp und Brigitte Herrmann kam. «Reines Wunschdenken. Unsere liebe Brigitte versucht es bei jedem Single im Umkreis von hundert Kilometern. Der Peter war an ihr so interessiert wie an einem wurmstichigen Stuhl.»

Mord aus verschmähter Liebe? Wohl eher nicht. Almeida jedenfalls war auf die Bemerkung nicht weiter eingegangen.

«Wo kann man hier in der Nähe anständig essen?», fragte Pinto und riss mich aus meinen Gedanken. «Ich glaube, wir brauchen alle eine Pause.» Schau an, gab es da etwa einen Hauch von Sensibilität zwischen all den Muskeln? «Sie kennen sich doch hier aus.»

«In Foz de Odeleite. Nur ein paar Kilometer weiter den Fluss runter», antwortete ich prompt. Das Arcos de Guadiana ist das Lieblingsrestaurant meiner Eltern. Ich war lange nicht dort gewesen und hoffte, dass die Küche noch so gut war wie früher.

«Na dann los.»

Eine gute halbe Stunde später hatten wir alle gegrillte Dorade bestellt und stärkten uns während der Wartezeit mit Oliven und Ziegenkäse. Beides stammte aus dem Ort. Der Ziegenkäse war frisch, cremig und mild, die Oliven perfekt. Dazu tranken wir leichten Weißwein, einen Vinho Verde aus dem Norden. Meine Lebensgeister kehrten zurück. Wir hatten einen Platz auf der schmalen Terrasse gefunden, die sich in einem Halbrund unter den Arkaden um das Gebäude zog. Almeida und Pinto saßen mir gegenüber.

«Was hat es mit dieser Frage nach dem Makler auf sich?», fragte Pinto, als ich mich eben zu entspannen begann. Zwei auf mich gerichtete dunkle Augenpaare, eines hinter Brillengläsern mit eher neugierigem, das andere mit vorwurfsvollem Blick. Mist, ich hatte gehofft, mein Fauxpas wäre in der Masse der Fragen und Antworten untergegangen. «Nichts weiter, ich hab einfach nur gedacht: Hauskauf, Makler. Und dann danach gefragt.» In diesem Moment brachte der freundliche Kellner die köstlich duftenden Doraden. Ich hätte ihn küssen können.

«Dann lasst uns mal in Ruhe essen», meinte Almeida und widmete sich hingebungsvoll dem großen Fisch auf seinem Teller. «Gute Empfehlung», sagte er beim Kaffee und klopfte sich auf seinen kleinen Bauchansatz. Dem Fisch war noch eine hausgemachte Mousse de Chocolate gefolgt, eine Spezialität der Köchin. «Habe lange nicht so gut gegessen. Eigentlich bin ich auf Diät.» Er lachte herzlich. Während des Essens hatten wir nicht über den Fall gesprochen. Ich hatte auf Almeidas Nachfrage hin von der Auswanderung meiner Familie erzählt, Pinto berichtete von einem Besuch beim Oktoberfest vor drei Jahren.

«Wie geht es jetzt weiter?», erkundigte ich mich.

«Wir fahren nach Faro.» Almeida sah auf die Uhr. «In knapp zwei Stunden landet der Sohn, mit ihm sprechen wir im Präsidium, und dann geht es zurück nach Alcoutim.»

Keine Ahnung, wie ich reagieren würde, wenn man mir mitteilte, dass mein Vater erschlagen worden sei. So ruhig wie Michael Glüsenkamp garantiert nicht. Der Mittdreißiger im verknitterten dunklen Anzug zeigte kaum eine Regung. Gefasst, könnte man sagen. Ich fand ihn kalt. So kalt wie den Raum im Gebäude der Polícia Judiciária, in dem wir saßen und der auf Kühlschranktemperatur heruntergekühlt schien. Konzentrier dich, Bela Silva. Niemand interessiert sich für deine Gänsehaut oder für deine Meinung.

Nein, übersetzte ich, er habe keine Ahnung, mit wem sein Vater in Portugal befreundet gewesen sei oder zu tun gehabt habe. Nein, über die Pläne seines Vaters sei er nicht informiert. Darüber wisse vielleicht der Bruder seines Vaters mehr. Er nannte Namen und Adresse. Ja, sein Vater habe Anfang der siebziger Jahre in Portugal gearbeitet, soweit er wisse, in einem der ersten Hotels an der Westalgarve. Von Beruf sei sein Vater Unternehmensberater gewesen und seit einigen Jahren Privatier. Die Scheidung seiner Eltern? Vor ungefähr fünfzehn Jahren. Die Mutter sei vor drei Jahren einem Herzleiden erlegen. Ja, er sei ein Einzelkind. Nein, er selbst sei noch nie zuvor in Portugal gewesen. Sein Vater und er hätten sich nicht besonders nah gestanden. Ja, er sei der einzige Erbe. Jedenfalls sei ihm nichts anderes bekannt. Das alles im gleichen nüchternen Ton, ohne jede sichtbare Emotion. Ich suchte in seinen blaugrauen Augen nach Trauer und fand nichts.

«Kann ich meinen Vater dann jetzt bitte sehen?»

João Almeida nickte. Pinto stand auf.

Sobald die beiden den Raum verlassen hatten, sagte Almeida:

«Nicht weit von hier, an der Kathedrale, ist ein Café-Restaurant, das Cidade Velha. Vielleicht möchten Sie dort warten?» Almeida sah auf die Uhr. «Ich schätze, wir können in einer knappen Stunde zurückfahren.»

«Ja, gut. Dann bis später.»

Die PJ residiert in einem Altbau an der Rua do Município im historischen Zentrum von Faro. Die Existenz dieses Zentrums war mir, wie ich zugeben muss, bis dato verborgen geblieben. Die Stadt war für mich Ankunfts- und Abflugsort, von dem ich nicht mehr sah als den Flughafen sowie die ziemlich unattraktiven Stadtteile entlang der Ausfallstraßen.

Merda! Fast wäre ich ausgerutscht, als ich mit schnellem Schritt aus dem Gebäude trat. Das wahrscheinlich jahrhundertealte Kopfsteinpflaster in der Rua do Município war blankgetreten und für jemanden wie mich, mit Ledersohlen unter den Sandalen, glatt wie eine Eisbahn. Bei Regenwetter wollte ich hier nicht entlanggehen müssen. Deutlich vorsichtiger lief ich langsam auf den Platz Largo da Sé zu, an dem die Kathedrale stand. Dort hatten wir bei unserer Ankunft auf einem für die Stadtverwaltung reservierten Platz geparkt. Und ich hatte nicht schlecht gestaunt. Es war ein riesiger quadratischer Platz, an dessen Seite die große alte Kirche mit ihren diversen Anbauten thronte. Auch jedes der anderen Gebäude, die den Platz umgaben, schien Geschichte auszudünsten. Die Kathedrale war majestätisch, zweifelsohne, wirkte aber auch zusammengewürfelt. Die war ganz sicher nicht aus

einem architektonischen Guss. An einem anderen Tag
würde ich mal über ihre Entstehung nachlesen. Im Moment stand mir der Sinn nicht nach Geschichte. Ich ging
an der Kathedrale vorbei und bummelte, umflutet von
Touristengruppen, eine Weile durch die malerischen Gassen der Altstadt, vorbei an Galerien, Tapas-Bars und dem
städtischen Museum, das in einem alten Kloster untergebracht war, bis ich wieder am Largo da Sé und an der Bar
Cidade Velha stand. Als ein Kellner mein Mineralwasser
gebracht hatte, griff ich zum Telefon.

«Mário? Schön, dass ich dich erreiche.»

Wir verabredeten uns für den späten Abend bei Ramos.

Die Fahrt zurück nach Alcoutim verlief schweigend. Soll
heißen: Ich schwieg. Almeida und Pinto redeten über
Radrennen. Offensichtlich vermieden die beiden, in meiner Gegenwart über ihre Ermittlung zu sprechen, obwohl
ich dieses Schweigegelübde unterschrieben hatte. Wie
unfair. Dabei hatte ich so viele Fragen und das Gefühl,
demnächst daran zu ersticken. Ob der Sohn doch noch
Emotionen gezeigt hatte? Was dachten die beiden über
ihn? Würden sie den Onkel kommen lassen? Oder machte
man Befragungen heutzutage auch per Videokonferenz?
Würden sie sich mit dem von Glüsenkamp geplanten tou-
ristischen Projekt befassen? Was hielten sie von der Aussage von Brigitte Herrmann? Und der Bemerkung dieser
Anna Kruse? Gab es eigentlich Spuren am Tatort? War
der Rucksack gefunden worden? Mit oder ohne Inhalt
wie Portemonnaie und Telefon? Aber nein, ich durfte mir
die Erörterung der wichtigen Frage anhören, ob ein ge-

wisser Ruben Guerreiro in Zukunft für ein australisches Team fahren würde oder nicht.

Endlich wieder in Alcoutim, setzte Pinto Almeida und mich an der Wache ab. Im Vorraum der Polizeistation stand mein Cousin und redete mit einem Kollegen. Luís' Uniform sah nicht mehr annähernd so frisch aus wie noch heute Morgen. Der ganze Mann wirkte müde und mürrisch. Ein kräftiger Bartschatten bedeckte sein halbes Gesicht. Sobald er meiner ansichtig wurde, unterbrach er abrupt sein Gespräch. «Anabela, ich muss mit dir reden! Jetzt!»

Was war denn das für ein Ton? Als wäre ich fünf Jahre alt und beim Feigenklauen erwischt worden. Was bildete der sich denn ein? Noch dazu coram publico?

«Lieber Luís», sagte ich zuckersüß, «da müsste ich mal meinen Terminkalender prüfen.» Ich tat, als ob ich in etwas blätterte. «Oh, das tut mir aber leid, alles voll. Vielleicht übernächste Woche.»

Damit drehte ich mich zu João Almeida um. «Brauchen Sie mich noch?»

Er schüttelte den Kopf. Lächelte er nun oder nicht?

«Nein, Dona Anabela, aber könnten Sie bitte morgen früh um neun wieder herkommen?»

«Natürlich.»

Ich gab erst ihm, dann Paulo Pinto, der eben auch hereingekommen war, die Hand. Almeida und er verschwanden in den Tiefen des Gebäudes.

Luís erwischte mich auf der Straße, kaum dass ich durch die Tür war. «Anabela!» Er packte mich mit hartem Griff am Ellbogen.

«Aua!»

«Du verarschst mich nicht noch mal, werte Cousine!»

«Bitte?»

«Krimi schreiben, dass ich nicht lache! Du redest guten Leuten irgendeinen Schwachsinn ein, was soll das?»

«Ich weiß nicht, wovon du sprichst.»

«Ach nein? Da sagt Doutora Catarina Cardoso aber was anderes.»

«So?»

«Und ich werde mich ganz sicher nicht zum Gespött machen und die Exhumierung von António Alves anstoßen, weil meine Cousine zu viel Phantasie hat.»

«Luís, hör mal …»

«Nein, du hörst jetzt mal mir zu, Anabela. Ich habe es dir schon mal gesagt: In Alcoutim laufen keine Mörder rum. Du hörst sofort auf, Gerüchte zu verbreiten und die Leute kirre zu machen.»

Das war doch ein schlechter Scherz.

«Du hast aber schon begriffen, warum die Kripo hier ist?»

«Das hat nichts mit uns zu tun, das ist eine Sache unter den Ausländern. Darauf wette ich. Ich warne dich, Anabela. Komm nicht auf den Gedanken, die Kommissare aus Faro mit deinen Hirngespinsten zu belästigen.»

«Sonst was?»

Mit jeder Silbe war er lauter geworden, aber nun senkte er die Stimme.

«Sonst hast du hier die längste Zeit eine entspannte Zeit gehabt.»

Sprach's und stapfte zurück in die Wache.

Fassungslos sah ich zu, wie sich die schwere Glastür langsam hinter ihm schloss.

«Wer ist António Alves?»

Ich zuckte zusammen. Die Stimme kam von oben. Die Arme entspannt auf dem Rahmen verschränkt, lehnte Chefinspektor João Almeida am Geländer eines winzigen Balkons im ersten Stock.

II

«Nein, Mãe, ich kann dir wirklich nicht erzählen, wie es war. Zum letzten Mal: Ich darf nicht darüber sprechen.»

Wir saßen einmal mehr auf der blauen Bank vor dem Haus und sahen der Sonne beim Untergehen zu. Vor einer halben Stunde war ich nach Hause gekommen, hatte geduscht und wünschte mir jetzt nichts weiter als ein bisschen Ruhe, um den Tag zu verdauen. Vergeblich.

«Aber haben Sie denn schon jemanden im Verdacht?»

«Mãe!»

«Ich habe gehört, der Mann ist mit einem Jagdgewehr erschossen werden. So eins, wie dein Vater für die Wildschweinjagd benutzt.»

Ich schaffte es, ernst zu bleiben.

«Da weißt du mehr als ich.»

«Der Mann soll ja in Guerreiros do Rio gewohnt haben. Warst du da? In seinem Haus?»

Ich schloss die Augen und atmete tief durch, sagte nichts.

«Also wirklich, da hat man eine Tochter bei der Polizei und weiß weniger als die Nachbarn! Wie sind die denn so, diese Kripoleute? Das wirst du ja wohl sagen dürfen.»

«Freundlich.»

«Musst du morgen auch wieder dolmetschen?»

«Ja.»

«Was bist du denn so übellaunig?»

«Ich bin nicht übellaunig, verdammt noch mal!»

Meine Mutter stand auf und ging vor sich hin brummelnd ins Haus. Nun war sie beleidigt. Um ehrlich zu sein, war mir das herzlich egal. Zumal ich sie kannte. In zehn Minuten würde sie sich wieder beruhigt haben und weiterbohren. Aber zum Glück würde ich in zehn Minuten schon auf dem Weg zu meiner Verabredung mit Mário sein. Ich holte meine Tasche, kontrollierte vor dem Flurspiegel mein Make-up und lief los.

«Du siehst ein bisschen müde aus», sagte Mário zur Begrüßung und gab mir Küsschen links rechts. «Möchtest du einen Kaffee? Oder lieber was Stärkeres?»

«War ein langer Tag. Rotwein bitte. Und eine große Flasche Wasser.»

«Wein und Wasser für die Dame, kommt sofort!» Er ging in die Bar.

Ich lehnte mich in meinem Plastikstuhl zurück und sah mich um. Die Tankstelle war noch geöffnet, eine kräftige junge Frau befüllte gerade einen Pick-up. An einem der Tische saß eine Gruppe von Frauen mittleren Alters. Sie tranken Kaffee oder Softdrinks. Eine von ihnen schien Witze zu erzählen, Lachen brandete auf, sobald sie aufhörte zu sprechen. Um sie zu verstehen, war der Tisch zu weit weg. An dem Tisch, der den Tanksäulen am nächsten stand, tranken vier Männer Bier und Brandy. Nach ihren roten Gesichtern zu urteilen, war es nicht ihre erste Runde.

Mário kam zurück, gefolgt vom Chef der Taberna mit einem Tablett. Außer den Getränken stellte er auch ein Schälchen Erdnüsse auf den Tisch. Mário probierte den Wein. «É bom.» Der Wirt füllte unsere Gläser. Als wir wieder allein waren und angestoßen hatten, sah Mário mich mit seinen kaffeebraunen Augen abwartend an.

«Du hast ja wahrscheinlich schon gehört, was passiert ist», setzte ich an.

«Meinst du den Mann, den sie gefunden haben, oder dass die Polizei dich als Dolmetscherin geholt hat?»

Ich lachte. «Du bist offenbar bestens informiert. Aber ich sag's dir gleich: Ich darf nicht darüber reden.» Im Gegensatz zu meiner Mutter nickte Mário verständnisvoll.

«Klar.»

Dabei hätte ich ihm furchtbar gerne von meinem Tag erzählt. Dieses verordnete Geschweige war wirklich gar nichts für mich. Dummerweise wusste ich gerade auch nicht, was ich stattdessen sagen sollte. So von jetzt auf gleich wollte ich nicht von meinem Besuch im Altersheim berichten. Das war kaum ein Thema zum Warmwerden. Aber worüber sonst sollte ich mit ihm reden, wir kannten uns ja kaum. Sosehr ich mich auf diese Verabredung auch gefreut hatte, jetzt fühlte ich mich gehemmt.

«Und wie war dein Tag?», fragte ich schließlich. Wieder mal ein legendärer Satz, Anabela Silva.

«Im Vergleich zu deinem ziemlich langweilig, denke ich. Ein ganz normaler Arbeitstag.»

Pause. Vielleicht ging es ihm genauso wie mir.

Noch ein Schluck Wein. Im Hintergrund eine weitere Lachsalve der Frauen.

Mário räusperte sich.

«Weißt du eigentlich schon, wann du wieder nach Deutschland zurückfliegst?»

«Das hängt davon ab.»

«Wovon? Oder ist die Frage zu privat?»

Ich seufzte.

«Mein Vater scheint krank zu sein.» Ich gab mir einen Ruck. «Möglicherweise Alzheimer. Er war beim Neurologen. Wenn das Ergebnis da ist, sehe ich weiter.»

«Oh.» Mehr sagte er nicht, und ich war ihm dankbar dafür.

Wir griffen beide gleichzeitig in die Schale mit den Erdnüssen und mussten darüber lächeln.

«Kann ich dich noch was Privates fragen?»

Ich nickte.

«Gibt es in Deutschland jemanden, der auf dich wartet?»

Oha.

«Nein, gibt es nicht. Ich werde in ein paar Wochen geschieden.»

«Das tut mir leid.»

«Mir nicht.» Sobald ich es ausgesprochen hatte, wusste ich, dass es stimmte. Es tat mir nicht leid. Der Schmerz, den ich wegen Justus verspürt hatte, war verletzter Eitelkeit zuzuschreiben, nicht verlorener Liebe. Die Liebe war schon vorher auf der Strecke geblieben, ich hatte es nur nicht wahrhaben wollen. Und noch etwas wurde mir in diesem Augenblick bewusst: Ich hatte schon geraume Zeit überhaupt nicht mehr an meinen Noch-Gatten gedacht. Mário saß mir abwartend gegenüber. Aber er war ganz bestimmt nicht derjenige, mit dem ich über meine frischgewonnenen Erkenntnisse sprechen würde.

Ich ließ ein paar Sekunden verstreichen und sagte: «Tja, äh, ich wollte dir noch von gestern erzählen. Ich war doch noch mal bei der alten Dame.»

Mário wehrte sich nicht gegen den plötzlichen Themenwechsel, er spürte wohl, dass ich nicht über meine Ehe sprechen wollte. Also berichtete ich ausführlich von meinem Gespräch mit Maria de Lourdes.

«Und was denkst du darüber?», fragte er mich.

«Ich bin mir nicht sicher. Die Geschichte mit der Vergewaltigung stimmt wahrscheinlich. Aber es fällt mir schwer zu glauben, dass sich dafür jetzt noch jemand rächen will. Das ist doch mehr als fünfzig Jahre her.»

«A vingança é um prato que se serve frio», sagte Mário. Rache ist ein Gericht, das am besten kalt serviert wird.

«Trotzdem, wer sollte das denn sein? Das Opfer? Eine Frau, die inzwischen fast siebzig ist? Kann ich mir nicht vorstellen, dass eine alte Frau plötzlich loszieht und ihren Vergewaltiger umbringt.»

«Darf ich dich daran erinnern, dass bisher nicht klar ist, ob überhaupt irgendjemand umgebracht worden ist?»

«Ich weiß. Und wenn es nach meinem Cousin geht, wird das auch so bleiben.» Ich erzählte ihm von Luís' Auftritt.

«Seltsame Form von Lokalpatriotismus. Insbesondere für einen Polizisten.»

«Finde ich auch.» Überaus seltsam sogar. Es musste einen anderen Grund für seine Reaktion geben, aber mir wollte beim besten Willen keiner einfallen.

Von Almeida am Fenster erzählte ich Mário nicht. So wenig, wie ich Almeida von meinem Verdacht berichtet hatte. Ihm hatte ich nur gesagt, dass Alves der verstorbene Onkel der hiesigen Maklerin sei. Mein Cousin habe da aber was falsch verstanden und sich völlig ohne Grund aufgeregt. Warum ich – nun, sagen wir mal – nicht ganz ehrlich gewesen war? Gute Frage. Vielleicht, weil ich vor einem gewissen Mordkommissar mit Silberhaar nicht als überdrehte Spinnerin dastehen wollte. Doch, gut möglich. Ich dachte an Almeida und verspürte Vorfreude auf den morgigen Tag.

«Irgendwie kann ich mir nicht vorstellen, dass du dir von deinem Cousin den Mund verbieten lässt.»

Ich lachte. «Im Prinzip hast du recht. Aber bevor ich meinen direkten Draht zur Kripo nutze, wüsste ich gern noch mehr. Vielleicht war da ja noch etwas anderes als diese Vergewaltigung. Etwas, wovon meine alte Senhora nichts weiß.»

«Hm. Oder jemand sollte all die Jahre geschützt werden und jetzt nicht mehr? Vielleicht, weil er oder sie auch gestorben ist. Interessant finde ich auch diese Missbrauchsgeschichte.»

«Genau. Die gibt mir auch zu denken.»

«Aber wenn die stimmt und bisher niemand darüber geredet hat, wird es jetzt garantiert auch niemand tun. Wie soll man das rausfinden?»

«Vermutlich gar nicht. Aber auf jeden Fall müsste man sich noch näher mit dieser Alves-Familie befassen.»

«Müsste man.» Mehr sagte ich nicht, sah ihn nur an. Justus hat mal gesagt, ich kann gucken wie ein hungriger

Welpe, wenn ich etwas erreichen möchte, ohne direkt zu fragen. In Mários linker Wange erschien das Grübchen.

«Du möchtest, dass ich das übernehme.»

«Na ja, ich weiß halt nicht, wie lange ich noch mit dieser Polizeiermittlung zu tun haben werde. Und du kennst dich doch viel besser mit euren Archiven und Strukturen aus. Von portugiesischer Geschichte gar nicht zu reden. Natürlich nur wenn du Zeit hast.»

«Aber du könntest doch mit deinen eigenen Leuten reden. Die kennen die Alves doch bestimmt.»

«Hab ich schon versucht, da kam nichts, was schon ein bisschen seltsam ist. Aber im Moment mag ich auch nicht noch mal nachfragen. Wegen meines Vaters, verstehst du?»

Er nickte, schenkte uns Wein nach und nahm noch ein paar Erdnüsse.

Plötzlich grinste er mich an.

«Okay, wir machen einen Deal.»

«Was für einen Deal?»

«Ich befasse mich näher mit der Familie, aber dafür gehst du morgen Abend mit mir zum Fest an der Praia Fluvial.»

Ich wollte zu einer Antwort ansetzen, aber er bremste mich mit erhobener Hand.

«Und», er zog das kleine Wort in die Länge, «dort reden wir kein einziges Wort über tote Leute oder hässliche alte Geschichten. Also?»

Ich lachte. «Deal.» Wir klatschten uns ab wie zwei Halbwüchsige. Zum ersten Mal seit Tagen war mir für einen Moment leicht ums Herz.

12

Es war verdammt mühsam, die Aufnahmen der Gespräche des gestrigen Tages von dem kleinen Digitalrecorder abzuhören und in Schriftform zu bringen. Normalerweise, das hatte mir Paulo Pinto bei meiner Ankunft in der Polizeistation mit einem, wie ich fand, gemeinen Grinsen erklärt, sei das ja eigentlich Sache einer Sekretärin. Aber die könne nun mal kein Deutsch. Und der Chef in Faro warte auf die Ermittlungsunterlagen. Genauso wie die Staatsanwaltschaft.

«Inspektor Almeida ist heute in Faro?»

«Spüre ich da Enttäuschung?» Noch breiteres Grinsen. Dieser Chauvi wurde garantiert nicht mein neuer bester Freund.

«Unsinn. Ich wundere mich nur.»

«Nein, minha querida Anabela» – ich schnappte nach Luft, ganz sicher war ich auch nicht seine liebe Anabela –, «Chefinspektor Almeida ist hier, keine Sorge. Aber *sein* Chef sitzt in Faro und koordiniert die Ermittlungen.»

Damit hatte er mir den Recorder in die Hand gedrückt, mich in ein leeres Büro mit zwei Schreibtischen gebracht und vor einem bereits hochgefahrenen Computer allein gelassen. Vor drei Stunden. Ich schrieb den letzten Satz des vorletzten Gespräches, stand auf und streckte mich. Kaffee, ich brauchte jetzt dringend einen Kaffee. Ob ich einfach so eine Pause machen konnte? Besser, ich fragte nach.

In der Anmeldung der Wache saß ein Beamter der GNR, den ich nicht kannte. «Die Kripoleute? Die sind oben, Raum 02.»

Ich klopfte. Keine Reaktion. Noch mal, jetzt weniger zaghaft.

«Sim!»

Pinto und Almeida saßen an zwei sich gegenüberstehenden Schreibtischen in einem großen, hellen Büro. Es roch leicht nach einem herben Deo, durch das offene Fenster drangen Schritte und Stimmen von der Straße nach oben. Pinto saß mit dem Rücken zu mir und telefonierte, Almeida tippte auf seiner Computertastatur. «Só um momentinho», sagte er, ohne den Kopf zu heben. Ich scannte den Raum. An der Wand gegenüber der Tür ein Regal mit Aktenordnern, Büchern und noch leeren Fächern. Davor ein ovaler Besprechungstisch mit sechs Stühlen. Auf den Schreibtischen neben den obligatorischen Computern und Telefonen ebenfalls Akten und lose Zettel, dazu Posteingangs- und -ausgangskörbe. Der Tisch von Almeida war unordentlicher als Pintos. Ein ganz normales Büro. Wenn da nicht das Whiteboard gewesen wäre. Es nahm die rechte Wand fast komplett ein und war mit Fotos und Notizen bestückt. Na also! Zu meinem Bedauern konnte ich von meinem Standort an der Tür nichts Genaueres erkennen.

«Dona Anabela!» Almeida war aufgestanden und kam mir entgegen. «Bom dia!»

Bildete ich mir das ein, oder freute er sich, mich zu sehen? Wir gaben uns die Hände. Erneut fiel mir auf, wie groß er war. Ganz besonders für einen Portugiesen. Mich überragte er um eineinhalb Köpfe.

«Ich bin mit den Protokollen fast fertig und würde gern einen Kaffee trinken gehen. Ist das in Ordnung?»

«Mehr als das. Kaffee ist eine blendende Idee. Ich kann auch einen gebrauchen.» Er ging zurück zum Schreibtisch. «Können Sie noch einen Moment warten? Ich muss noch schnell einen Bericht fertig schreiben. Dauert keine fünf Minuten.»

«Ja, sicher.»

«Setzen Sie sich doch.» Er zeigte auf den Besprechungstisch, setzte sich wieder an seinen Schreibtisch und fing an, konzentriert zu schreiben. Pinto hatte nach wie vor sein Handy am Ohr. Ich stand so nah bei ihm, dass ich ihm die Hand hätte auf die Schulter legen können. «Ja, das geht in Ordnung», hörte ich ihn sagen, «das Haus ist freigegeben. Ist ja kein Tatort. Was sagst du? Interessant.»

Ich wollte nicht den Eindruck erwecken, als würde ich lauschen, und ging schön langsam in Richtung Besprechungstisch, der erfreulich nah an der Wand mit dem Whiteboard platziert war. Da ocasião nasce a tentação, sagt man in Portugal. Die Gelegenheit bringt die Versuchung zur Welt. Wohl wahr. Ganz oben auf der Tafel hatte jemand einen langgezogenen Strich mit Pfeilen an beiden Enden gezogen. Über kurzen Senkrechtstrichen waren Daten und Informationen angegeben.

Darunter, in der Mitte der Tafel, stand der Name Peter

Glüsenkamp, rechts davon hingen drei Fotos. Zum ersten Mal sah ich den Mann, dessen Namen ich in diesen zwei Tagen so oft gehört und geschrieben hatte. Das erste Foto zeigte ihn lebendig. Ein hagerer Mann mit Vollbart und drahtigen grauen Haaren, grauen Augen, extrem buschigen Augenbrauen und einem verschmitzten Lächeln im Mundwinkel. Auf einem weiteren lag sein langer dünner Körper mit dem Kopf neben einem Stein in einem großen dunklen Fleck. Stark behaarte muskulöse Waden ragten aus Dreiviertel-Hosen, die Füße steckten in Wanderschuhen. Am Rand des Fleckes lag ein Strohhut, wie in einem makabren Stillleben. Die Augen des Toten starrten blicklos gen Himmel. Der Gegensatz zu dem Bild daneben war erschütternd. Dann die Nahaufnahme einer hässlichen Wunde am oberen Hinterkopf. Ich mochte nicht lange hingucken, las lieber die Stichworte, die in enger Blockschrift um den Namen und die Bilder herum notiert worden waren.

Persönlicher Hintergrund:
    Geschieden. Ex-Frau verstorben
    Sohn: Michael Glüsenkamp
    Bruder: Hans Glüsenkamp
Finanzen
    Erbe Sohn prüfen
Vorstrafen?
Tourismus-Projekt
    Finanzierung? Vertrag!!
Vergangenheit in Portugal
Motiv

Raubmord?
Vergangenheit?
Projekt?

Ich fühlte mich an meine Arbeitsmethode zur Vorbereitung von Kolumnen erinnert und hätte am liebsten zu dem Stift gegriffen, der auf einer Leiste am unteren Rand der Tafel lag, um Kreise um die Begriffe zu ziehen. Stattdessen sah ich mir den Doppelpfeil genauer an, der offensichtlich einen Zeitstrahl darstellte. Im linken Teil las ich ein Datum, dazu: P. G. desap., dann M. enc., gefolgt von P. G. enc., jeweils mit Daten im Abstand von zwei Tagen. Das letzte Datum war das von vorgestern. Zu gern hätte ich mit meinem Handy ein Bild von der Tafel gemacht, traute mich aber nicht. Mein Gedächtnis musste reichen. Aber so ein Zeitstrahl war eine gute Idee. So einen sollte ich auch für die Alves-Sache machen.

«Dona Anabela? Wir können dann.»

Almeidas Stimme in meinem Rücken. Ich drehte mich um und bemühte mich um einen neutralen Gesichtsausdruck. Und einmal mehr war ich mir nicht sicher, ob der Kommissar lächelte oder nicht.

«Paulo, du hältst die Stellung.» Pinto, immer noch am Telefon, hob zur Bestätigung kurz die Hand und zwinkerte mir ungelogen zu, der Idiot.

Auf dem kurzen Weg ins nächste Café fragte ich mich, ob Almeida tatsächlich rein zufällig Kaffeedurst hatte. Andererseits fiel mir kein Grund ein, warum er ausgerechnet mit mir seine Pause verbringen wollte. Es sei denn … nein, er hatte mir meine kleine Lüge in Sachen Alves geglaubt. Und im Moment sowieso Wichtigeres im Kopf. Da war ich mir sicher. Einfach abwarten, Bela.

Heute war es leicht bewölkt, windig und nicht mehr ganz so warm wie an den vorherigen Tagen. Dennoch wollte der Chefinspektor draußen sitzen. Ein junger Kellner brachte den Kaffee. Ich hatte mich diesmal für einen Galão entschieden, einen Espresso mit aufgeschäumter Milch, Almeida sich für einen Café cheio.

«Sie machen den Job gut, das wollte ich Ihnen gestern schon sagen. Vor allem, wenn man bedenkt, dass Sie keine Erfahrung als Dolmetscherin haben.»

«Danke», sagte ich und hoffte, nicht wie ein Kleinkind zu klingen, das gerade für die erste Benutzung seines Töpfchens gelobt wurde. Auch wenn ich mich so ähnlich fühlte.

«Kommt es eigentlich häufig vor, dass die Polizei an der Algarve deutschsprachige Dolmetscher braucht?»

«Relativ häufig, wenn man die Frage etwas weiter fasst, als Sie sie gestellt haben. Die Justizbehörden insgesamt haben immer wieder Bedarf, zum Beispiel bei Prozessen jeglicher Art. Warum? Denken Sie über einen Berufswechsel nach?»

«Ich denke darüber nach, hierherzuziehen.» Niemand konnte von meiner Antwort überraschter sein als ich. Wie kam ich dazu, diesem wildfremden Mann davon zu erzählen?

Almeida ging nicht weiter darauf ein.

«Ich hätte da noch eine Frage im Zusammenhang mit unserem Fall», sagte er stattdessen. «Wissen Sie, zweisprachige Befragungen sind schwierig für uns. Es geht viel verloren, selbst wenn die Übersetzung genau ist. Die Wortwahl, Nuancen in der Ausdrucksweise, auffällige Wiederholungen. Dinge, die man in der eigenen Sprache hören würde. Deshalb wüsste ich gern, welchen Eindruck Sie von den Zeugen hatten. Ist Ihnen in den Gesprächen etwas aufgefallen, das uns entgangen sein könnte?»

Ich überlegte. Fast alle Befragungen hatte ich an diesem Morgen noch mal gehört. «Eigentlich nicht. Ausgedrückt haben sich die Leute ganz normal, da war nichts seltsam in meinen Ohren. Abgesehen vielleicht von einer gewissen Häme in der Aussage von Anna Kruse über das Verhältnis zwischen dem Opfer und Brigitte Herrmann. Ich glaube nicht, dass die beiden Frauen sich sonderlich mögen.»

Almeida nickte. Die Sonne brach für einen Moment durch die Wolken und ließ sein Haar weiß aufscheinen.

«Ungewöhnlich fand ich nur die Reaktion von Michael Glüsenkamp. Der schien mir, wie soll ich sagen, extrem gefasst? Er hat so emotionslos gesprochen. Andererseits habe ich natürlich keinerlei Erfahrung mit solchen Situationen. Und vielleicht ist das einfach seine Art. War er später noch anders, nachdem er seinen Vater gesehen hatte?»

«Er ist nicht weinend zusammengebrochen, falls Sie das meinen. Aber Paulo sagt, er war doch sichtlich erschüttert, als er vor der Leiche seines Vaters stand. Auch wenn die beiden sich nicht nahegestanden haben, hat ihn dessen Tod wohl nicht ganz so kaltgelassen, wie er uns glauben machen wollte.»

«Hm. Wie geht es denn heute weiter? Ich meine, für mich? Mit den Protokollen bin ich ja fast durch.»

«Nach dem Mittagessen erwarten wir den Bruder des Opfers zur Befragung.»

«Ach, der ist schon hier?»

«Heute mit der ersten Maschine eingeflogen.»

Almeida griff in sein Jackett, zog ein flaches Lederportemonnaie aus der Innentasche und winkte dem Kellner, der rauchend neben der Tür stand.

«Kann ich Sie noch etwas fragen?»

«Nur zu.»

«Was bedeutet das M. auf dem Zeitstrahl?»

Schallendes Lachen. «So eine Journalistin kann nicht aus ihrer Haut, wie? M. steht für Mochila.»

Er beugte sich leicht zu mir vor. «Dona Anabela, ich muss Sie doch nicht an Ihre Verschwiegenheitspflicht erinnern?»

«Nein, natürlich nicht.»

«Gut.»

In der Mittagspause setzte ich mich an den Quiosque, bestellte eine Tosta Mista, einen Toast mit gekochtem Schinken und Käse, oben dick mit gesalzener Butter bestrichen, und holte meinen Notizblock aus der Tasche. So gut ich konnte, schrieb ich aus dem Gedächtnis auf, was auf der Wandtafel gestanden hatte. Erst einmal den Zeitstrahl. Was mochten die Abkürzungen bedeuten? Kein allzu schweres Rätsel. «P. G. desap.» bedeutete höchstwahrscheinlich Peter Glüsenkamp desaparecido, vermisst. Danach kam M. enc., gefolgt von P. G. enc. Mochila heißt Rucksack. Enc. konnte eigentlich nur für encontrada, beziehungsweise encontrado stehen, gefunden. Also erst der Rucksack, dann der Tote. Das erklärte, warum Suchmannschaften losgeschickt worden waren. Nur weil ein erwachsener Mann von der Bildfläche verschwand, wäre wohl kein Hubschrauber gestartet. Ob ihn seine Möchtegern-Geliebte nun vermisste oder nicht. Wenn allerdings die Habseligkeiten ohne den Mann auftauchten, war das etwas anderes, vermutete ich.

Als Nächstes schrieb ich die Stichworte schön weit auseinander, um Platz für viele Kreise zu haben. Nach kurzem Nachdenken zeichnete ich einen Kreis um den Punkt Tourismus-Projekt, malte weitere Kreise und schrieb: Lage des Grundstücks, Genehmigungen, Vorbesitzer? Inês Alves? Zum Punkt Motiv ergänzte ich Eifersucht.

Warum ich Dinge aufschrieb, die mich im Grunde nichts angingen? Keine Ahnung. Vielleicht so eine Art Reflex der Journalistin in mir, wie Almeida gesagt hatte. Um ehrlich zu sein, dachte ich gar nicht darüber nach, tat es einfach. Vielmehr überlegte ich, bei Gelegenheit allein nach Guerreiros do Rio zu fahren und bei einem Gläschen Wein in der Bar am Fluss ein bisschen zuzuhören, wenn dort über den Mord geredet wurde. Rein privat, versteht sich.

Die Vernehmung von Hans Glüsenkamp fand im Pausenraum der GNR-Beamten statt. Jedenfalls nahm ich an, dass es ein Pausenraum war, in dem wir auf ihn warteten. Ein quadratischer Tisch mit vier gepolsterten Stühlen, in einer Ecke ein kleiner Kühlschrank, auf einem Regal darüber eine Mikrowelle, eine große runde Keksdose und Gläser. Vielleicht wollte Almeida einen halbwegs entspannten Rahmen für dieses Gespräch. Ich hätte ihm auch nicht zugetraut, den Bruder des Getöteten in dem Büro zu befragen, in dem die Fotos von dessen Leiche hingen.

Wir warteten vielleicht fünf Minuten, bis es klopfte und die Tür geöffnet wurde. Fast hätte ich aufgeschrien. Es war, als wäre Peter Glüsenkamp von den Toten auferstanden. Total unheimlich. Der Mann war eine zweite Ausgabe seines Bruders, nur ohne Bart. Die gleichen Gesichtszüge, die unbehaart noch hagerer wirkten. Die drahtigen grauen Haare fast identisch geschnitten. Die gleichen grauen Augen mit den buschigen Brauen. Aber in diesem Gesicht stand tiefe Trauer. Ob sie Zwillinge gewesen waren?

Zögernd betrat Hans Glüsenkamp das Zimmer. Sogar seine Kleidung war ähnlich der, die ich auf dem Foto von der Leiche gesehen hatte. Wadenlange Hosen, robuste Schuhe, eine leichte Windjacke über einem schlichten T-Shirt. Alles in gedeckten Farben.

Wir kondolierten, er nahm unsere Beileidsbekundungen mit einem kurzen Nicken entgegen und sagte: «Ich würde das hier gern schnell hinter mich bringen.»

«Natürlich. Möchten Sie ein Glas Wasser?»

«Nein, danke.»

Nach Klärung der Formalitäten – Glüsenkamp lebte in Hamburg und würde für die Zeit seines Aufenthaltes ebenso wie sein Neffe im Haus seines Bruders wohnen – startete Pinto den kleinen Recorder und überließ dem Chefinspektor wie schon am Vortag die Vernehmung. Peter und Hans Glüsenkamp waren tatsächlich Zwillinge.

«Nach Angaben Ihres Neffen waren Sie über die Pläne

Ihres Bruders hier in Portugal im Bilde? Was können Sie uns darüber sagen?»

Zum zweiten Mal hörten wir von dem Grundstück. Auf einem mehrere Hektar großen Gelände habe sein Bruder zehn kleinere Holzhäuser bauen lassen wollen, die Eröffnung der Anlage sei für das übernächste Jahr geplant gewesen.

«Wir haben in seinem Haus einen Kaufvorvertrag für das Gelände gefunden, mehr nicht.»

«Soweit ich weiß, stand die endgültige Eintragung im Grundbuch noch aus. Er hatte bisher auch nicht die gesamte Summe gezahlt. Ich glaube, das sollte in den nächsten Tagen über die Bühne gehen.»

«Wann haben Sie zuletzt mit Ihrem Bruder gesprochen?»

«Das muss vor ungefähr vierzehn Tagen gewesen sein. Ja, genau, kurz bevor wir den Ärger mit der Anlage in Dänemark hatten und ich rübermusste.» Hans Glüsenkamp war Ingenieur und arbeitete für einen großen Offshore-Windpark-Betreiber. Auf den Visitenkarten, die er uns gegeben hatte, stand der beeindruckende Titel «Senior Offshore Operations Superintendent».

«Wissen Sie, ob für die Ferienhäuser schon ein Genehmigungsverfahren eingeleitet worden war?»

«Nein, über die Details weiß ich nichts. Peter hatte einen Anwalt, ich nehme an, der kümmerte sich darum. Und dann hatte er noch einen Investor, der darüber vermutlich besser informiert ist als ich.» Vor lauter Überraschung vergaß ich zu übersetzen und hakte gleich nach.

«Ein Investor, sagen Sie? Das ist uns neu.»

Oder wussten die Kommissare das schon, hatten diese Tatsache aber nicht auf die Tafel geschrieben?

«Ähem!» Pinto, der mir gegenübersaß, blitzte mich mit seinem bösen Blick an. Hatte der das zweite Gesicht? Er konnte die Frage doch gar nicht verstanden haben.

«Herr Glüsenkamp sagte gerade, sein Bruder habe einen Geldgeber gehabt. Und einen Anwalt.»

Auch Almeida und Pinto waren sichtlich überrascht.

«Fragen Sie, wer das war.»

Ich tat, wie mir geheißen, und nahm mir fest vor, nicht noch einmal vorzupreschen, sondern nur noch Fragen zu stellen, die die Kommissare vorgaben.

«Der Geldgeber ist Deutscher mit andalusischen Wurzeln. Lebt in Ayamonte, soviel ich weiß. Aber der Name …? Warten Sie … Pedro, nein Pablo. Ja. Pablo Jost. Peter hat ihn auf einer Segeltour nach Marokko kennengelernt. Den Namen des Anwalts weiß ich nicht.»

«In Ayamonte, sagen Sie?»

Der spanische Ort liegt an der Guadiana-Mündung dem portugiesischen Vila Real de Santo António gegenüber.

«Ja, ich meine mich zu erinnern, dass Peter diesen Jost nach der Segeltour dort in seinem Haus besucht hat. Davon war mal in einer E-Mail die Rede. Peter fand die Villa protzig, daran erinnere ich mich; er selbst mochte es eher schlicht.» Kurz starrte er ins Leere. Ich dachte an das einfache Haus in Guerreiros do Rio. Passte.

«Wir haben in den Unterlagen nichts über einen Geldgeber gefunden. Allerdings muss sein Computer noch ausgewertet werden.»

«Peter sprach von einer stillen Teilhaberschaft.»

Schwarzgeld, dachte ich sofort, behielt den Gedanken aber für mich.

«Über welche finanzielle Größenordnung reden wir hier?»

«Das weiß ich nicht.»

«Nicht mal ungefähr?»

«Nein.»

«War Ihr Bruder vermögend?»

Hans Glüsenkamp zuckte mit den Schultern.

«Arm war er nicht. Wie viel Peter wirklich auf der hohen Kante hatte oder investieren wollte, kann ich beim besten Willen nicht sagen. Über unsere Finanzen haben wir nie im Detail gesprochen. Aber ehrlich gesagt habe ich mich über diese Teilhabergeschichte gewundert. Peter war eigentlich eher ein Einzelgänger, genau wie ich.»

«Ihr Neffe Michael ist sein Erbe?»

«Das nehme ich an.»

«Er sagt, das Verhältnis zu seinem Vater sei nicht eng gewesen.»

«Das ist richtig. Michael ist ein klassischer Muttersohn. Er hat Peter zum Vorwurf gemacht, dass die Ehe nicht gehalten hat.»

«Zu Recht?»

«Meiner Ansicht nach haben Claudia und Peter von Anfang an nicht zusammengepasst. Aber wozu ist das wichtig?»

«Wir versuchen nur, uns ein Bild Ihres verstorbenen Bruders zu machen. Könnte er hier in Portugal Feinde gehabt haben? Seine Nachbarin wusste von Kontakten aus früherer Zeit, konnte aber nichts Genaueres sagen.»

169

«Diese Brigitte Herrmann von gegenüber? Schreckliche Frau.»

«Warum?», fragte ich sofort und hätte mir auf die Zunge beißen mögen. Aber diesmal reagierte nicht einmal Pinto.

«Die hat mich förmlich belagert, als ich in dem Haus angekommen bin.»

«Darf ich ihm sagen, dass Frau Herrmann sich Hoffnungen auf eine Beziehung mit seinem Bruder gemacht hat?», fragte ich Almeida. Ich bin ja schließlich lernfähig. Langfristig.

Er nickte.

«Pah! Never ever!»

Diesen Ausbruch des bis dahin so ruhigen Bruders musste ich nicht übersetzen.

«Was macht ihn da so sicher?», wollte Almeida wissen. Ich gab die Frage weiter. Sie war Hans Glüsenkamp merklich unangenehm. So wie sein kleiner Ausbruch. Gestelzt sagte er jetzt: «Mein Bruder fühlte sich zu deutlich jüngeren Frauen hingezogen.»

Pinto zog die Augenbrauen hoch und stellte zum ersten Mal selbst eine Frage: «Gab es eine aktuelle Beziehung zu einer Frau?»

«Nicht, dass ich wüsste. Er hatte eher, nun ja, Bettgeschichten als Beziehungen.»

«Kommen wir zurück auf den früheren Aufenthalt Ihres Bruders in Portugal und zu Kontakten aus dieser Zeit. Was können Sie uns darüber sagen?»

«Er ist damals vor dem Studium anderthalb Jahre durch Europa gereist. In Portugal ist er ein paar Monate geblieben und hat in einem Hotel gekellnert. Mit einem seiner Kellner-Kollegen ist er wohl noch in Verbindung. Den hat er dann nach der Revolution noch mal besucht. Irgendwo im Alentejo.»

«Kennen Sie den Namen?»

«Fábio, wie dieser Fußballer, der für Madrid spielt, Fábio Coentrão. Aber der Nachname war natürlich ein anderer, den kenne ich nicht.»

«Sonst fällt Ihnen niemand ein? Hat er von Streit oder Ärger mit jemandem gesprochen?»

Glüsenkamp schüttelte den Kopf. «Ich hatte den Eindruck, dass er sich hier rundum wohl gefühlt hat.»

Wieder der Blick ins Leere.

Almeida räusperte sich. «Vielen Dank für Ihre Geduld, Herr Glüsenkamp. Das wäre es für den Moment. Ihre Nummer haben wir ja, wenn wir Sie noch einmal brauchen.» Pinto sagte in das Mikro des Recorders, dass das Gespräch beendet war, und schaltete ihn aus. Wir standen auf.

«Finden Sie das Schwein.» Mit diesen Worten ging Hans Glüsenkamp grußlos aus dem Raum.

Und schon wieder hatte sich ein Klischee bewahrheitet.

13

Wie kriegten diese Polizisten den Kopf frei? Wie machten die das? Oder drehten sich bei denen die Gedanken auch die ganze Zeit weiter, wie bei mir? Auf dem Bett in meinem Zimmer lagen ein buntes Sommerkleid, eine weiße Jeans, ein kurzer schwarzer Rock und ein Shirt mit Blumendruck. All mein Denken hätte sich um die wichtige Frage drehen sollen: Was davon ziehe ich an? Welches Outfit ist richtig für ein Fest am Flussstrand, für ein Treffen mit Mário? Stattdessen fragte ich mich, wieso die Kripoleute nicht wussten, wie viel Geld bei Glüsenkamps Projekt im Spiel war. Sie hatten den Vorvertrag für Glüsenkamps Grundstückskauf gelesen, da musste doch eine Summe drinstehen. Wenn auch nur für das Gelände, nicht für das gesamte Projekt. Was wohl die Alves daran verdiente? Oder hatte sie nur das Haus vermittelt? Apropos Geld – war Glüsenkamps Rucksack leer gewesen oder nicht? Das Stichwort Raubmord auf der Wandtafel fiel mir wieder ein. Wahrscheinlich. Mal ehrlich, mit solchen Gedanken im Kopf kommt doch keine Feierstimmung auf, vom Flirten gar nicht zu reden.

«Filha, musst du nicht los?»

Meine Mutter war ob der Tatsache, dass ich zum Fest

eingeladen war, entschieden aufgeregter als ich. Als ich ihr erzählt hatte, mit wem ich dort sein würde, hatte sie allerdings erst gestutzt. «Der Bibliothekar? Dann stimmt wohl doch nicht, was gemunkelt wird.»

«Was wird denn gemunkelt?»

«Ach, nichts.»

«Mãe!»

«Was die Leute halt so reden, wenn ein junger Mann lange alleine ist.»

«Mário soll schwul sein?»

«Anabela, rede nicht so!»

«Ich? Wer verbreitet denn hier Gerüchte?»

«Ich sage doch, es ist nur Gerede.»

«Ausgesprochen dummes Gerede, Mãe.»

Sie stand vor meinem Bett. «Zieh das Kleid an, Anabela, das betont deine Figur. Und mach um Himmels willen was mit deinen Haaren!»

Also gut.

Es war längst dunkel, als ich in Alcoutim ankam. Warme Lichter beschienen den Strand und den gesamten Platz um die Praia Fluvial. Stände mit Essen und Getränken, mit Kunsthandwerk und Schmuck waren aufgebaut worden, auf den Grasflächen dienten Strohballen als Sitzgelegenheiten. Fast alle waren besetzt, überhaupt war ich überrascht über die große Zahl von Besuchern. Ich hatte mir das Fest deutlich kleiner vorgestellt. Im Vorbeigehen hörte ich bestimmt fünf verschiedene Sprachen.

Der Weg zur Bar, in der ich mit Mário verabredet war, führte an einer großen Bühne mit einer beachtlichen

Batterie von Scheinwerfern vorbei. Noch spielte dort niemand, aber von einer anderen, kleineren Bühne kam portugiesische Volksmusik. Tiefe Männerstimmen, ein Akkordeon, Gitarrenklänge. Schön. Hatte ich lange nicht gehört. Ich kenne keine andere Sprache, die gesungen weicher und harmonischer klingt. Mir ging das Herz auf. Während ich an weiteren Ständen entlangschlenderte, mir den Duft von frischem Gebäck und scharfer Wurst im Brötchen um die Nase wehen ließ, hörten meine Gedanken ganz langsam auf, um die Arbeit zu kreisen. Vielleicht klappte es ja doch mit der Entspannung.

«Bela!» Mário strahlte mich an, als wäre er ein Hirtenkind, dem gerade die Jungfrau Maria erscheint. Nichts für ungut, aber das fand ich denn doch übertrieben, trotz meiner hochgesteckten Haare.

«Mário, hallo! Schön, dich zu sehen.»

«Du siehst toll aus!»

«Danke.» Was soll man da als Frau auch sagen? Du auch? Er sah aus wie immer, Jeans, weißes T-Shirt, darüber ein leichtes dunkelblaues Jackett. Frisch gewaschenes Haar – ich konnte das Shampoo riechen –, glatt rasierte Wangen, kaffeebraune Augen hinter dünner runder Hornbrille, breites Lächeln mit Grübchen links. Bis auf die frisch gewaschenen Haare genauso wie vor zwei Tagen. Höre ich mich unfreundlich an? Die Wahrheit ist: Ich fühlte mich von seiner Anhimmelei überfordert. Es war verdammt lange her, dass mich jemand so angesehen hatte. Es war auch verdammt lange her, dass ich so etwas wie ein Date gehabt hatte. Milde ausgedrückt, war ich komplett aus der Übung. Und zwar bei allem, was mit

Mann und Frau zu tun hat, wenn Sie wissen, was ich meine. Und heute Abend, so viel war klar, konnte ich mich nicht mit meinem Ablenkungsthema Nummer 1 retten. Wir hatten schließlich einen Deal.

«Hinten auf der Terrasse ist ein Tisch frei. Wollen wir erst einmal was trinken?»

«Gern», sagte ich, nicht ahnend, dass mir diese Antwort eine knappe halbe Stunde allein bescheren würde. Ab und zu sah ich durch die Glasscheiben ins Innere der Bar, wo Mário in einer Schlange von durstigen Menschen stand. Mit einer Engelsgeduld, wie ich anmerken möchte. Ich an seiner Stelle wäre längst ausgeflippt und hätte dem lahmarschigen Kerl hinter der Theke die Meinung gegeigt. Den konnte ich durch die Scheibe ebenfalls gut beobachten. Er hatte alle Zeit der Welt und klönte zwischendurch mit jedem Kunden, den er kannte. Also mit jedem Zweiten. Wenn er nicht telefonierte. Zwischendurch zapfte er tatsächlich das ein oder andere Bier. Während ich über deutsche Ungeduld und portugiesische Langmut sinnierte, hörte ich den Gesprächen der anderen Gäste zu. Der tote Deutsche war natürlich Thema. Anscheinend war Cousin Luís mit seiner Theorie vom Mord unter Ausländern nicht allein.

Mário hatte einiges von seiner Frische verloren, als er schließlich mit einem Bier für sich und einer kleinen Flasche Wein für mich unseren Tisch erreichte. Schweißtropfen standen ihm auf der Stirn.

«Heiß da drinnen.» Er trank einen großen Schluck. «Ich hätte gleich zwei bestellen sollen.» Wir grinsten. Und steckten zwei Minuten später in einem völlig lockeren Gespräch über die Unterschiede zwischen unseren Kulturen.

Später, als wir uns auf den unbestuhlten Rasen vor der großen Bühne gesetzt hatten – Mário, ganz Gentleman, hatte mir sein Jackett gegeben, damit mein Kleid keine Flecken bekam – und auf den Beginn des Konzertes warteten, nahm er meine Hand und sagte ganz leise: «Und? Gar nicht so schlecht, das Leben in Portugal, findest du nicht?»

Ich lächelte. «Nein, gar nicht schlecht.»

Dann setzte die Musik ein. Gitarrenklänge. Nicht irgendwelche. Selbst ich kenne diesen speziellen Klang einer zwölfseitigen Guitarra. Die Melodie schwermütig, getragen. Fado, dachte ich, ach du Scheiße. Ja, ja, schon gut. Ich höre geradezu den Aufschrei der Entrüstung. Fado ist so eine Art nationales Musikheiligtum. Und sogar von der UNESCO zum immateriellen Weltkulturerbe erklärt worden. Im Fado, das können Sie in jedem Reiseführer nachlesen, findet die Seele des Portugiesen ihren musikalischen Ausdruck, im Fado klingt das portugiesische Sein. Da wird die Saudade besungen, eine ewige Sehnsucht nach irgendwas. Mal ist es Fern-, dann wieder Heimweh, und wenn keins von beidem beschluchzt wird, dann geht es gern um unglückliche Liebe, Trennung, Tod, Trauer, Enttäuschung oder Armut. Ich sag ja nicht, dass Fado nicht schön ist. Aber – portugiesische Eltern oder nicht – meine Seele tickt eher deutsch und wünscht sich bei einem Fest leichtere Musik. Und ich durfte nicht mal lästern. *Silêncio, vai-se cantar o Fado!* Ruhe, es wird Fado gesungen! Sogar ein paar Kinder, die bis eben am Absperrgitter vor der

Bühne gespielt hatten, verstummten. Als ich selbst noch ein Kind war, hatten mich meine Eltern einmal zu einem Fado-Abend mitgenommen. Nach ein paar Minuten hatte ich lauthals gefragt, ob die Sängerin schlimme Schmerzen hätte. Danach musste ich nie wieder mit. Erst als Erwachsene habe ich das nächste Fado-Konzert besucht.

Mein Seufzen ging in den Klängen der Guitarra unter. Eine zweite, klassische Gitarre setzte ein, dazu Percussion. Das Tempo der Musik steigerte sich. Noch lag die Bühne im Dunkeln, die Musiker waren nur als Schatten zu sehen. Plötzlich flutete das Licht der Scheinwerfer die Bühne und beschien drei erstaunlich junge Männer. Mit heller, klarer Stimme begann einer von ihnen zu singen. Er klang nicht, als täte ihm etwas weh. Warm und weich sang er von einem Ritt durch die Nacht. Das hier war ein anderer Fado als der, den ich kannte. Fröhlicher, jünger, ungewohnt und interessant. Gar nicht schwermütig.

Ganz zum Schluss spielte die Gruppe einen Klassiker, den auch meine Mutter gerne singt: «Uma Casa Portuguesa». Ein Lied über Gastfreundschaft, Bescheidenheit und Armut, aber auch Glück und Liebe in einem portugiesischen Haus. Und alle, aber auch wirklich alle auf dem Rasen sangen den Refrain mit. Sogar eine gewisse Anabela Silva, und zwar mit geschlossenen Augen und einem ganz bestimmten portugiesischen Haus im Kopf.

«Schöne Singstimme und viel Gefühl», sagte jemand dicht an meinem Ohr. Ich schlug die Augen auf, drehte den Kopf und sah direkt in das eindeutig lächelnde Gesicht von João Almeida. Was machte der denn hier? Und seit wann saß er neben mir? Mário an meiner anderen

Seite drehte sich ebenfalls um. Was daran liegen mochte, dass ich ziemlich plötzlich meine Hand unter seiner weggezogen hatte. Die ganze Zeit über hatte er sie in der seinen gehalten und ab und zu mit dem Daumen gestreichelt. Kein schlechtes Gefühl. Aber plötzlich war es mir unangenehm. Almeida blickte schon wieder zur Bühne, auf der eben die letzten Akkorde des Liedes verklangen. Applaus brandete auf.

«Mário, können wir was trinken gehen?» Er nickte und wir standen auf.

«Wer war denn das eben?»

«Chefinspektor Almeida, für den ich im Moment arbeite.»

«Aha.»

«Was aha?»

«Nur so.»

Wir kämpften uns durch die Menge – inzwischen war es richtig voll – und stellten uns in die Schlange an einem Getränkestand.

«Mário!»

«Júlio!»

Schultergeklopfe. Der Mann, der Mário angesprochen hatte, grinste breit und hielt ein Bier in der Hand.

«Alles klar bei dir?»

«Alles klar. Wo steckt denn Catarina?»

Erst dann besann sich Mário seiner guten Erziehung.

«Darf ich dir Anabela vorstellen? Anabela, das ist Júlio, der Freund von Catarina, der Ärztin.»

«Olá.»

Küsschen, Küsschen. Ich musterte Júlio so unauffällig

wie möglich. Durchschnittlich groß, kurze dunkle Haare, viele Lachfältchen. Sympathisch.

«Sie muss hier irgendwo sein.» Er ließ seinen Blick über die Menge schweifen und winkte schließlich. Kurz darauf kam Catarina auf uns zu, mit rosigen Wangen und natürlich knallroten Lippen. Auch sie hatte ein Bier in der Hand und musste aufpassen, damit es beim Gehen nicht überschwappte. Die nächste Küsschen-Runde. Derweil hatte Mário auch für uns Getränke besorgt, und wir standen ein bisschen unschlüssig herum.

«Da wird was frei», sagte Júlio und zeigte auf ein paar Strohballen, die um einen niedrigen Holztisch gruppiert waren. Kaum saßen wir, fingen die Männer ein Gespräch über ein Buch an, das sie beide gelesen hatten. Catarina und ich schwiegen, waren verlegen. Ich hätte gern gewusst, was mein werter Cousin zu ihr gesagt hatte, mochte aber nicht fragen. Zumal ich Mário versprochen hatte, ein bestimmtes Thema heute zu meiden.

«Wie geht es deinem Vater?», fragte sie schließlich. Erleichtert stellte ich fest, dass sie mich nach wie vor duzte. Hätte mich nicht gewundert, wenn sie nach der Begegnung mit Luís, dem durchgeknallten Lokalpatrioten, wieder auf Distanz gegangen wäre. Schließlich war ich es gewesen, die sie quasi zu ihm geschickt hatte.

«Im Moment ganz gut.»

«Das Ergebnis vom Neurologen muss jetzt bald kommen.»

«Hoffentlich. Meine Mutter macht sich wahnsinnige Sorgen.» Ich schielte zu Mário. Der war völlig in sein Gespräch vertieft.

«Du hast mit meinem Cousin gesprochen wegen der anderen Sache?»

«Allerdings. Aber ich fürchte, er hat mich nicht ernst genommen. Sobald ich dich erwähnt habe, hat er gar nicht mehr richtig zuhören wollen.»

«Und jetzt?»

«Ich habe meine Bedenken gemeldet. Und bin auf Granit gestoßen. Ich kann nicht behaupten, dass ich scharf auf eine weitere Erfahrung dieser Art bin. Aber du hast doch jetzt beste Verbindungen. Warum sagst du nichts? Oder hast du schon? Ich habe von der Kripo jedenfalls nichts gehört.»

Ich hoffte, dass man im Schimmer der Lichterketten am Festplatz nicht sah, wie ich rot wurde. Meine Erklärung würde dünn klingen, das war mir klar.

«Ich denke darüber nach. Ich möchte mehr wissen, bevor ich den Mund aufmache. Und im Augenblick dreht sich sowieso alles um diesen anderen Toten.» Gerade ihr, einer engen Freundin von Mário, würde ich sicher nicht sagen, dass ich mich vor dem beeindruckenden João Almeida nicht blamieren wollte. Womöglich würde sie falsche Schlüsse ziehen.

Meinen letzten Satz hatte Mário offenbar mitgekriegt. Sein gerade noch entspannter Gesichtsausdruck verfinsterte sich. Schnell lächelte ich ihn an und hob beide Hände, formte mit den Lippen das Wort «Deal». Er lächelte zurück und sagte: «Júlio, ich glaube, wir vernachlässigen die Damen.»

«Du hast recht. Anabela, wie ich höre, sind Sie Journalistin? Schreiben Sie für eine Zeitung?»

«Für verschiedene Zeitschriften.»

Zwei Getränke später war ich auch mit Júlio per du. Wir alle trieben leicht von einem Thema zu anderen, als würden wir uns lange kennen. Und ich genoss es. Ich vergaß die Familie Alves, vergaß Almeida, vergaß Glüsenkamp.

Bis zu dem Moment, in dem mein Blick zufällig auf eine Frau fiel, die sich leise, aber heftig mit einem Mann stritt. Das Paar stand vielleicht zwei, drei Meter von uns entfernt in der Nähe eines Standes, an dem Caracóis verkauft wurden, Schnecken.

Übrigens eines der wenigen Gerichte in Portugal, die ich nicht anrühre. Dabei ist der Sud, in dem sie gekocht werden, durchaus schmackhaft. Aber ich finde es einfach eklig, die glitschigen Viecher mit einem Zahnstocher aus ihren Gehäusen zu ziehen. Mit ein bisschen Pech strecken die dann noch die Fühler aus. Mich schüttelt es schon, wenn ich daran denke. Entschuldigung, ich schweife mal wieder ab.

Irgendetwas an der Frau kam mir bekannt vor. Sie war vielleicht Anfang fünfzig, klein und zart, hatte die halblangen dunklen Haare mit einer Spange im Nacken zusammengefasst und trug eine türkisfarbene Brille. Die Brille war es nicht, an das auffällige Gestell hätte ich mich erinnert. Ich konnte sie in aller Ruhe mustern, während sie ihr Gegenüber geradezu mit Worten bombardierte. Aufgebracht, wie sie war, hatte sie keine Augen für ihre Umgebung.

Ihn sah ich nur von schräg hinten. Raspelkurze Haare, große Ohren. Er überragte die Frau deutlich und war, seiner Körperhaltung nach zu urteilen, von ihrer Kanonade nicht allzu beeindruckt, trank gelassen sein Bier. Was sie sagte, konnte ich nicht verstehen. Verdammt, woher kannte ich dieses Gesicht? Ich versuchte, mir die Brille wegzudenken. Und dann kam ich drauf. Das war die Frau, die mich von unzähligen Bäumen und Häusern herab angesehen hatte. Inês Alves. Oder zumindest jemand, der ihr sehr ähnlich sah. Das Foto auf den Plakaten zeigte sie mit einer unauffälligen Brille, offenen Haaren, verschränkten Armen und selbstbewusstem Blick. Ich hätte sie mir größer und kräftiger vorgestellt, nicht so zart. Wenn sie es denn war.

«Anabela? Bist du noch bei uns?»

«Entschuldige, Mário, ich war abgelenkt, was hast du gesagt?»

«Wir wollen jetzt wieder rüber zur Bühne, da spielt gleich eine Tanzband.»

«Ist gut.»

Wir kamen direkt an dem Paar vorbei, das jetzt mit einigem Abstand schweigend nebeneinanderstand. Hätte ich ein Bild zeichnen sollen, ich hätte einen Eisblock zwischen die beiden gemalt. Vielleicht waren sie gar kein Paar. Nun konnte ich auch den Mann von vorn sehen. Hohe Stirn, nein, eher eine Halbglatze, kräftige Nase, ein schmaler Mund. Und, wenig verwunderlich, ein Gesichtsausdruck, als hätte er eben in eine Zitrone gebissen.

Im Vorübergehen grüßte Mário die beiden mit einem Nicken. Sie nickten kurz zurück.

«War das nicht …?»

«Inês Alves, ja.» Mário ging zügig weiter.

«Und der Mann neben ihr?»

«Claudio Souza. Ihr Freund.»

Er griff nach meiner Hand. «Und jetzt wird getanzt.»

14

Es regnete. Kein feiner, angenehmer, leicht warmer Sommerregen. Oh nein. Das Wasser schien aus riesigen Bottichen auf die Erde geschüttet zu werden, es schoss die abschüssigen Wege entlang wie ein reißender Bach. Und es war kalt. In den wenigen Augenblicken, die ich brauchte, um meinen Schirm zusammenzufalten und ins Auto zu steigen, wurde ich komplett durchweicht. Ich fror. Was für ein wunderbarer Wochenbeginn. Meine Laune war ohnehin nicht die beste.

Den Sonntag hatte ich mit Hausarbeit und Grübeleien verbracht. Grübeleien über das Leben als Frau im Allgemeinen und mein Leben als Frau im Besonderen. Schuld war natürlich Mário. Der nicht mal versucht hatte, mich zu küssen, als ich mich früh um fünf vom Fest verabschiedet hatte. Von diesen Links-Rechts-Küsschen mal abgesehen. Ein Mann, der einer Frau Komplimente macht und ihre Hand streichelt, sie fragt, ob sie frei ist, der will doch mehr? Der versucht doch was? Und wenn er das nicht tut, dann ist er entweder extrem verklemmt, vom anderen Ufer (war ja klar, dass die Bemerkung meiner Mutter sich in mein Hirn gefräst hatte), oder die Frau hat was falsch gemacht. Okay, die Tanzerei war eine mittlere Katastrophe gewesen. Ich kam einfach nicht mit dem seltsamen Schritt klar, den die Leute hier draufhatten. Meine Hüften schmerzten immer noch. Aber das war doch bitte schön kein Grund?

Die Sache war auch insofern ein perfektes Grübelthema, als ich mir gar nicht sicher war, ob ich hätte geküsst werden wollen. Also, um der Wahrheit die Ehre zu geben, eher nicht. Mário war wirklich nett. Wenn ich mit ihm zusammen war, fühlte ich mich wohl, keine Frage. Aber … da prickelte nichts. Und prickeln muss es doch? Oder war ich aus dem Prickel-Alter raus? Wie auch immer, ich fand es frustrierend, gar nicht erst die Chance zum Neinsagen bekommen zu haben. Das ist nicht gut für das Selbstwertgefühl einer demnächst geschiedenen Frau in den Vierzigern. Gar nicht gut. Ob es daran lag? Hielt er sich zurück, weil ich noch nicht geschieden war?

Ich parkte nah am Fluss, der gerade als lehmbrauner Strom mit Höchstgeschwindigkeit gen Atlantik rauschte. Kein Mensch auf der Straße. Den kurzen Weg zur Wache lief ich ohne Schirm. Nass war ich eh schon.

In der Polizeistation schlug mir der Geruch von feuchtem Stoff, Schweiß und Kaffee entgegen. Der Wachhabende grüßte freundlich und deutete nach oben. Also direkt ins Allerheiligste. Ich wandte mich zur Treppe. «Um momento.» Der junge Agente griff hinter sich und holte ein Handtuch hervor. «Vielleicht trocknen Sie sich erst ein bisschen ab.» Sein Lächeln und seine Fürsorge waren reines Labsal. Ich rubbelte mir durch die Haare und bedankte mich.

Almeida war allein und saß in Hemdsärmeln auf seinem Platz. Sein graues Jackett hing mit feuchten Schultern über der Lehne seines Schreibtischstuhls.

«Bom dia.»

Kein Begrüßungslächeln vom Chefinspektor. Er war wohl auch kein Freund von Weltuntergangswetter. Oder von Montagen. Ob er das ganze Wochenende in Alcoutim verbracht hatte? Auf dem Fest hatte ich ihn nur noch einmal kurz am Rand der tanzenden Menge gesehen.

«Bom dia. Sie sind ja ganz nass. Legen Sie doch den Mantel ab.»

«Soll ich denn nicht unten das Protokoll von Hans Glüsenkamp tippen?»

Er antwortete nicht. Ich zog meinen noch immer etwas tropfenden Mantel aus und sah mich nach einem Kleiderständer um.

«Da drüben an der Wand ist ein Haken. Ich besorge Ihnen Tee, Sie erkälten sich sonst noch.»

Er griff zum Telefonhörer und winkte mich zum Besprechungstisch.

«Agente Costa? Könnten Sie wohl einen Becher Tee nach oben bringen?»

Unsicher setzte ich mich vorn an den ovalen Tisch. Irgendetwas war hier doch faul. Er war höflich, keine Frage, bestellte mir sogar Tee, aber sein Ton … viel distanzierter und kälter als sonst.

«Ist Inspektor Pinto heute gar nicht da?»

«Der ist unterwegs.»

Er legte den Hörer auf. Und blieb auf seinem Stuhl sitzen. Nahm eine Akte zur Hand.

Beinah hätte ich angefangen, mit den Fingern auf den Tisch zu trommeln, konnte mich aber beherrschen. Die Wandtafel war voller geworden. Eben versuchte ich, die neuen Notizen zu entziffern, da klopfte es und der junge Agente vom Empfang erschien mit dem Tee. Almeida stand auf, nahm ihm den Becher aus der Hand, bedankte sich.

Kam zum Tisch.

Stellte den Tee vor mir ab.

Zog sich einen Stuhl heran.

Setzte sich mir direkt gegenüber.

So nah, dass ich den dunklen Rand um die Iris seiner mittelbraunen Augen erkennen konnte.

Schweigen.

Er war sauer, so viel war klar. Ich hatte bloß keine Ahnung, warum. Nun rede schon, dachte ich, spuck's aus.

«Ich hatte heute früh ein sehr interessantes Gespräch.»

Ein paar Sekunden vergingen.

Den Gefallen nachzufragen tat ich ihm nicht.

«Mit Doutora Catarina Cardoso.»

Oh.

«Über einen gewissen António Alves. Der kürzlich verstorben ist.»

Aus meiner Tasche kam ein leises Zwitschern. Kein guter Moment, um eine Nachricht zu lesen. Ich hatte allerdings so eine Ahnung, vom wem sie kam.

«Wollen Sie mir nichts sagen?»

Eigentlich nicht.

«Was hat Ihnen Catarina denn erzählt?»

Er seufzte.

«Sie hat mir erzählt, dass der Mann möglicherweise keines natürlichen Todes gestorben ist, deshalb exhumiert werden sollte und dass Sie» – jetzt wurde sein Ton scharf – «die Frau, die hier seit Tagen mit uns, den Beamten der Polícia Judiciária, zusammenarbeitet, diejenige waren, die sie ermuntert hat, zur Polizei zu gehen. Was Sie mir verschwiegen haben, als ich Sie nach dem Mann gefragt habe.»

«Mein Cousin ...»

«Um Ihren Cousin kümmern wir uns, keine Sorge. Also?»

Ich brauchte eine Antwort. Eine gute. Sonst war ich womöglich meinen neuen Job los. Von Almeidas Sympathie ganz zu schweigen.

«Mir waren einige Daten auf dem Friedhof und eine Namenshäufung aufgefallen, ich habe mit Doutora Cardoso darüber gesprochen, und sie sagte, der Tod von António Alves in Faro sei ihr ungewöhnlich erschienen. Daraufhin habe ich ihr empfohlen, zur Polizei zu gehen. Und das hat sie getan.»

Klang doch gar nicht schlecht.

«Ist das alles?»

Ich habe mich seitdem oft gefragt, warum ich an diesem Tag nicht offener war, ihm alles erzählte, was mir durch den Kopf ging. Nichts von Maria de Lourdes, nichts von der Vergewaltigung. Vielleicht war es eine Vorahnung, die mich schweigen ließ.

«Das ist alles. Sie haben keinen Grund, mich zu behandeln wie eine Schwerverbrecherin.»

Angriff ist schließlich die beste Verteidigung.

Almeida lachte. Von einer Sekunde zur anderen brach er in schon fast brüllendes Gelächter aus. Was war denn jetzt los? Gerade hatte ich noch um meinen Job gefürchtet und nun das. Verdattert wartete ich, was als Nächstes kommen würde.

Er beruhigte sich wieder, schüttelte nur noch den Kopf.

«Ich lasse das mal so stehen. Aber wenn Sie das nächste Mal von einem potenziellen Verbrechen erfahren, wäre ich Ihnen doch sehr verbunden, wenn Sie mir das nicht verschweigen, sondern mit mir sprechen würden. Wir bilden im Moment ein Team. Und in einem Team sollte es gegenseitiges Vertrauen geben. Denken Sie nicht?»

Ich bemühte mich, nicht kleinlaut zu klingen. «Natürlich. Und jetzt? Wird eine Exhumierung veranlasst?»

«Das habe nicht ich zu entscheiden.»

Mein Gefühl sagte mir, dass ich im Augenblick besser nicht weiter nachfragte. Und noch etwas sagte es mir sehr deutlich: Wenn ich selbst mit Hilfe von Mário noch mehr über die alte Geschichte und die Familie Alves herausfinden wollte, dann sollte ich mich besser beeilen.

Almeida stand auf. Ich tat es ihm nach.

«Das Protokoll?»

«Ja bitte. Später habe ich noch eine andere Aufgabe für Sie. Und heute Nachmittag fahren wir dann nach Ayamonte, um diesem Investor einen Überraschungsbesuch abzustatten.»

Pintos Haar glänzte heute nicht vom Gel, sondern vom Regen. Sein Hemdkragen war dunkel vor Nässe, als er knapp zwei Stunden später in mein kleines Büro kam, einen Laptop unter dem Arm. Ich war eben dabei, das schriftliche Protokoll zu speichern. Pinto stellte den Laptop auf den freien Schreibtisch in meinem kleinen Büro. Nach einem knappen «Bom dia» kam er gleich zur Sache.

«Das ist der Computer von Peter Glüsenkamp. Chefinspektor Almeida möchte, dass Sie sich den E-Mail-Verkehr ansehen und nach Dokumenten suchen, die mit dem Kauf von Haus und Grundstück zusammenhängen könnten. Außerdem interessieren uns alle Nachrichten von Pablo Jost. Die brauchen wir so schnell wie möglich. Der Rechner ist nicht passwortgeschützt.» Pinto sah mich kaum an, und seiner Miene nach zu urteilen, gefiel ihm Almeidas Auftrag an mich rein gar nicht. Er drehte sich um und wollte den Raum verlassen.

«Was haben Sie eigentlich für ein Problem mit mir?» Die Frage rutschte mir einfach so raus.

Er erstarrte für einen Moment. Unter seinem engen Hemd konnte ich sehen, wie er die Muskeln anspannte, ehe er sich wieder zu mir umdrehte.

«Sie meinen, abgesehen davon, dass ich kein Freund davon bin, Laien – und ganz besonders Journalistinnen – in Ermittlungen einzubeziehen?»

Ich sagte nichts, wartete ab, was noch kommen würde.

Pinto machte zwei Schritte, stand damit direkt vor meinem Schreibtisch, beugte sich vor, stützte die Hände auf die Tischplatte und sah mir in die Augen.

«João Almeida ist ein feiner Mensch. Und mein Freund. Neuen Kummer kann er nicht brauchen. Haben wir uns verstanden?»

Ehe ich auch nur Luft holen konnte, war er aus der Tür.

Hatte der zu viele Steroide geschluckt? Ich schwankte zwischen Wut und Verwunderung. Was fiel diesem Jüngelchen ein? Und was brachte ihn zu einer derart unsinnigen Bemerkung? Wieso neuer Kummer? Gab es denn alten? Und was bitte hatte das mit mir zu tun?

Vielleicht war es ganz gut, dass ich keine Zeit hatte, mir allzu viele Gedanken über Pintos eigenartigen Auftritt zu machen. Nach meinem Zusammenstoß mit dem Chefinspektor wollte ich mich nicht gleich wieder in die Nesseln setzen, sondern schnell Ergebnisse liefern.

Ich ging zu dem zweiten Schreibtisch, klappte das Notebook auf, suchte den Mail-Account, fand ihn. Und nahm die Hände wieder von der Tastatur. Scheute zurück wie ein Pferd vor einer zu hohen Hürde. Was tat ich hier? Wo blieb die Würde, wo die Privatsphäre von Peter Glüsenkamp? Tot oder nicht, ich konnte doch nicht einfach seine Post lesen. Noch nie hatte ich darüber nachgedacht, wie sich Polizisten fühlen mochten, wenn sie so etwas taten. Aber die waren immerhin dafür ausgebildet. Plötzlich konnte ich Pinto sogar verstehen, jedenfalls in diesem Punkt. So etwas war nichts für Laien wie mich. Andererseits hatte Peter Glüsenkamp ein Recht darauf, dass sein Mörder gefunden wurde. Und wenn ich dabei helfen konnte … also gut.

Er hatte den gleichen Provider wie ich selbst, was die Sache erheblich erleichterte, weil ich die Benutzeroberfläche kannte. Ich gab den Namen «Pablo Jost» in die

Suchleiste ein. Nichts. Nur «Jost». Auch nichts. Nur «Pablo». Nein. Ich klickte mich durch den Posteingang der vergangenen zwei Monate. Kein Name, der auch nur entfernt an Pablo Jost erinnerte. Hm. Noch einmal schaute ich mir alle Absender an, ging noch einen Monat weiter zurück. Da waren Mails vom Bruder, einige von Brigitte Herrmann, auch Inês Alves war vertreten. Viele Namen, die ich nicht kannte, logisch. Zweimal tauchte ein «eltoro» auf. Ich schlug mir mit der Hand vor den Kopf. «El toro», auf Spanisch der Stier. Und vermutlich ein Nickname von Pablo Jost, dem Mann mit den spanischen Wurzeln. Ich klickte eine der Nachrichten an.

Hi Peter, bin ab April wieder in Ayamonte, lass von dir hören. Pablo

Na also. Nicht besonders informativ, aber immerhin hatte ich Pablo gefunden. Auch die zweite Nachricht bestach nicht durch übermäßig viel Inhalt:

Juli geht klar. Wir telefonieren.
Pablo

Ich übersetzte die wenigen Worte, legte im anderen Rechner eine Datei an und machte mit den Mails von Inês Alves weiter. Auch das waren nicht so viele, wie ich erwartet hätte. Anscheinend war Glüsenkamp eher ein Freund der mündlichen Absprache gewesen. Womit sich mir einmal mehr die Frage stellte, ob sein Telefon gefunden worden war.

Ich fand den Entwurf des Vorvertrages für das große Grundstück in einem Anhang, dazu einen Geländeplan. Die Lage schien ganz reizvoll zu sein, zwischen Hügeln an einem Fluss namens Ribeira da Foupana, der mitten in dem Terrain eine Schleife bildete. Nicht sehr weit von dem Ort Corte das Donas, aber trotzdem abgelegen. Das Grundstück sollte 150 000 Euro kosten, die zu leistende Anzahlung belief sich auf ein Drittel der Summe. Der Vertrag für das Haus in Guerreiros fand sich auch in einem Anhang. Dafür hatte er 55 000 Euro bezahlt.

Okay. Und jetzt? Sollte ich etwa sämtliche Mails übersetzen, die auf dem Account gespeichert waren? Da würde ich Jahre brauchen.

Ein Blick auf mein Handy. Kurz vor eins, Zeit für die Mittagspause.

Ich schickte die Dateien mit den bisherigen Übersetzungen und das Protokoll an Almeida, rief im oberen Büro an, erreichte Pinto und bekam in gnädigem Ton ein Okay. «14 Uhr Abfahrt nach Ayamonte», sagte er noch und legte grußlos auf.

Der junge Agente Costa schob nach wie vor Dienst am Empfang. Ich schaute durch die Glastür nach draußen und sah eine Wasserwand. In meinem Büro hingen Streifenjalousien vor dem Fenster, ich hatte das Mistwetter ganz vergessen. «Nehmen Sie meinen Schirm.» Er hielt ihn mir hin. Was für ein freundlicher Mensch. Von dem könnte ein Paulo Pinto eine Menge lernen. Im nächsten Café aß ich einen Toast, trank einen Kaffee und las Zeitung, um weitere Gedanken an Pinto und seine Äußerung gar nicht erst aufkommen zu lassen. Um zehn vor zwei, ich hatte gerade bezahlt und wollte den Schirm aufspannen, klingelte das Telefon. Mário.

«Ja?»

«Olá, schöne Bela. Geht's dir gut? Ich habe interessante Neuigkeiten!»

Und ein feines Gefühl für den denkbar schlechtesten Zeitpunkt, dachte ich ungnädig. Einmal mehr musste ich ihn vertrösten, wenn ich nicht zu spät kommen wollte. Die Enttäuschung in seiner Stimme war unüberhörbar.

15

Protzig. Das war das Wort, das Peter Glüsenkamp seinem Bruder gegenüber für das Haus von Pablo Jost benutzt hatte. Treffender hätte auch ich es nicht ausdrücken können. Am Rand der Stadt Ayamonte, hoch gelegen mit direktem Blick auf den Guadiana und die Brücke, die Spanien mit Portugal verbindet, stand eine weiße Villa mit riesigen vergitterten Fensterflächen und schachbrettartig gepflastertem Vorgarten. Ein einzelner Zitronenbaum bildete den einzigen Farbtupfer. Als wir auf das Tor im schmiedeeisernen, spitzenbewehrten Zaun zugingen, sah ich über die Schulter noch einmal zurück zur Brücke, einem beeindruckenden Konstrukt aus Stahlseilen und Beton. Unter den schweren Regenwolken waren gerade so eben die hellen Pfeiler und die Schemen der beiden Dreiecke zu erkennen, die die Stahlseile bildeten. Der heftige Regen des Vormittags war in einen feinen Niesel übergegangen.

Die Fahrt war noch schweigsamer verlaufen als sonst. Pinto und Almeida wechselten kaum ein Wort. Weder miteinander noch mit mir. Meine Frage, ob ich weiter an den Mails arbeiten sollte, beantwortete Almeida kurz mit: «Das entscheide ich später.» Danach herrschte Ruhe und ausnahmsweise war mir das sehr recht. Was mochte Mário herausgefunden haben? Ob ich noch mal mit Maria de Lourdes sprechen sollte?

«Dann mal los», sagte Almeida. Pinto drückte den Klingelknopf am Tor. Eine Frauenstimme drang aus der Gegensprechanlage, fragte auf Spanisch nach dem Anliegen. Pinto antwortete, ebenfalls auf Spanisch, dass die portugiesische Kriminalpolizei Fragen an Pablo Jost habe. Viele Portugiesen hier im Grenzbereich verstehen und sprechen die Sprache ihrer Nachbarn. Ich selbst beherrsche sie so einigermaßen. Das Tor schwang auf.

Wir kamen in eine überdimensionierte, aber kaum möblierte Empfangshalle. Weiß die beherrschende Farbe auch hier. Der Boden marmorgefliest. Zwischen zwei brusthohen tönernen Amphoren stand ein Mann im beigen Leinenanzug, schwarzem Rolli und Slippern. Mittelgroß, schlank, tiefschwarzes Haar, gewellt und halblang, stahlblaue Augen, gebräunte Haut. In den Fünfzigern, aber gut erhalten. Kein einziges graues Haar.

«Die portugiesische Polizei will mich sprechen?» Er suchte sichtlich nach Worten. «Ich mich wundere.»

Mein Spanisch war auf jeden Fall besser als seins.

Almeida stellte uns vor und sagte: «Es geht um Peter … Glusékam.»

«Glüsenkamp», sagte ich.

Josts Gesichtsausdruck blieb freundlich neutral. Ich fragte mich, ob er überhaupt schon vom Tod seines Geschäftspartners wusste.

«Peter? Was ist mit ihm?»

Offenbar nicht.

«Bitte, dort entlang.»

Durch einen breiten Durchgang ging Jost voraus in ein Wohnzimmer, das von einer hellgrauen Sitzlandschaft und einem voluminösen offenen Kamin beherrscht wurde. Von der Frau, deren Stimme wir gehört hatten, war nichts zu sehen. Im Kamin lag Holz derart säuberlich gestapelt, als wäre es vom Kaminhersteller mitgeliefert worden. Wir setzten uns um einen niedrigen Couchtisch aus Granit.

«Da Spanisch nicht Ihre Muttersprache ist, wenn ich richtig informiert bin, wird Dona Anabela aus dem Deutschen übersetzen, wenn Sie möchten.»

«Gerne. Ich bin noch dabei, Spanisch zu lernen. Meine Eltern haben mich nicht zweisprachig erzogen, leider.»

«Wir untersuchen den Tod von Senhor Peter.»

Der Mann wurde blass unter seinem dunklen Teint.

«Peter ist tot?»

«Er wurde am vergangenen Montag ermordet.»

Falls wir gerade dem Mörder gegenübersaßen, dann war er ein begnadeter Schauspieler. Der Schock stand ihm in Großbuchstaben ins Gesicht geschrieben.

«Das … das ist furchtbar.»

«Wo waren Sie am vergangenen Montagvormittag, also vor genau einer Woche?» Ich übersetzte die Frage und notierte innerlich den Todeszeitpunkt. Davon war bisher nie die Rede gewesen.

«Ich? Sie fragen mich nach meinem Alibi? Aber warum sollte ich Peter …?»

«Reine Routine.»

Wer hätte gedacht, dass ich diesen Satz im echten Leben mal von mir geben würde?

197

«Am Montag? Da bin ich segeln gegangen.»

«Allein?»

«Ja, allein, ich habe unten im Hafen eine Yacht liegen. Am Montag hatten wir nach längerer Zeit endlich mal wieder strammen Südwest, das wollte ich ausnutzen und bin nach El Puerto gesegelt.»

«Kann das jemand bestätigen?»

«Keine Ahnung, eher nicht. Ich bin mit dem ersten Morgenlicht los und erst nachts zurückgekommen. Ich könnte Ihnen höchstens das Logbuch zeigen.»

«Sie haben Herrn Glüsenkamp auf einem Segeltörn kennengelernt?»

«Das stimmt, auf dem Boot eines Bekannten. Wir waren ein paar Tage in Marokko.»

«Wann war das?»

«Im vergangenen Herbst.»

«Ein relativ kurzer Zeitraum. Dennoch wollten Sie sich an seinem Projekt in Portugal beteiligen.»

Er zuckte mit den Schultern.

«Warum nicht? Ich mochte ihn, obwohl wir ziemlich verschieden waren. Und es ging ja nicht um riesige Summen. Peter hatte vor, einen Kredit aufzunehmen, und ich habe ihm stattdessen eine stille Beteiligung angeboten.» Er unterbrach sich, schwieg einen Moment. «Peter tot, ich kann das noch gar nicht richtig fassen. Ich brauche einen Drink. Für Sie auch?»

Wir schüttelten unisono die Köpfe. Jost stand auf, ging zu einem silbrig glänzenden Schränkchen mit schlanken Füßen, das unweit des Kamins stand und sich als Barschrank entpuppte. Mit einem gut gefüllten Cognacschwenker in der Hand stellte er sich ans Fenster und sah hinaus in den Nieselregen. Auf mich wirkte die Szene aufgesetzt. Almeida ließ ihm Zeit, ehe er weiterfragte.

«Über welche Summe sprechen wir?»

Jost drehte sich wieder zu uns um.

«100 000 Euro, ein Viertel des Projektumfangs.»

«Gab es bereits einen Vertrag?»

«Nein. Peters Firma war noch in Gründung, und der Grundstückskauf zog sich in die Länge. Meine Beteiligung brauchte er erst zum Bau der Holzhäuser und der Solaranlage. Wir wollten uns im Juli mit einem Wirtschaftsanwalt zusammensetzen.»

«Womit verdienen Sie Ihr Geld, Herr Jost?»

«Ich handele mit Booten und Bootszubehör.»

«Hier in Spanien?»

«Auch. Aber der Sitz meiner Firma ist in Kiel.»

«Werden Sie in nächster Zeit hier sein?»

«Noch bis übernächste Woche, dann fliege ich zurück nach Deutschland.»

«Gut, das wäre dann alles. Falls sich weitere Fragen ergeben, melden wir uns.»

«Machen Sie das. Warten Sie», er griff in seine Jacke, «hier haben Sie meine Karte.»

Wir standen auf. Jost brachte uns zur Tür, die mit einem satten Ton hinter uns ins Schloss fiel.

«Aalglatter Typ. Und das Alibi taugt ja wohl gar nichts.»

Ich merkte erst, dass ich laut gesprochen hatte, als Almeida sagte: «Das sehe ich auch so.»

Pinto verdrehte die Augen.

«Andererseits war seine Überraschung nicht gespielt, jedenfalls ist das mein Eindruck», setzte ich nach, durch Almeidas Antwort ermutigt.

Pinto holte Luft. Bevor er sagen konnte, was auch immer er sagen wollte – ich hatte so eine Idee, was das in etwa sein würde –, klingelte Almeidas Handy. Pinto schloss den Mund wieder und holte den Wagenschlüssel aus der Jackentasche.

«Was? Wo? Sehr gut! Wir kommen.»

Der Chefinspektor steckte das Telefon ein.

«Sie haben Glüsenkamps Portemonnaie und das Handy gefunden.»

«Wo?», fragten Pinto und ich wie aus einem Mund.

«In der Wohnung eines alten Bekannten der Kollegen von der PSP in Vila Real. Zwischen diversem Diebesgut.»

«Und der alte Bekannte?», fragte Pinto.

«Heult wie ein Welpe, hat aber noch nicht viel gesagt. Die Kollegen warten auf uns.»

Zwanzig Minuten später hielten wir in Vila Real vor einem hübschen Altbau mit Balkon sowie knallblau gestrichenen Fenstern und Türen. «Polícia» verkündete eine schlichte Schrift auf der Lampe über dem Eingang. Hier in der Stadt war nicht die GNR unsere Anlaufstelle, sondern die PSP, die Polícia de Segurança Pública. Das Blau am Gebäude hatte fast exakt den gleichen Farbton wie die Streifen, die einen vor uns parkenden Polizeiwagen zierten.

Sagte ich: «Unsere Anlaufstelle?» Von wegen. Von wegen «Team». Bevor wir ausstiegen, drehte Almeida sich zu mir um. «Es sind nur ein paar Minuten zu Fuß bis zur Marina. Direkt am Yachthafen ist ein Café. Wir holen Sie dann später ab.»

Mist. Ein Teil von mir hatte fern jeder Realität gehofft, dass ich dabei sein könnte, wenn sie diesen «alten Bekannten» – den Mörder? – verhörten. Obwohl sie dafür natürlich keine Dolmetscherin brauchten. Kennen Sie das Gefühl, wenn Sie einen superspannenden Krimi lesen und dann die Seite mit der Lösung fehlt? Almeida schmunzelte angesichts meiner Miene.

Mir blieb nichts anderes übrig, als folgsam zu nicken und mich auf den Weg zu machen. Dankenswerterweise hatte der Regen inzwischen ganz aufgehört. Einzelne Sonnenstrahlen stahlen sich durch die graue Wolkendecke. Ich ging die Hafenpromenade entlang. Das typisch portugiesische Mosaikpflaster, die Calçada Portuguesa, auf dem Gehweg unter meinen Füßen glänzte frisch gewaschen. Sterne, Anker und ein Skorpion aus schwarzem Basalt, zwischen sich kreuzenden Linien kunstvoll eingearbeitet in weißen Kalkstein. Auf der anderen Straßenseite lockten kleine Geschäfte in einer pittoresken historischen Häuserzeile. Im Hafenbecken zu meiner Rechten dümpelten die Boote, klapperte Metall, kreischten Möwen. Der Geruch von Abgasen mischte sich mit dem des Meeres. Der Wind hatte auf Süd gedreht, doch es war nach wie vor kühl. Ich ging ins Café und setzte mich mit Blick auf die Yachten auf den verglasten Teil der Terrasse in einen niedrigen, aber bequemen Sessel und bestellte heiße Schokolade. Nach den ersten Schlucken verschwand meine ohnehin alberne Enttäuschung. Ich griff zum Telefon.

«Mário? Hier ist Bela, passt es gerade? Fein. Erzähl, was hast du für Neuigkeiten?»

«Ziemlich interessante, denke ich. António Alves war PIDE-Agent. Und zwar einer, der nie zur Rechenschaft gezogen worden ist. Wie viele andere übrigens auch.»

Die PIDE ist ein Schreckensbegriff aus der Vergangenheit. Die gefürchtete Geheimpolizei im Estado Novo, der Diktatur Salazars. Sozusagen die Gestapo von Portugal. Das wusste sogar ich. Wenn das stimmte, dann war klar, was Maria de Lourdes mit der «schützenden Hand» des Bruders gemeint hatte. Mário sprach schon weiter.

«Er ist nach der Revolution untergetaucht, war drei Jahre lang weg. Wahrscheinlich in Spanien. 1974 war Franco ja noch an der Macht, da sind damals viele von denen untergekommen. Jedenfalls tauchte Alves Anfang 1978 wieder auf, und zwar in der Stadtverwaltung von Lissabon, als Beamter. Hatte wahrscheinlich beste Beziehungen aus alten Zeiten. Da hat er dann bis zu seiner Pensionierung gearbeitet. Danach ist er an die Algarve zurückgekommen.»

«Ist das sicher? Kann das nicht ein anderer António Alves sein? Ist ja nicht gerade ein seltener Name.»

«Nein, Irrtum ausgeschlossen.»

«Woher weißt du das? Wenn er nie verhaftet worden ist, kann er ja kaum in irgendwelchen Listen oder Gerichtsprotokollen stehen.»

«Erst habe ich mich umgehört, mit ein paar alten Leuten gesprochen. Zwei haben Andeutungen in die Richtung gemacht. Und dann hat ein Mann Stein und Bein geschworen, dass Alves bei der PIDE war. Daraufhin habe ich gegoogelt wie ein Weltmeister. Letztlich war es ein Zufall, dass ich tatsächlich im Netz auf ihn gestoßen bin. Es gibt einen Zeitungsartikel von 2009. Da wurde über eine Geschichte berichtet, die sich bei Gericht abgespielt hat. In Lissabon. Alves ist als Zeuge in einem Verwaltungsprozess zwischen zwei Gemeinden aufgetreten und von einem anderen Zeugen erkannt worden. Der hat mit dem Finger auf ihn gezeigt, ihn als ehemaligen PIDE-Agenten geoutet und beschimpft. Der Mann hat ziemlich lange in Caxias gesessen und ist gefoltert worden. Wohl auf Veranlassung von Alves.»

«Caxias?»

«Ein Gefängnis für politische Gefangene in Lissabon. Jedenfalls hat Alves den Mann dann auch noch provoziert. Man könne sich ja mal auf ein Bier zusammensetzen und über die alten Zeiten reden. Ein Zeitungsreporter war dabei und hat die Geschichte später als Aufhänger für einen Artikel genommen, ‹Die Agenten des Regimes›. Darin geht es um die Verfolgung beziehungsweise Nichtverfolgung von PIDE-Leuten nach der Diktatur.»

«Du willst mir doch nicht erzählen, dass in dem Artikel der Name von Alves stand? Das wäre eine Verletzung der Persönlichkeitsrechte, das macht doch kein seriöser Journalist.»

«Nein, stimmt, der Nachname war abgekürzt. Aber es wurde erwähnt, dass er von der Algarve stammt. Und Name sowie Wohnort des anderen Mannes wurden genannt, mit dem Zitat: ‹Ich erinnere mich genau an dich, du warst Agent der PIDE und hast einen roten Ford Escort mit dem Kennzeichen LH-98-04 gefahren.›»

«Ja und?»

«Von einem roten Ford Escort hat auch der Alte gesprochen, der mir erzählt hat, Alves sei PIDE-Agent gewesen. Anfang der Sechziger hatte hier auf den Dörfern noch kaum jemand ein Auto. Auch er konnte sich noch genau an das Kennzeichen erinnern, als ich ihn danach gefragt habe. Schließlich habe ich dann den Journalisten kontaktiert und den Mann, der Alves bei Gericht erkannt hat. Er ist es.»

«Dann kann er also massenhaft alte Feinde gehabt haben.»

«Sicher. Der, mit dem ich gesprochen habe, lebt allerdings in Setúbal und sitzt seit drei Jahren im Rollstuhl.»

«An dir ist ein investigativer Journalist verlorengegangen, ich bin schwer beeindruckt.»

«Danke.» Stolz schwang in seiner Stimme mit. Zu Recht. «Vielleicht sollte ich umsatteln.» Er lachte.

Plötzlich sah ich João Almeida, der ruhigen Schrittes am Hafenbecken entlang auf den Seiteneingang des Cafés zukam. Jetzt entdeckte er mich hinter den Scheiben und lächelte. Wo war Pinto?

«Mário, wir sprechen später weiter», sagte ich mitten in sein Lachen. «Mein Chef kommt gerade.»

Das Lachen brach ab, Mários Stimme wurde kühl.

«Ja dann.» Aufgelegt.

Nanu, was sollte denn das?

«Da sind Sie ja.» Almeida stand direkt vor mir. Meine Augen befanden sich auf Höhe seines Bauchnabels.

«Darf ich?» Er deutete auf den Sessel auf der anderen Seite des Tischchens, an dem ich saß.

«Natürlich. Wo ist denn Ihr getreuer Gefährte?»

Er setzte sich und hatte alle Mühe, seine langen Beine unterzubringen. Schließlich streckte er sie in den Gang.

«Pinto?» Almeida grinste. «Sie mögen ihn nicht?»

«Er mag mich nicht.»

«Ach was, das bilden Sie sich ein. Er tut sich immer etwas schwer, wenn ich unkonventionelle Wege gehe, das ist alles.»

«Und wo ist er nun?»

«Er hat noch etwas zu erledigen. Und ich brauche dringend Kaffee. Kommt hier kein Kellner?»

Er sah sich um. Am Ende der Terrasse standen zwei Kellnerinnen ins Gespräch vertieft. Keine warf auch nur einen Blick in unsere Richtung. Almeida machte sich mit einem lauten «Faz favor» bemerkbar, woraufhin eine der Damen sich langsam in Bewegung setzte.

«Möchten Sie auch noch etwas?»

Mein Kakao war inzwischen kalt, auf der Oberfläche hatte sich eine dicke Haut gebildet. Bah.

«Einen Milchkaffee bitte.»

Als die muffelige Bedienung die Bestellung notiert hatte, sagte Almeida: «Da unser junger Wächter über die guten Polizeisitten gerade nicht da ist, bringe ich Sie mal schnell auf den neuesten Stand.»

Echt jetzt? Offenbar war mir mein Erstaunen am Gesicht abzulesen. Almeida grinste. «Sie werden ja ohnehin diejenige sein, die sich mit den Nachrichten auf Glüsenkamps Handy befasst. Also: Der Gelegenheitsdieb, den die PSP-Kollegen festgesetzt haben, schwört Stein und Bein, Glüsenkamps Habseligkeiten gefunden zu haben.»

«Wo?»

«In einem Gebüsch neben der Straße, die von Alcoutim in Richtung der Flussdörfer führt. Er hat nur mitgenommen, was er zu Geld machen wollte, und den Rucksack zurück ins Gebüsch geworfen, wo er dann später von unseren Kollegen gefunden wurde.»

«Glauben Sie ihm das? Könnte er Glüsenkamp nicht umgebracht haben?»

«Wir müssen noch den Abgleich mit DNA-Spuren vom Tatort abwarten, aber ja, ich glaube ihm. Der Mann hat nicht das Format für einen Mord. Und er ist nicht mal einen Meter sechzig groß, also viel kleiner als das Opfer. Schwer vorstellbar, dass er Glüsenkamp erschlagen hat.»

«Sie haben DNA-Spuren vom Täter?»

Er nickte.

«Aber dann kann die Polizei doch …»

«Einen Massengentest machen? Bei welchem Personenkreis? Der Täter kann von sonst wo gekommen sein. Außerdem viel zu teuer. Keine Sorge, wie kriegen unseren Täter auch so, durch gute, alte Ermittlungsarbeit.»

Der Kaffee wurde gebracht. Almeida hatte einen Duplo bestellt, einen doppelten Espresso. Er trank den ersten Schluck, gab ein zufriedenes Seufzen von sich und sagte: «Mal sehen, was das Handy ergibt. Er hatte ein Smartphone und nutzte WhatsApp. Wir können von Glück sagen, dass der kleine Dieb es noch nicht versetzt hat. Da kommt der Kollege.»

Er zeigte nach draußen. Pinto bog eben von der Straße auf die Promenade zwischen Hafen und Café ab. Zu schade.

«Ich muss Ihnen auch etwas erzählen», sagte ich schnell. «Es geht um António Alves. Ich habe eben von einem Freund erfahren, dass er früher bei der PIDE war. Ich weiß nicht, ob das eine Rolle spielt.»

Pinto hielt auf den Eingang zu.

«Was für ein Freund?»

«Der Bibliothekar in Alcoutim. Er hat recherchiert.»

«Interessant», sagte Almeida, «wir sprechen ein anderes Mal weiter.» Pinto war angekommen und deutete auf seine Armbanduhr. Almeida nickte.

«Dona Anabela, können wir Sie bitten, den Bus nach Alcoutim zu nehmen? Er fährt in einer Viertelstunde. Inspektor Pinto und ich müssen nach Faro.»

«Ja sicher, kein Problem.»

«Gut, dann gehe ich zahlen. Wir sehen uns morgen.»

Pinto sagte kein Wort. Ich bedachte ihn mit einem süßen Lächeln und machte mich auf zum Busbahnhof. Der lag gleich um die Ecke.

16

Fast Mittagszeit. Das Protokoll der Befragung von Pablo Jost war längst geschrieben und gespeichert. Weder Almeida noch Pinto hatten sich bisher blicken- oder von sich hören lassen. Mário war nicht erreichbar, meine Mutter mit meinem Vater und ihrer Freundin in Vila Real. Ich schrieb ein paar Mails an Freunde, ohne zu berichten, wie ich tatsächlich meine Tage verbrachte. Viel zu kompliziert. Davon konnte ich immer noch erzählen, wenn ich wieder in Hannover war. Und jetzt? Nichts anderes zu tun, als mir Gedanken über die vielen Dinge zu machen, die ich gestern erfahren hatte. Und über das Verhältnis zwischen Pinto und Almeida. Die beiden waren so unterschiedlich wie Vinho Verde und Portwein, arbeiteten aber so harmonisch zusammen, als kämen sie aus ein und demselben Fass. Sie schienen sich wortlos zu verstehen, einig zu sein in ihrem Tun. Abgesehen von der Einbeziehung meiner Person natürlich.

Pintos Satz «Er ist mein Freund» klang mir noch im Ohr. Er glaubte also, Almeida beschützen zu müssen. Ausgerechnet vor mir, was für ein Unsinn. Wäre der Inspektor eine Inspektorin gewesen, ich hätte auf Eifersucht getippt. Vielleicht war der Gedanke gar nicht so abwegig. Nur weil der muskelbepackte Jüngere gern als Macho auftrat, hieß das schließlich noch lange nicht, dass er kein Interesse an Männern hatte. Prinzipiell. Andererseits hatte ich nie auch nur die kleinste sexuelle Schwingung zwischen Almeida und ihm bemerkt. Anabela Silva, die Expertin für Zwischenmenschliches. Siehe Mário. Ich lachte trocken auf und beschloss zu gehen.

Auch Agente Costa am Empfang hatte nichts von den Kommissaren gehört. Ich hinterließ eine Nachricht für Almeida, dass ich telefonisch zu erreichen sei, falls ich heute noch gebraucht würde, ging schnell einen Happen essen und setzte mich anschließend in mein Auto. Wohin? Nach Guerreiros do Rio, mich endlich ein bisschen umhören oder zu Glüsenkamps Grundstück? Je öfter ich von seinem Projekt hörte, desto neugieriger wurde ich darauf. Dank des Planes, den ich heute gesehen hatte, wusste ich jetzt exakt, wo es war. Oder lieber noch einmal zu Maria de Lourdes? Ich entschied mich für Letzteres.

Um Punkt 14 Uhr stand ich vor der Gittertür des Altersheimes und drückte den Knopf der Gegensprechanlage. Eine leicht verzerrte Stimme teilte mir mit, dass Maria de Lourdes erkrankt und deshalb zu Hause sei. Verdammt. Ich hätte sie zu gern noch einmal nach der Familie Alves gefragt. Nicht weil ich an Mários Rechercheergebnissen zweifelte. Aber eine Bestätigung durch die alte Maria wäre mir lieb gewesen. Und vielleicht hätte ich doch noch Blauauges vollen Namen aus ihr herausbekommen. Aber eine bettlägerige alte Frau mit meinen Fragen belästigen ging dann doch zu weit. Nun denn. Dann eben nach Guerreiros do Rio.

Das schlechte Wetter von gestern war Geschichte. Nur der intensive, frische Duft der Natur, den ich durch das offene Autofenster einsog, erinnerte mich an den Regen. Als ich den Wagen oberhalb der Bar an der Straße abgestellt hatte und hinunter an den Fluss lief, schwitzte ich in meinem dunkelblauen T-Shirt und den Jeans.

Unter einem der Sonnenschirme saßen Brigitte Herrmann und der Segler Alexander Lange. Beide hatten Bierflaschen vor sich stehen. Und beide waren in ihre jeweiligen Gedanken vertieft. Sie wirkten, als wären sie nur zufällig an einen Tisch geraten. Kurz überlegte ich, ob ich mich zu ihnen setzen, mit ihnen sprechen sollte, entschied mich aber dagegen. Sie nahmen mich nicht wahr, als ich an ihnen vorbei in die Bar ging, die aus einem kleinen Holzgebäude bestand, aber mit einem ausladenden Dach und Markisenwänden vergrößert worden war. Zwei der Markisen waren hochgerollt, ein angenehmer Wind strich durch den Raum. An den Holzbalken der Dachkonstruktion hingen unzählige Fanschals nationaler wie internationaler Fußballvereine. Eine Gruppe von vier einheimischen Männern stand vor dem Tresen und trank ebenfalls Bier. An einem der Tische saß ein älteres Paar beim Kaffee. Ich holte mir ein Mineralwasser und setzte mich an einen Tisch ganz in der Nähe der Männer. So konnte ich trotz des in einer Ecke plärrenden Fernsehers hören, was gesprochen wurde, und gleichzeitig Brigitte Herrmann und den Segler im Blick behalten. Zwischen ihnen herrschte nach wie vor Schweigen. Die Männer dagegen redeten viel – über Fußball. Am Abend würden die beiden Lissabonner Vereine Benfica und Sporting gegeneinander spielen, die Sympathien im Raum galten ganz klar Benfica. Was tat ich eigentlich hier?

Alexander Lange kam herein, orderte zwei weitere Flaschen Bier. Die Männer unterbrachen ihr Gespräch, bis er wieder draußen bei Brigitte Herrmann am Tisch saß.

«Würde mich nicht wundern, wenn der's war», sagte einer der Männer am Tresen. Er trug Arbeitskleidung mit der Aufschrift einer Installationsfirma, hatte einen hageren Körper, kräftige, schwielige Hände und sonnenverbrannte Haut.

«Wie kommste denn da drauf?», fragte sein deutlich dickerer Kollege und rülpste. Auch er trug einen Overall mit dem Firmennamen, der über seinem Bauch spannte.

«Die waren beide hinter derselben Frau her.»

«Hinter der da?»

Der Dickere zeigte mit dem Finger auf Brigitte Herrmann und lachte. Es war ein sehr hässliches Lachen.

«Quatsch. Hinter der Tochter von Pedro aus Laranjeiras. Du weißt schon welche.» Er stellte sein Bier ab, um mit beiden Händen große Brüste anzudeuten.

«Isabel? Woher willst denn du das wissen, du machst dich doch bloß wichtig.»

«Der Typ von dem Boot schleicht dauernd bei ihr rum. Und als ich bei dem, den sie umgebracht haben, den neuen Wasserkasten eingebaut hab, war die Isabel bei dem im Haus.»

Ein dritter Mann mischte sich ein. «Wahrscheinlich hat sie da geputzt. Die arbeitet doch als Putzfrau.»

«Im Bademantel?»

«Ich glaub dir kein Wort.» Das war wieder der erste. «Oder warst du schon bei der Polizei, Schlaukopf?»

«Ich doch nicht, geht mich nichts an, wenn die Ausländer sich gegenseitig die Köpfe einschlagen.»

«Entschuldigung?»

Vier Köpfe flogen zu mir herum.

«Ich hätte da eine Frage.»

«Ja?» Es war der dünnere Mann in Arbeitskleidung, der mir antwortete.

«Zufällig hörte ich Sie eben von einer Putzfrau sprechen. Ich suche selbst gerade jemanden für den Haushalt. Sie wissen nicht vielleicht, ob die Frau, von der Sie sprachen, noch Stellen annimmt?»

Ganz schön schlau, Bela Silva.

«Keine Ahnung, da müssten Sie sie schon selbst fragen.»

«Sie haben nicht vielleicht die Telefonnummer?»

«Nö.»

«Aber Sie wissen doch sicher, wo ich sie finden kann?»

«Das Haus an der Ecke gegenüber dem Grillplatz, ist gerade frisch gestrichen», sagte der Dicke. «Rosa.» Er verzog das Gesicht.

«Herzlichen Dank.»

Ich lächelte einmal in die Runde und stand auf. Als ich gezahlt hatte, drehte sich das Gespräch schon wieder um Fußball.

Aufgeregt stieg ich wieder in mein Auto. Ob ich selbst mit der Frau reden sollte? Unsinn. Ich musste Almeida informieren. Wieso hatte ich eigentlich nicht längst seine Mobilnummer? Was ich hatte, war die Nummer von Pinto. Widerwillig wählte ich ihn an, bekam aber nur die Mailbox. Es war Nachmittag, und noch immer kein Wort von einem der beiden. Was mochte passiert sein? Was hielt sie in Faro fest? Jedenfalls nahm ich an, dass sie dort waren. Gab es einen Durchbruch? Hatte jemand anderes Glüsenkamps Telefon ausgewertet? Womöglich war die kranke Dolmetscherin wieder gesund. Der Gedanke gefiel mir gar nicht.

Unschlüssig saß ich im Auto mit Blick auf die Bar. Ich sah, wie Brigitte Herrmann aufstand, ihre Tasche nahm, ein paar Worte mit Lange wechselte und die Steigung zur Straße hinaufkam, wie sie den Weg zu ihrem Haus einschlug. Auch Alexander Lange verließ die Bar und ging auf den Steg zu, an dem sein Boot vertäut lag, ein kleiner Einmaster mit rot lackiertem Decksaufbau. Was, wenn er jetzt ablegte und davonsegelte? Ich beobachtete das Boot noch eine Weile. Lange ging unter Deck. Eine halbe Stunde später war er noch nicht wieder aufgetaucht. Ich ließ den Motor an, mochte nicht länger hier herumsitzen wie Miss Marple ohne Strickzeug. Noch einmal wählte ich Pintos Nummer, ehe ich losfuhr. «Inspektor Pinto, hier Anabela Silva. Zufällig habe ich heute erfahren, dass Peter Glüsenkamp möglicherweise ein Verhältnis mit einer Portugiesin namens Isabel hatte, die in Laranjeiras wohnt. An derselben Frau soll auch Alexander Lange interessiert sein. Im Übrigen wüsste ich gerne, wann ich wieder gebraucht werde.»

Keine Minute später rief Pinto zurück.

«Wo sind Sie?», fragte er ohne Gruß und Vorrede.

«In Guerreiros do Rio.» Gedämpftes Gemurmel, anscheinend hielt er die Hand über sein Telefon. Dann die Stimme von Almeida.

«Anabela? Wir werden hier aufgehalten. Heute gibt es für Sie nichts mehr zu tun. Morgen um neun in Alcoutim, in Ordnung?»

Er klang anders als sonst, nicht kalt wie gestern Vormittag, als er sauer auf mich gewesen war, und schon gar nicht so gelassen wie normalerweise. Angespannt war das richtige Wort.

Keine Nachfrage, kein Kommentar zu dem, was ich herausgefunden hatte.

«Ist was passiert?»

Er seufzte. «Pablo Jost ist tot.»

«Was? Wie tot? Ermordet?»

«Das wissen wir noch nicht. Seine Leiche ist aus dem Yachthafen gezogen worden. Die spanischen Kollegen haben uns kontaktiert, weil seine Haushälterin ausgesagt hat, dass wir gestern bei ihm waren. Hören Sie, Bela, ich habe jetzt keine Zeit. Bis morgen.»

Wie erstarrt saß ich in meinem Wagen. Erst Glüsenkamp, jetzt Jost. Ein Mensch, mit dem ich gestern noch gesprochen hatte. Das war ja nicht zu fassen.

Mein Telefon klingelte wieder. Ich hielt es noch in der Hand.

Mãe.

«Bela, ich weiß, dass du arbeitest. Aber kannst du bitte trotzdem herkommen?» Sie hörte sich verweint an.

«Weinst du, Mãe? Was ist denn los?»

«Dein Vater. Er war bei der Ärztin, ohne mir etwas zu

sagen. Und jetzt hat er sich in Großvaters Haus eingeschlossen. Ich hab Angst, dass er sich etwas antut.»

«Ich bin in zwanzig Minuten da.»

17

Ich bin kein religiöser Mensch. Sehr zum Verdruss meiner Mutter. Für sie ist eine Welt zusammengebrochen, als ich mit dreiundzwanzig Jahren aus der katholischen Kirche ausgetreten bin. Ich höre sie noch wimmern: «Was habe ich bloß falsch gemacht, was?» Aber in den fünfzehn Minuten, die ich tatsächlich von Guerreiros do Rio bis nach Balurcos brauchte, betete ich wie noch nie in meinem Leben. Vorsichtshalber rief ich jede Gottheit an, die mir einfiel, bis hin zu Mithras, einer römischen Göttergestalt, die ich während meines Studiums in einem Seminar über die Geschichte des Frühchristentums kennengelernt hatte. Wer auch immer dafür zuständig war, sollte bitte, bitte meinen Vater vor einer Kurzschlussreaktion bewahren. Sämtlichen Göttern versprach ich hoch und heilig, meinen Vater nicht allein zu lassen, egal, was kam. Wenn er uns nur noch erhalten bliebe. Dann wieder dachte ich: Wenn er es so will. Dann ist es doch sein Recht. Du bist egoistisch.

Als ich zu Hause meine Mutter in die Arme nahm, kostete es mich alle Kraft, ruhig zu erscheinen. In Wahrheit war ich so ruhig wie ein aufgescheuchtes Huhn.

«Mãe, nicht weinen, du kennst doch Pai, der tut sich

nichts an, bestimmt nicht. Er will sicher nur allein sein, das ist alles.»

«Meinst du?»

«Ganz sicher.»

Ich streichelte ihren Rücken, bis sie sich fing.

«Er hat gar nichts gesagt?»

Sie schüttelte den Kopf.

«Ich hab mich heute Mittag ein bisschen hingelegt, und als ich wieder aufgewacht bin, war er weg. Erst habe ich mir gar keine Sorgen gemacht, aber als er nach einer Stunde noch nicht wieder aufgetaucht war, hab ich ihn gesucht. Und dann hat mir André erzählt, dass er ihn in Marias Taxi hat steigen sehen.» Sie schniefte. Maria fährt das einzige Taxi im Umkreis.

«Zwei Stunden später ist er zurückgekommen, wieder mit dem Taxi, hat kein Wort geredet, ist sofort zum Haus von Opa gegangen und hat sich eingeschlossen. Er ist immer noch da drin.»

«Und woher weißt du dann, wo er war?»

«Ich hab Maria angerufen. Und dann die Ärztin. Er war da, aber mehr wollte sie mir nicht sagen.»

Gemeinsam gingen wir zum Haus meines Großvaters, Mãe schon wieder tränenüberströmt.

Ich klopfte an die Tür, erst zaghaft, dann laut, mit der ganzen Faust.

«Pai, ich bin's, Anabela. Mach doch mal die Tür auf.»

Nichts. Kein Laut drang aus dem Haus.

Mein Herz klopfte wie verrückt.

«Pai, bitte, wir machen uns Sorgen!»

Stille.

Ich überlegte, ob ich die Tür aufbrechen konnte. Nein – zwecklos, technisch bin ich eine Niete, nie im Leben könnte ich ein Schloss knacken, und irgendwelche Gewaltaktionen scheiterten schon am Kraftmangel. Außerdem konnte ich nicht klar denken, solange meine Mutter neben mir weinte.

«Mãe, vielleicht gehst du erst einmal zu Glória, ja? Ich lass mir was einfallen. Du kannst im Moment nichts tun. Ich schaff das schon.»

«Meinst du wirklich?»

«Ganz sicher.»

Sie ging tatsächlich, mit kleinen, schlurfenden Schritten.

Vielleicht konnte ich ein Fenster einschlagen. Eine Runde um das Haus. Alle Fensterläden waren geschlossen. Zurück zur Tür.

«Pai, ich bin jetzt alleine. Darf ich zu dir kommen?»

Ich musste noch zweimal fragen und etwa zehn Minuten warten. Zehn lange Minuten, in denen ich mich einen Handwerker organisieren sah, der mir Zutritt zur Leiche meines Vaters verschaffte, die an einem Dachbalken hing. Dann drehte sich der Schlüssel im Schloss. Allen Göttern des Kosmos sei Dank!

Er sprach kein Wort, ging einfach dahin zurück, wo er offenbar die ganze Zeit gesessen hatte, zu dem alten Sofa im Flur. Ich schloss die Tür. Im schwachen Licht, das durch das kleine Dachfenster fiel, sah ich Stapel von Fotoalben. Auf dem Boden, auf dem Sofa, rechts und links von einem freien Platz in der Mitte, auf den mein Vater sich gerade wieder fallen ließ.

Vorsichtig stieg ich über ein paar Alben, ging die drei Steinstufen hinunter in die Küche, öffnete dort das Fenster, nahm mir einen Stuhl, ging zurück in den Flur und setzte mich neben das Sofa. Blieb still.

Pai nahm ein Album auf den Schoß, blätterte darin. Ich wartete ab.

«Das bist du.» Er zeigte auf ein Bild. Ich rückte näher. «Laternenumzug 1980», las ich in der ordentlichen Schrift meiner Mutter. Ich sah mich als Fünfjährige mit einer selbstgebastelten Laterne, die ich viel zu tief hielt, auf dem Kopf eine rot-weiß-gestreifte Pudelmütze mit riesigem Bommel. Weitere Familienbilder, viele von mir. Einschulung, Erstkommunion, ein Klassenfoto. Plötzlich klappte er das Album zu, legte es mit einer wütenden Bewegung zur Seite.

«Bald hab ich nur noch die Fotos. Und weiß wahrscheinlich nicht mehr, wer die Leute sind. Dann ist hier» – er tippte sich an den Kopf – «nichts mehr drin.»

«Pai …»

«Meinst du, ich weiß nicht, was das heißt, Alzheimer? Noch kann ich denken! Erst ist die Gegenwart weg, dann die Vergangenheit. Am Ende bin ich eine sabbernde leere Hülle und eine Last, sonst nichts.» Er machte eine Pause, sagte dann leise: «Ich habe Angst, Anabela.» Er sackte auf dem Sofa in sich zusammen, ließ den Kopf auf die Brust sinken. Angst hatte ich auch. Aber um nichts in der Welt würde ich das jetzt zugeben, versuchte stattdessen Sachlichkeit gegen Gefühl zu setzen.

«Was hat die Ärztin noch gesagt?»

«Ich soll Tabletten schlucken, damit es langsamer geht.»

«Das ist doch gut.»

«Pah!»

Er sah mich mit einem solch verzweifelten Blick an, dass mir ganz anders wurde. Ich wusste nicht, was ich sagen sollte, griff wahllos nach einem Fotoalbum, das vor mir auf dem Boden lag, und schlug es auf. Die Bilder waren schwarzweiß, teilweise vergilbt.

«Wer ist das?» Ich tippte auf irgendein Foto, sah gar nicht hin.

«Willst du mich testen?»

Keine Ahnung, was ich wollte. In der Psychologie nennt man so was eine Übersprungshandlung.

«Nein, ich weiß nur nicht, wer das ist auf dem Bild.» Ich reichte ihm das Album, er nahm es.

«Die hier?»

Jetzt schaute ich tatsächlich auf das Foto, auf dem mein Finger lag. Ein junges Mädchen, nach der Kleidung zu urteilen vermutlich Ende der fünfziger Jahre aufgenommen. Ich kannte es wirklich nicht.

«Das ist deine Tante Joaquina.»

«Mamas Schwester, die so früh gestorben ist?»

Er nickte.

Wir blätterten gemeinsam durch das Album. Meine Großeltern mütterlicherseits, Mãe als junges Mädchen, schließlich als Braut an der Seite meines Vaters. Da waren die Bilder schon bunt. Eine einzelne Träne tropfte auf das Pergamentpapier zwischen den Pappseiten. Pai legte das Album zur Seite, nahm ein anderes auf.

Einige wenige Bilder aus seiner Kindheit. Ich wusste, dass seine Eltern zu dieser Zeit bitterarm gewesen waren.

Wer mochte die Fotos gemacht haben? Er wurde älter, die Gesichter der Großeltern mit jedem Bild verhärmter. Auch in diesem Album wurden sepiabraune und schwarzweiße Bilder von farbigen abgelöst. Ein Bild zeigte die gesamte Familie. Tante Conceição erkannte ich erst auf den zweiten Blick. Sie war tatsächlich mal schlank und ziemlich hübsch gewesen. Dann kam ein Bild von ihr und einem jungen Mann in Uniform. Sie hatte auch glücklich lachen können. Die drei Kinder gemeinsam vor dem Haus, Conceição, Florinda und Pai, alle fein gemacht. Ein Foto von Florinda allein. Sie war eine kleine Schönheit mit ihrem schwarzen Haar und den leuchtend blauen Augen. So vollbusig wie ich selbst. Bestimmt hatte auch sie ihre Kleider ändern oder gleich selbst nähen müssen. Das Kleid, das sie auf dem Foto trug, war perlweiß. Firmung 1963 stand darunter. Es war das letzte Bild in diesem Album. Pai schlug es zu, trat plötzlich mit dem Fuß gegen ein anderes auf dem Boden und starrte mit gesenktem Kopf auf seine Schuhe.

Wie viel Zeit war vergangen, seit ich ins Haus gekommen war? Ich wusste es nicht.

«Pai? Wir müssen zu Mãe gehen.»

Er sah auf, mit diesem schrecklichen Schmerz im Blick. Wie ein waidwundes Tier.

«Was soll denn jetzt werden, Kind?»

«Wir kriegen das schon hin. Zusammen.»

«Zusammen?» Ganz leise.

Ich nickte und sah ihm fest in die Augen.

«Zusammen, ich lasse euch nicht allein, dich und Mãe.»

«Wirklich?»

«Wirklich.» Es war mir so ernst wie nie etwas zuvor. Ich würde einen Weg finden.

Ein vorsichtiges Lächeln schlich sich in das Gesicht meines Vaters. Plötzlich stand er auf, begann die Alben einzusammeln und wieder in der Kommode zu verstauen, in der sie gelegen hatten. Dann richtete er sich gerade auf und drehte sich zu mir um. «Sag mir möglichst bald, wie du das Bad haben willst. Damit es fertig ist, bevor ich vergesse, dass ich es bauen lassen will.»

Und schon war er mit kräftigen Schritten aus der Tür und ließ mich in meinem künftigen Heim zurück.

Lange saß ich noch auf dem alten Sofa und versuchte zu begreifen, was ich eben getan, welche Entscheidung ich getroffen hatte, einfach so, aus dem Bauch. Mir war ein bisschen schlecht. Ich horchte in mich hinein. Hatte ich einen Fehler gemacht, leichtfertig versprochen, was ich nicht halten konnte? Mein Gefühl sagte nein, mein Verstand möglich. Schließlich ging ich einmal durch das ganze Haus, machte das Küchenfenster wieder zu und schloss ab. Den Schlüssel steckte ich ein. Mein Haus, mein Schlüssel.

Mitten in der Nacht wachte ich auf. Zwei Kannen Tee mit Bela Luisa, Zitronenkraut aus dem Garten meiner Mutter, forderten ihren Tribut. Aus dem Bad zurück, konnte ich nicht wieder einschlafen. Zu viele Gedanken wirbelten mir durch den Kopf. Die Entscheidung, die ich getroffen hatte. Die Zukunft mit meinem dementen Vater. Was würde uns Doutora Catarina sagen, wenn wir nächste Woche zu dritt zu ihr gingen, wie wir beschlossen hatten? Die Gespräche mit meinen Eltern an diesem Abend waren aufwühlend gewesen. Mãe hatte ohne Erfolg versucht, mir einen Umzug nach Portugal auszureden. Wie lange würde ich brauchen, um die Wohnung in Hannover aufzulösen? Konnte ich meine Kolumnen weiter schreiben, wenn ich erst einmal hier war, zumindest noch eine Zeitlang? Wie wurde man offizielle Dolmetscherin? Wollte ich das überhaupt? War Pablo Jost ermordet worden?

Und dann war da noch etwas, das ich nicht greifen konnte. Irgendetwas aus meinem Unterbewusstsein wollte an die Oberfläche. Aber je mehr ich versuchte, dieses Etwas zu greifen und zu einem klaren Gedanken zu formen, desto mehr entzog es sich, als hinge es in einer Schlingpflanze fest. Der erste goldene Schimmer des Morgens färbte eben die Wände meines Zimmers, als ich doch noch einschlief.

18

«Desejo-lhe um bom dia maravilhoso!»

Offenbar führt Schlafmangel zu Halluzinationen. In meinem Fall war es eine akustische Sinnestäuschung. Denn die Stimme, die mir einen wunderschönen guten Tag wünschte, als ich todmüde, aber pünktlich um neun Uhr morgens die Tür zum Büro der Kommissare öffnete, schien Paulo Pinto zu gehören. Almeidas Stimme hörte ich gar nicht, jedenfalls nicht sofort, sah ihn nur breit grinsen. Bis er sagte: «Du musst nicht so übertreiben, Paulo, sonst wirkt es nicht echt.» Sehr witzig. War das hier die Mordkommission oder ein Kindergarten? Mein eigenes «Bom dia», an niemand Bestimmten gerichtet, geriet knurrig. Almeida reduzierte sein Grinsen auf den festgewachsenen Rest.

«Wissen Sie schon mehr über den Tod von Pablo Jost?», fragte ich ohne Umschweife und setzte mit Blick auf Pinto nach: «Oder darf ich das nicht wissen?»

«Natürlich dürfen Sie», antwortete Almeida. «Bisher ist nur klar, dass er mit hohem Alkoholgehalt im Blut ertrunken ist.»

«Ein Unfall? Ist er von seinem Boot gefallen?»

«Möglich. Und jetzt erzählen Sie uns bitte, was es mit

dieser Frau auf sich hat, von der Sie gestern am Telefon gesprochen haben.»

Wie immer war Pinto derjenige, der sich Notizen machte.

«Wie hieß die Firma, für die der Zeuge arbeitet?»

Der Zeuge? Meine Müdigkeit machte mich begriffsstutzig.

«Der Installateur, der die Dame im Bademantel bei Senhor Peter gesehen haben will.»

Ach der. Verdammt, was hatte noch auf dem Overall gestanden? Warum hatte ich mir das nicht aufgeschrieben? Doch nicht so schlau, Bela Silva. Los, konzentrier dich. Ich schloss kurz die Augen, rief mir das Bild der Overalls vor Augen. Irgendwas mit G. Ja, da war es. «Grifo. Und ich glaube, der Wirt in der Bar kannte die Männer.»

«Danke. Wir werden dem nachgehen.» Almeida zog die Schublade seines Schreibtisches auf und holte einen Plastikbeutel heraus, in dem ein Smartphone lag. «Die Kriminaltechnik hat Senhor Peters Telefon freigegeben. Uns interessieren Textnachrichten und WhatsApps, die einen Bezug zu seinen Aktivitäten und Kontakten hier in Portugal haben. Erst einmal für den Zeitraum von einem Monat vor seinem Tod. In Ordnung?»

Er gab mir die Tüte.

«Sicher. Was ist mit den Anrufprotokollen?»

«Darum kümmern sich andere.»

«Dann bis später.»

Nach einer Stunde fielen mir die Augen zum ersten Mal zu. Die alles andere als aufregenden Nachrichten des

Peter Glüsenkamp und meine Müdigkeit bildeten eine unheilige Allianz. Ich ging kurz zum Café um die Ecke, stürzte so schnell wie möglich einen doppelten Espresso hinunter und machte weiter. Eine weitere Stunde verging, dann verfiel ich zum zweiten Mal der Sünde des Sekundenschlafs im Büro. Und las danach vorsichtshalber alle Nachrichten wieder von vorn, damit ich mit meinem Wattekopf bloß nichts übersah. Zwischendurch stand ich auf, streckte mich, schob die Lamellengardinen zur Seite. Strahlender Sonnenschein, eine Gruppe älterer Touristen kam gerade durch die Gasse. Sonnenverbrannte Oberarme und Dekolletés, fröhliche Gesichter, gezückte Handys, Strohhüte, Lachen.

Ich seufzte, setzte mich zurück an den Schreibtisch und nahm das Handy wieder auf. Ganze fünf Nachrichten bisher, die vielleicht von Interesse waren. Zweimal Terminvereinbarungen mit Isabel, in englischer Sprache und rein sachlichem Ton. Brigitte Herrmanns Einladung zu dem Abendessen, zu dem Glüsenkamp nicht mehr erschienen war. Samt Smiley mit Herzchenaugen. Ein Termin mit Inês Alves eine Woche vor seinem Tod. Der Grund für das Treffen ging aus dem kurzen Text nicht hervor. Auch auf Englisch. Allzu gut schien Glüsenkamps Portugiesisch nicht gewesen zu sein, wenn er sich mit den Einheimischen auf Englisch austauschte. So auch bei einer WhatsApp mit Fotos, die mir noch am ehesten interessant schien. Die Bilder zeigten ein liebevoll renoviertes, großes Bauernhaus inmitten eines gepflegten Rasens samt üppigem Pool. Ein Fábio lud Glüsenkamp ein, ihn in seinem Landhotel zu besuchen. Ob das der ehemalige Kellner-Kollege war? Sehr wahrscheinlich. Die Nachricht war drei Wochen alt. Glüsenkamp hatte geantwortet, er werde sich melden. Alles andere waren nichtssagende Nachrichten von deutschen Absendern, deren Namen ich nicht kannte. Kurz vor Mittag war ich durch, schickte die mageren Ergebnisse an Almeida und legte den Kopf auf die Arme. Nur ganz kurz.

Almeidas Stimme weckte mich. Im ersten Moment wusste ich nicht, wo ich war.

«Schlechte Nacht gehabt?»

«Wie, was? Ja. Entschuldigung.» Peinlich.

«Sie können Schluss machen.»

Ich blinzelte ein paarmal, bis ich wieder einigermaßen klar war.

«Danke, nicht nötig. Ich bin okay. Und wir müssen doch sicher zu Alexander Lange.»

«Pinto hat schon mit ihm geredet. Lange spricht sehr gut Englisch. Und bevor Sie fragen: Am Morgen von Glüsenkamps Ermordung war er nachweislich am Flughafen, um einen Mitsegler abzuholen. Der Mann hat das bestätigt.»

«Also eine Sackgasse.»

«Sieht so aus. Wir werden auch noch mit dieser Isabel sprechen, die Dame war noch nicht zu erreichen. Aber, wie gesagt, für Sie ist jetzt Feierabend.»

Er setzte sich auf die Kante meines Schreibtisches.

«Wenn sich heute nichts Bahnbrechendes mehr ergibt, dann ist das für Pinto und mich erst einmal der letzte Tag in Alcoutim, Anabela.»

Oh. Oh Scheiße. Ich musste schlucken. «Dann war's das auch für uns, äh, ich meine für mich, oder?»

Ich mochte sein Lächeln so sehr, ganz besonders, wenn es bis zu den Augen reichte. Wie eben jetzt.

«Zumindest vorerst.»

«Aber … aber der Fall ist doch nicht aufgeklärt!»

«Ich sage ja nicht, dass die Ermittlungen eingestellt werden. Aber hier vor Ort können wir nichts mehr tun, was wir nicht auch von Faro aus tun können. Und Peter Glüsenkamp ist nicht das einzige Gewaltopfer, um das wir uns kümmern müssen.»

«Ich verstehe.»

Das sagt man doch in einer solchen Situation? Als rationale, erwachsene Frau? Keinesfalls schreit man laut Scheiße oder heult los, als wäre man ein Kleinkind, dem jemand das Lieblingsspielzeug weggenommen hat.

«Ja dann.» Hatte meine Stimme belegt geklungen? Hoffentlich nicht. Ich stand auf und nahm meine Jacke von der Stuhllehne. Auch Almeida stand auf. Ich streckte die Hand aus. Er nahm sie, hielt sie fest.

«Haben Sie sich eigentlich schon entschieden?»

Ich hatte keine Ahnung, wovon er sprach.

«Wofür?»

«Sie sagten doch kürzlich, Sie überlegten, hierherzuziehen. Was eine echte Bereicherung für unser kleines Land wäre, wenn ich das sagen darf.»

Rational. Erwachsen. Nicht Scheiße schreien, nicht heulen. Und nicht laut jubilieren. Zartes Erröten dürfte okay sein.

«Danke. Ja, tatsächlich werde ich über kurz oder lang nach Balurcos ziehen. Sobald ich meine Wohnung aufgelöst und ein paar andere Dinge geregelt habe.»

«Das freut mich zu hören.» Einen Moment hielt er meine Hand noch fest.

«Auf Wiedersehen, Anabela Silva.» Er ging zur Tür, drehte sich dann noch einmal um. «Ach, was ich Ihnen noch sagen wollte: António Alves ist gestern exhumiert worden. Vor einer halben Stunde kam das Ergebnis der Autopsie. Er ist tatsächlich an einem Gift gestorben. Ich dachte, das würde Sie interessieren.»

«Was? Aber das heißt ja …»

«Die genaue Analyse liegt noch nicht vor. Wenn sie da ist, sehen wir weiter. Habe ich eigentlich Ihre Nummer?»

Wir tauschten unsere Telefonnummern aus.

Dann war er wirklich weg.

19

Aus. Vorbei. Ende. Das musst du akzeptieren, Bela. Das war nur ein Job. Und der ist jetzt getan. Du wirst nicht mehr gebraucht. Ganz normal. Sie finden den Mörder oder auch nicht. Du wirst es schon erfahren. Aus der Zeitung. So ist das eben. Rational. Erwachsen. So, wie es deine Art ist. Sehr witzig, Bela. Tatsache ist: Mit einem Aus konnte ich noch nie gut umgehen. Fragen Sie Justus.

Die Tür der Polizeiwache fiel hinter mir ins Schloss, und ich hätte allen Ernstes heulen können. Was ich natürlich nicht tat. Bela Silva, du gehst jetzt zur Bibliothek und erzählst Mário, dass Alves vergiftet worden ist. Das bist du ihm schuldig. Du hast Mário und eure Privatermittlung schon viel zu lange vernachlässigt. Los jetzt. Ich spürte noch immer das Gefühl von Almeidas Hand in meiner. Minuten später saß ich in meinem Auto und war auf dem Weg zu Peter Glüsenkamps Grundstück.

Habe ich schon von der heilsamen Wirkung des Nichtstuns gesprochen? So wie auf unserer kleinen blauen Bank vor dem Haus? Autofahren auf leeren Straßen kommt dem sehr nah. Hände und Füße reagieren wie ferngesteuert, der Geist entspannt, die Gedanken können wandern. Meine wanderten mit Almeida ans Meer, während ich durch eine menschenleere Gegend fuhr. Ich sah uns gemeinsam durch die Lagunenlandschaft der Ria Formosa laufen, den Ankerfriedhof am Strand von Barril bewundern, der von längst vergangenen Zeiten einer stolzen Fischereiflotte kündet, sah uns mit den Händen nach Conquilhas graben, den kleinen leckeren Dreiecksmuscheln, glaubte, den Geruch von Salz und Tang in der Nase zu haben. Und selbst wenn ich Almeida nie wiedersehen würde – der Atlantik, die Strände, die grüne Hügellandschaft, durch die ich fuhr, das alles würde bald ganz zu meinem Leben gehören. Langsam wurde mir leichter ums Herz.

Kurz hinter dem Dorf Cortes das Donas bog ich auf eine schmale Betonpiste. Nach etwa zwei Kilometern war Schluss mit dem Beton, die Straße nur noch ein besserer Feldweg. Der in einen schlechteren Feldweg überging. Irgendwo hier, an einem Weg wie diesem, war die Leiche gefunden worden. Vielleicht sogar genau an diesem, dachte ich beklommen. Und ich war völlig allein. Corte das Donas lag nur ein paar Kilometer hinter mir, aber es kam mir vor, als wäre ich von jeglicher Zivilisation abgeschnitten. Kein Mensch weit und breit; nicht der kleinste Hinweis, dass hier überhaupt gelegentlich jemand entlangfuhr. Sei kein Hasenfuß, Bela, fahr einfach weiter.

Steine schleuderten an das Bodenblech des Leihwagens, mehrmals erwischte ich auch Steine mit den Reifen. Hatte Glüsenkamp einen Jeep gefahren? Ich wusste es nicht. Ich wusste nur, dass ich hier die Kaution für den Wagen riskierte und besser umkehren sollte. Andererseits … es konnte nicht mehr weit sein, wenn ich die

Lage seines Grundstückes richtig im Gedächtnis hatte. Der Weg gabelte sich. Links, rechts? Ich entschied mich für links. Nach einer Weile ging es auch noch reichlich steil bergauf. Der kleine Clio war für so etwas nicht gebaut. Die Temperaturanzeige für den Motor stand kurz vor dem roten Bereich, während ich den Wagen im ersten Gang nach oben quälte. Endlich die Kuppe des Hügels. Wunderbar flach. Ich hielt auf dem breiten Plateau an und stellte den Motor ab, hörte den Ventilator unter der Haube einen Höllenkrach machen.

Ich stieg aus und sah mich um. Hügel, so weit das Auge reichte, die meisten mit Pinien bewachsen. Wie ein Meer aus grünen Wogen, an einigen Stellen gespickt mit weißen Tupfen, spät blühenden Zistrosen. Sonst nichts. War ich hier überhaupt richtig? Weiterfahren oder umkehren? Was wollte ich hier überhaupt? Ich wusste es selbst nicht so genau. Vielleicht eine Art Abschluss finden, vielleicht auch nur an einem ruhigen Ort Ordnung in meine Gedanken bringen. António Alvez tatsächlich vergiftet. Erst jetzt kam die Nachricht ganz bei mir an. Von wem? Was würde als Nächstes kommen? Würde ich João Almeida wiedersehen? Mit ihm je über etwas anderes reden als über Verbrechen?

Ich ging an den Rand des Plateaus.

Und da war sie. Peter Glüsenkamps Oase. Zu meinen Füßen. Etwa hundert Meter unter mir schlängelte sich die Ribeira da Foupana in einer Schleife durch ein breites Tal, genauso, wie ich es auf dem Geländeplan gesehen hatte. Sie führte viel Wasser, an einer Stelle der Schleife hatte sich ein See gebildet. Er musste glasklar sein, so wie sich der Himmel und ein paar Wölkchen darin spiegelten. Hellgrünes Schilfrohr und rosa blühende Oleanderbüsche standen am Ufer. Was für ein schöner und friedlicher Ort.

Ich holte meine Handtasche und eine kleine Flasche Wasser aus dem Auto und machte mich zu Fuß auf den Weg bergab. Nach zwanzig Minuten stand ich am tatsächlich glasklaren Fluss, der durch ein Kiesbett floss. Vom Wasser glatt geschliffene Steine, in allen Schattierungen zwischen Weiß und Dunkelgrau. In dem ziemlich tiefen Teich, den die Ribeira gebildet hatte, schwammen kleine Fische. Gestochen scharf war jede Kleinigkeit zu erkennen, selbst kleine Wasserkäfer, die hektisch hin und her flitzten.

Wie mochte Glüsenkamp dieses versteckte Paradies entdeckt haben? Wohl kaum durch ein Verkaufsschild. Vielleicht ein Tipp direkt von der Maklerin. Womöglich gehörte dieses Kleinod sogar der Familie Alves. Ich ging am Fluss entlang. Das Tal öffnete sich; die Hügel rechts und links stiegen sanfter an. Wahrscheinlich hätte Glüsenkamp auf diesem Teil des Geländes gebaut. Vergeblich suchte ich nach Grenzsteinen, fand nur Müll. Weggeworfene Plastikflaschen in der Nähe eines Rings aus Steinen, in dem jemand ein Feuer gemacht hatte. Gebrauchtes Toilettenpapier, das sich im Schilfrohr verfangen hatte. Fast wäre ich in die Scherben einer Bierflasche getreten. Umweltschweine. Ich werde nie begreifen, wieso Menschen ihren Dreck in der Natur hinterlassen.

An einer flachen Stelle des Flüsschens zog ich mir die Schuhe aus, krempelte meine Hose auf und lief vorsichtig über die glatten Kiesel auf die andere Seite. Das Wasser war eiskalt und reichte mir bis kurz unter die Knie. Drüben führte ein sandiger Pfad in einen breiten Streifen aus Schilf. Auf dem Pfad Hufabdrücke und Kothaufen verschiedener Größe. Offensichtlich tränkte hier ein Schäfer eine gemischte Herde. Kaum hatte ich den Gedanken zu Ende gedacht, hörte ich leises Bimmeln von Glöckchen. Und im nächsten Moment, sehr laut und sehr nah, tiefes Knurren. Ich hob den Kopf.

Mir genau gegenüber, dort wo der Pfad in das Schilf führte, stand ein riesiger Hund. Das Tier reichte mir locker bis an die Hüfte, hatte einen Kopf von der Größe einer Bowlingkugel und stand zum Glück völlig still. Genau wie ich. Eigentlich habe ich keine Angst vor Hunden. Aber dieser hier war mir denn doch eine Nummer zu groß und dieses Knurren ... stocksteif stand ich da und wusste nicht, was ich tun sollte. Plötzlich ein scharfer Pfiff. Das Riesenvieh drehte langsam den Kopf nach hinten. Aus dem Schilf trat der Schäfer und mein Herzschlag setzte wieder ein. Noch nie hatte ich mich dermaßen über das Erscheinen eines fremden Mannes in totaler Einsamkeit gefreut.

Der Mann nickte mir zu, gab dem Hund ein Zeichen, und beide gingen an mir vorbei. Dann kam die Herde. Schnell trat ich zur Seite. Bestimmt fünfzig Tiere verteilten sich entlang des Wassers. Schafe und Ziegen, wie ich vermutet hatte. Der Schäfer trug Jeans, eine Lederweste über dem Karohemd und eine flache Mütze auf den kurzen braunen Haaren. Ein dunkles Gesicht mit verwitterten Zügen, Augen wie schwarze Knöpfe. Verwittert, aber nicht alt. Ein kleiner Mann, nur wenig größer als ich selbst. Auf einen knorrigen Stock gestützt, stand er am Rand des Flusses und beobachtete seine Tiere. Auch der mächtige Hund – nicht gerade eine Schönheit mit seinem zum Teil graubraun gestromten, zum Teil weiß gefleckten Fell – soff gierig. An mir zeigte er kein Interesse mehr. Nicht dass ich darüber böse gewesen wäre.

«Ein idyllisches Bild», sprach ich den Schäfer an und ging langsam auf ihn zu. «Was für ein wundervolles Fleckchen Erde.» Er schwieg, wahrscheinlich war er berufsbedingt wortkarg. Wenn jemand freiwillig den ganzen Tag allein mit Tieren verbringt, ist er kaum von Haus aus eine Plaudertasche. Aber ich habe in meinem Leben schon ganz andere Leute zum Reden gebracht. Und ich erkenne eine Chance, wenn sie sich bietet. Ich stellte mich neben den Mann, schwieg ein paar Augenblicke mit ihm.

«Was ist das für eine Rasse?» Ich deutete auf den Hund.

«Rafeiro de Alentejo.»

Na also. Die Stimme klang nach vielen Zigaretten. Als hätte ich den Gedanken laut ausgesprochen, zog er ein Päckchen Tabak aus der Westentasche und begann mit einer Hand eine Zigarette zu drehen, den Blick weiter auf die Tiere gerichtet.

«Wem gehört das Land hier eigentlich?»

Wieder gab er keine Antwort. Womöglich sprach der Mann ausschließlich über Tiere.

«Den Alves aus Balurcos?»

Jetzt sah er mich immerhin an. Ein kurzer, prüfender Blick, ein Aufblitzen in den dunklen Augen, dann starrte er wieder auf die wuselnden Schafe und Ziegen. Okay, Bela, letzter Versuch.

«Ich habe gehört, dass hier gebaut werden soll. Eigentlich schade.»

Er stieß ein Schnauben aus und zündete mit einem Klappfeuerzeug seine Kippe an. Benzingeruch mischte sich mit dem des Tabaks.

«Das kann Ihnen doch nicht gefallen?»

«Hier wird gar nichts gebaut.»

Schnell setzte ich nach, wollte nicht, dass er wieder in Schweigen verfiel. «Sie meinen, weil der Mann, der das Land kaufen wollte, umgebracht worden ist?»

«Steht alles unter Naturschutz hier.»

«Aber …»

«Das hab ich dem auch gesagt.»

«Wem haben Sie das gesagt?»

«Dem Ausländer.»

«Ein großer, dünner Mann mit Bart und buschigen Augenbrauen?»

«Hm.»

«Und dem haben Sie gesagt, dass man hier nicht bauen kann?»

«Sag ich doch.»

«Wann haben Sie mit ihm gesprochen?»

Er zuckte mit den Schultern.

«Irgendwann.»

«Hat er Sie denn verstanden? Hat er mit Ihnen Portugiesisch geredet?»

«Weiß ich nicht, ob der mich verstanden hat. Geredet hat der gar nicht. Immer nur gemessen.»

Ich hielt die Luft an. Wenn das mit dem Naturschutz stimmte! Dann wäre Glüsenkamp von Inês Alves betrogen worden. Oder es gab eine Ausnahmegenehmigung, von der der Schäfer nichts wusste. Glüsenkamp würde doch kaum so dumm gewesen sein, für ein Grundstück zu zahlen, von dem er nicht sicher wusste, dass es bebaubar war. Vielleicht hatte er auch jemanden im Bauamt bestochen. Das konnte doch genau die bahnbrechende Entwicklung sein, von der Almeida gesprochen hatte. Ich musste ihn – oh nein. Gar nichts musste ich. Genauso gut konnte die Sache mit dem Naturschutz eine neue Sackgasse sein. Zeitverschwendung für Almeida und Pinto. Auf jeden Fall war es klüger, zu prüfen, was der Schäfer sagte. Ein Gang zum Grundbuchamt und ich hätte Klarheit. Dann konnte ich immer noch den Mund aufmachen. Jetzt musste ich mich erst einmal beruhigen und so viel wie möglich von dem Mann hier erfahren. Zum Beispiel seinen Namen.

«Ach, Entschuldigung, ich habe mich gar nicht vorgestellt, Anabela Silva. Und Sie sind?»

Statt einer Antwort pfiff er nach dem Hund, gab einen Befehl und drehte sich um. Ein paar Minuten später war auch die letzte Ziege im Schilf verschwunden.

Mist.

20

«Fährst du uns nun hin oder nicht? Ich kann auch Maria anrufen.»

«Mãe, ist dir klar, was die Fahrt mit dem Taxi kostet?»

Meine Mutter kniff die Lippen zusammen, sagte nichts mehr und ging ins Wohnzimmer, wo das Telefon stand.

Es war ihr also wirklich ernst. Taxifahrten gelten im Haus meiner Eltern als Verschwendung und damit schon fast als Todsünde. Nur in Extremsituationen gerechtfertigt. Mein Vater hatte echt Mut bewiesen, als er mit dem Taxi ins Centro Saúde gefahren war. Aber im Moment ging es offenbar um nichts Geringeres als Mães Seelenheil. Und das hing offenbar vom Besuch einer Heilerin mit Direktverbindung zum lieben Gott ab.

«Also gut!», rief ich ins Wohnzimmer. Dabei wünschte ich mir nichts anderes als eine Mütze voll Schlaf. Mãe kam mit strahlendem Gesicht wieder in die Küche.

«Das ist lieb von dir, Filha. Wir müssen doch alles versuchen. Ich werde mir ewig Vorwürfe machen, wenn wir nicht zu ihr fahren. Ich kenne mindestens fünf Leute, denen sie geholfen hat!»

«Bei Alzheimer? Dann wäre sie reich und berühmt. Ist sie reich und berühmt?»

«Sie verlangt kein Geld. Man kann spenden, wenn man möchte.»

«Andernfalls würde die Dame sich auch strafbar machen.»

«Anabela, es ist mir egal, was du sagst. Du glaubst ja sowieso an nichts und niemanden. Aber dein Vater und ich, wir sind nicht so gottlos.»

Ich schaute meinen Vater an, der mir in der Küche gegenübersaß. Sein Blick war schicksalsergeben. Zweifelsohne fügte er sich gerade einer höheren Macht. Und zwar der, mit der er verheiratet war.

«Wann müssen wir denn da sein?», fragte ich. «Nach Cachopo fahren wir fast eine Stunde.»

«Um halb acht.»

«Dann lege ich mich jetzt noch ein bisschen hin.» Nach meinem Ausflug an die Foupana samt Rückweg zu Fuß den Berg hoch und anstrengender Autofahrt zurück war ich mehr als nur müde, ich war total erledigt. Meine Mutter hatte mich mal wieder im Flur abgefangen, sobald ich einen Fuß ins Haus gesetzt hatte. Kaum dass ich lag, schlief ich auch schon und träumte wirres Zeug.

Ein monströser rabenschwarzer Hund jagte mich um mein Auto, das mit qualmendem Motor in einer Wüstenlandschaft stand, die sich zwischen Kraterwänden ausbreitete. Verzweifelt suchte ich nach einem Fluchtweg, fand keinen. Plötzlich tauchte Peter Glüsenkamp auf dem Rand des Kraters auf und winkte mir zu. An der anderen Hand hielt er ein Mädchen in einem zerrissenen weißen Kleid. Auch das Mädchen winkte. Ich kannte es, wusste aber nicht, woher. Der Hund erwischte mein Bein, ich stürzte. Da tat sich der Boden auf, und dem Spalt entstieg ein Schäfer mit seinem Stock. Er war riesengroß, und unter seiner Mütze glänzte silberweißes Haar. Der Hund zerrte an mir; außer Atem und voller Angst wartete ich auf den Pfiff, der mich retten würde. In diesem Moment rüttelte meine Mutter mich wach.

Die famose Heilerin praktizierte in einem ganz gewöhnlichen Neubau mit Aluminiumfensterrahmen und Blumentöpfen neben der Haustür. Ich war ein bisschen enttäuscht. Unbewusst hatte ich wohl so eine Art Hexenhaus erwartet. Beim Anblick der Frau selbst fragte ich mich spontan, warum sie nicht zuallererst einmal sich selbst von ihrem enormen Übergewicht befreite. Aber ich hielt den Mund. Wenn dies hier für meine Mutter so wichtig war, dann wollte ich nicht lästern. Ich schätzte die Frau, die sich als Maria da Graça vorstellte, auf Mitte sechzig. Sehr dick, aber auch sehr gepflegt. Ihr massiger Körper steckte in einem engen Rock mit eleganter altrosafarbener Bluse. Große Augen mit langen Wimpern und einem warmen, sehr intensiven Blick. Mit meinen diffusen Vorstellungen von einer Heilerin hatte sie so viel gemein wie Almeida mit Pinto.

Mit ruhiger, tiefer Stimme bat sie uns in einen Raum, an dessen Wänden bestimmt zehn Stühle aufgereiht waren. Es hätte das leere Wartezimmer eines Arztes sein können, wären da nicht die vielen Heiligen gewesen, die aus Bilderrahmen und von kleinen Wandregalen auf uns herabschauten. Sie öffnete eine weitere Tür. Ich warf einen Blick in den nächsten, deutlich kleineren Raum.

Darin stand eine normale Behandlungsliege mit weißer Papierauflage. Der Liege gegenüber unter einem Fenster ein Tisch mit einem einfachen Stuhl, darüber ein sehr hübscher Jesus mit ausgebreiteten Armen, mildem Erlöserlächeln und roter Schärpe. Weiße Hochglanzfliesen auf dem Boden. Heiligenbilder an der Kopfwand, eine Madonnenfigur auf dem mit einem Häkeldeckchen bedeckten Tisch. Der Stuhl war auf die Figur ausgerichtet. Neben der Madonna stand eine Flasche mit Desinfektionsmittel für die Hände. Alles wirkte sehr sauber, den fast klinischen Eindruck störte nur das Häkeldeckchen.

«Mãe, ich warte draußen, ja?»

Die Journalistin in mir wäre gern im Behandlungsraum geblieben. Aber die gottlose Tochter wollte sich nicht vorwerfen lassen, himmlische Schwingungen oder was auch immer zu stören. Meine Mutter beachtete mich gar nicht, sondern flüsterte auf die Frau ein, in die sie so große Hoffnungen setzte. Dem Blick meines Vaters nach zu urteilen, hätte er auch lieber draußen gewartet. Seinen Glauben konnte ich schwer einschätzen. Ich kannte ihn nur als Passivkatholiken, der die gelegentlichen religiösen Anwandlungen meiner Mutter als etwas Unvermeidliches hinnahm. Aber das konnte auch täuschen. Die Heilerin bat meinen Vater, sich auf den Stuhl zu setzen, und schloss die Tür. Ich hörte nur noch leises Murmeln.

Eine Weile saß ich in dem leeren Wartezimmer, aber unter den Blicken der vielen Heiligen fühlte ich mich unwohl. Draußen vor der Tür ging es mir besser, ich atmete leichter. Wie lange mochte das hier dauern? Ich sah auf die

Uhr und gab der Dame eine halbe Stunde. Der Himmel hatte sich glutrot verfärbt, im Ort gingen die Straßenlaternen an. Ich überlegte, nach einem Café zu suchen, wollte aber hier sein, wenn die sogenannte Behandlung zu Ende war. Bringen konnte sie bestenfalls eines, so viel war mir klar: Hoffnung für meine Mutter.

Ich hätte jetzt gerne eine geraucht. War ja klar, wer mir bei dem Gedanken an eine Zigarette in den Kopf kam. Ich nahm mein Telefon aus der Tasche, hörte kurz darauf das Freizeichen. Und nach drei Pieptönen die Mailbox. Mário hatte mich weggedrückt. Warum? Was hatte ich ihm denn bloß getan? Das war jetzt das zweite Mal, dass ich ihn nicht erreichen konnte. Ich schickte ihm eine Nachricht. Das hätte ich wohl längst tun sollen.

> Lieber Mário, sorry, dass ich im Moment so
> wenig Zeit habe. Bitte ruf mich an. Es gibt
> Neuigkeiten. LG Bela

War das frisch hier draußen. Ich fror in meiner dünnen Jacke. Notgedrungen ging ich zurück zu den Heiligen. Die Haustür hatte ich nur angelehnt, als ich hinausgegangen war. Wieder im Wartezimmer, loggte ich mich kurz ins Internet ein und googelte den Namen Maria da Graça. Viele portugiesische Namen haben eine Bedeutung und ich war neugierig, ob das auch für diesen galt. Und ob. «Die Jungfrau mit göttlichem Geschenk» oder «Seherin der spirituellen Hilfe», meldete Google. Wie überaus passend. Ich legte das Handy zur Seite, verschloss die Augen vor den Frommen an den Wänden und döste ein.

«Anabela?»

Ich schreckte auf und sah in das leuchtende Gesicht meiner Mutter. Ihr schien die Sitzung gutgetan zu haben. Mein Vater neben ihr sah nicht ganz so glücklich aus, eher erschöpft.

«Maria da Graça möchte jetzt mit dir sprechen.»

«Mit mir? Wozu denn das?»

«Frag nicht so viel, geh einfach zu ihr.»

«Aber ...»

«Geh!»

Die Heilerin mit dem warmen Blick schloss die Tür hinter mir.

«Kommen Sie, Anabela, setzen Sie sich.»

«Ich verstehe nicht ... Hören Sie, ich bin nicht krank.»

«Bitte. Setzen Sie sich.»

Na gut. Um des lieben Friedens willen.

«Schließen Sie die Augen.» Ich tat, wie mir geheißen, und hörte als Nächstes ein schraubendes Geräusch. Der Geruch von Desinfektionsmittel stieg mir in die Nase. Ich spürte Maria da Graça in meinem Rücken, dann eine kühle Hand auf meiner Stirn, eine zweite in meinem Nacken.

«Seien Sie ganz entspannt.»

Na klar. In einer Situation, die ich weder mochte noch kontrollieren konnte. Kein Problem. Aber ich blieb ergeben sitzen.

In den nächsten Minuten sagte sie nichts mehr. Auf meiner Stirn und in meinem Nacken breitete sich langsam Wärme aus und schien in den gesamten Körper auszustrahlen. Seltsam. Wie machte sie das? Keine Ahnung, wie lange ich so dasaß und nichts anderes hörte als das ruhige, tiefe Atmen der Frau. Irgendwann sagte sie: «So ist es besser.» Und tatsächlich fühlte ich mich völlig entspannt. So entspannt wie seit Wochen nicht mehr. Sie nahm die Hände weg und begann über meine Arme und meinen Rücken zu streichen, in gleichmäßigen, ruhigen Strichen. Dabei verfiel sie in einen monotonen Singsang. Wieder vergingen Minuten. Das leise Singen ging in Murmeln über, dann in ein Flüstern:

«Du hast eine große Verantwortung.»

«Ich weiß, ich werde für meine Eltern …»

Sie brummte unwillig. Ich hielt den Mund.

«Du hast den Weg begonnen, du musst ihn zu Ende gehen. Das Mädchen im weißen Kleid braucht dich. Du wirst die richtige Entscheidung treffen.»

Ein letztes Gemurmel, dann ließ sie mich plötzlich los und ging aus dem Raum.

Verdattert saß ich auf dem Stuhl.

Das Mädchen im weißen Kleid braucht dich?

Die Frau hatte doch den Schuss nicht gehört.

Auf dem Weg nach Hause fragte ich mich unablässig, wie eine erzkatholische Geistheilerin in Cachopo von meinem Traum wissen konnte. Hey, Bela, ist doch klar, schließlich ist sie eine «Seherin der spirituellen Hilfe». Na sicher.

«Worüber lachst du?», fragte meine Mutter von der Rückbank.

«Ach, nichts.»

Das Mädchen mit dem zerrissenen weißen Kleid ging

mir natürlich nicht mehr aus dem Sinn. Wo hatte ich das Gesicht aus meinem Traum schon einmal gesehen?

Ein leises Seufzen von rechts. Ich sah kurz zu meinem Vater hinüber. Er saß auf dem Beifahrersitz, sein Kopf war auf die Brust gesunken. Genauso wie vorgestern auf dem Sofa zwischen den Fotoalben. Die Fotoalben! Natürlich! Daher kannte ich das Mädchen, ich Trottel. Wie hatte ich das vergessen können? Ich sah das Bild wieder vor mir. Tante Florinda bei ihrer Firmung 1963. In einem perlweißen Kleid. Fünfzehn Jahre alt. Mit strahlend blauen Augen.

Fast konnte ich hören, wie die Schlingpflanze in meinem Unterbewusstsein riss und einen furchtbaren Gedanken an die Oberfläche meines Bewusstseins steigen ließ. Tante Florinda. Gleich Linda. Gleich Blauauge. Konnte das wahr sein?

Drei Stunden später – meine Eltern schliefen hoffentlich tief und fest – stand ich vor der Kommode mit den Alben, wurde im sechsten fündig. Florindas Augen hatten längst nicht mehr dieses intensive Blau, im Alter waren sie dunkler geworden. Jetzt, als ich ihr Jugendfoto ansah, erinnerte ich mich wieder daran, wie schön ich meine blauäugige Tante gefunden hatte, als ich selbst noch ein Kind gewesen war.

Die stets freundliche Florinda. Die kinderlose Tante, die mich während der Ferien in Portugal immer nach Strich und Faden verwöhnt hatte. Wenn ich zu ihr kam, stand grundsätzlich Kuchen auf dem Tisch, von dem sie selbst nie aß. Sie backte ihn für uns Kinder, für mich und meine Cousins und Cousinen. Aber manchmal auch kleine Kuchen ganz für mich allein. Mãe schimpfte immer, weil ich als Kind ziemlich moppelig war. War ich erkältet, kochte Florinda mir Thymian-Tee mit Honig, sie kannte sich mit Kräutern und Pflanzen aus wie keine Zweite. Wie oft hatte sie mich vor dem giftigen Oleander oder der Cebola-Albarrã gewarnt, der Meerzwiebel, die hier in der Gegend wild wächst.

Vergeblich versuchte ich, sie mit der Geschichte in Einklang zu bringen, die Maria de Lourdes mir erzählt hatte. Meine Lieblingstante als junges Mädchen vergewaltigt von einem der Alves? «Weggeschickt von der eigenen Familie?» Von meinen geliebten Großeltern? Undenkbar.

Aber der Verdacht saß mir wie ein Stachel im Fleisch. Vorsichtig löste ich das Bild aus den Fotoecken und steckte es ein. Ich musste damit zu Maria de Lourdes. Unbedingt. Krank oder nicht. Ich musste einfach hören, wie sie lachte und sagte: Aber nein, natürlich ist das nicht das Blauauge, die Kleine sah doch ganz anders aus!

21

Eins, zwei, drei. Du steigst jetzt aus diesem Wagen, Bela, klopfst an die Tür und sagst, dass du einen Krankenbesuch machen willst. Das kann doch nicht so schwer sein. Aber meine Beine fühlten sich an wie Blei, und das Foto schien mir ein Loch in die Jackentasche zu brennen. Ganz ruhig. Selbst wenn Florinda das Blauauge war, hieß das noch lange nicht, dass sie Leute umbrachte. Aber es half nichts, ich hatte ein ganz mieses Gefühl.

«Ja bitte?» Die Frau mit der schrillen Stimme und den rostroten Haaren öffnete mir die Tür.

«Guten Morgen. Ich bin Anabela Silva, wir haben uns kürzlich schon gesehen. Sie erinnern sich?»

«Ja, und?»

«Ich würde gern Dona Maria de Lourdes besuchen. Im Altersheim wurde mir gesagt, sie sei krank. Ich hoffe, es geht ihr schon besser?»

«Wer ist da, Filha?» Die Stimme von Maria de Lourdes, etwas heiser, aber unverkennbar.

«Besuch für Sie, Mãe!», rief die Frau über ihre Schulter. «Ich bin ihre Tochter Célia. Kommen Sie herein.»

Sie führte mich durch eine kleine Wohnküche in ein Wohnzimmer. Maria de Lourdes saß, in einen flauschigen

247

Bademantel gehüllt, in einem Ohrensessel am Fenster. Sie war sehr blass, sah mich aber sichtlich erfreut an.

«Ich kenne Sie!», rief sie. Dann verdüsterte sich ihr Blick. «Aber woher?»

«Wir haben uns schon ein paarmal unterhalten, Dona Maria, ich bin Anabela.»

«Und Ihren Kindern geht es gut?»

Es war vielleicht nicht besonders nett von mir, aber der Einfachheit halber nickte ich. «Alles bestens. Ich habe Ihnen etwas mitgebracht.»

Die Schachtel Pralinen stammte aus dem Vorrat meiner Mutter.

«Danke schön!» Sie nahm die Pralinen und legte sie auf ein Tischchen neben ihrem Sessel.

«Wie geht es Ihnen?»

«Gut. Meine Zeit kommt bald.»

Ihre Tochter auf der anderen Seite des Sessels verdrehte die Augen. «Sie haben nur eine Magenverstimmung und eine leichte Erkältung, Mãe. Setzen Sie sich doch, Dona Anabela.» Sie wies auf ein Sofa, das dem Sessel gegenüberstand. «Kann ich Ihnen etwas anbieten, eine Tasse Tee vielleicht?»

«Gerne.»

Ich hatte mich schon gefragt, ob ich meine Frage würde stellen müssen, während sie im Raum war. Erleichtert sah ich ihr nach, als sie nach nebenan in die Küche ging. Dennoch musste ich mich beeilen, Teekochen dauert nicht ewig. Für lange Vorreden war keine Zeit.

«Neulich habe ich mir mit meinem Vater alte Fotos angesehen, Dona Maria.»

Sie seufzte. «Meine Augen sind nicht mehr das, was sie mal waren.»

«Vielleicht darf ich Ihnen trotzdem eines der Bilder zeigen?» Ich hatte nicht vergessen, wie sie das Haar auf meiner Jacke entdeckt hatte. Die alte Dame sah sehr gut, wenn sie wollte. Ich stand vom Sofa auf, nahm das Bild aus der Tasche und drückte es ihr nach kurzem Zögern in die Hand. Plötzlich fand ich es in dem Zimmer unerträglich warm.

In der Küche lief der Wasserhahn, kurz darauf hörte ich das Rauschen eines Wasserkochers. Maria de Lourdes sah auf das Bild, wandte den Blick dann aber ab und sah auf einen Punkt an der Wand hinter mir.

«Erkennen Sie das Mädchen? Dona Maria?»

Jetzt sah sie mich an.

«Ein so hübsches Ding, unser Blauauge.»

«Florinda? Florinda Silva?»

«Hm, ja. Aber wir haben sie Linda genannt, die Schöne. Erst neulich hat sie mich besucht. Was ist denn, junge Frau, sind Sie auch krank? Sie schwitzen ja und sind ganz rot.»

«Äh, nein. Alles in Ordnung.» Meine Stimme wollte mir kaum gehorchen. Maria de Lourdes ließ die Hand mit dem Foto auf ihren Schoß sinken und schloss die Augen. Ich wartete ein paar Augenblicke, dann nahm ich es ihr vorsichtig aus der Hand und steckte es wieder ein.

Die Tochter erschien mit dem Tee auf einem Tablett.

«Ist sie eingeschlafen?», flüsterte sie.

«Sieht so aus», flüsterte ich zurück.

«Dann trinken wir den Tee besser in der Küche.»

Anscheinend hatte sich meine Gesichtsfarbe wieder normalisiert, die Tochter machte jedenfalls keine Bemerkung.

«Meine Mutter unterhält sich sehr gerne, aber im Moment ist sie doch ziemlich schwach.»

«Hauptsache, sie kommt wieder ganz zu Kräften.»

«Die wird noch hundertzehn, keine Sorge. Abgesehen davon, dass sie kaum noch laufen kann, ist sie erstaunlich gesund. Sie sind die Tochter von den Silvas, die nach Deutschland gegangen sind, nicht wahr?»

Nach einer halben Stunde konnte ich mich endlich verabschieden.

Das muss nichts heißen, sagte ich mir ein ums andere Mal, als ich wieder im Wagen saß. Selbst wenn Florinda diese schreckliche Geschichte erlebt hatte, war sie deswegen noch lange keine Giftmischerin. Da kamen ganz andere in Frage, schließlich hatte António Alves eine üble Vergangenheit. Außerdem war er ja gar nicht der Vergewaltiger, sondern nur dessen Bruder. Diese Inês Alves hatte bestimmt auch Dreck am Stecken. Vielleicht hatte die ihren Onkel erledigt, um an sein Grundstück zu kommen und es dann Glüsenkamp anzudrehen. Der jetzt auch tot war. Jede noch so abstruse Theorie war mir recht, solange Florinda keine Rolle darin spielte. Sie mochte das Blauauge sein, aber das musste wirklich nichts heißen. Gar nichts. Es war, als würde ich ein Mantra aufsagen. Fast schaffte ich es, damit die leise Stimme in meinem Hinterkopf zu übertönen, die beharrlich fragte: Und wenn doch? Was machst du dann, Bela Silva?

Nächster Halt Alcoutim, Grundbuchamt. Dann in die Bibliothek. Mário hatte auf meine Nachricht bisher nicht reagiert. Heute Abend würde ich mit meinem Vater über die Vergangenheit unserer Familie sprechen. Daran führte kein Weg mehr vorbei. So wenig wie an einem Gespräch mit Tante Florinda. Falls ich je den Mut dazu aufbrachte.

Da stand es. Schwarz auf weiß. Peter Glüsenkamps Oase lag mitten im Naturschutzgebiet. Eine freundliche junge Frau hatte mir den Flächennutzungsplan herausgesucht.

«Und da kann man wirklich nicht bauen? Kann es eine Ausnahmegenehmigung geben?»

«Normalerweise nicht. Lassen Sie mal sehen, welches Flurstück Sie genau meinen.» Ich zeigte es ihr auf der Karte. Sie verschwand für einen kurzen Moment, kam mit einem anderen Papier wieder.

«Nein, hier ist auch nichts anderes eingetragen, sehen Sie?»

In der Tat.

«Gehen Sie am besten noch zum Finanzamt und lassen sich die Caderneta predial zeigen, daraus geht die mögliche Nutzung ganz klar hervor.»

Das Finanzamt lag keine fünfhundert Meter entfernt, gleich um die Ecke der Bibliothek.

Zwanzig Minuten später sah ich es noch einmal schriftlich: Glüsenkamps Oase war unbebaubar und nie im Leben 150000 Euro wert. Hammer! Aber wie konnte das sein? Glüsenkamp war doch kein Idiot gewesen. Sehr zu meinem Kummer gehörte das Grundstück übrigens nicht der Familie Alves. Wie auch immer. Ich musste Almeida anrufen, sofort. Kaum aus der Tür des Finanzamtes, suchte ich auf meinem Handy nach seinem Kontakt und merkte nicht, dass ich jemandem im Weg stand.

«Com licença?», fragte eine bekannte Stimme. Ich sah auf und Mário mitten ins Gesicht.

«Mário! Das ist ja schön, ich wollte gleich zu dir kommen.»

«Ach?» Freundlich klang anders. «Ich bin in Eile, entschuldige.»

Er verschwand im Amt. So nicht, mein Freund. Ich wollte endlich wissen, was los war, und würde hier so lange warten, bis er wieder herauskam. Durch die Glastür hatte ich ihn gut im Blick. Er stand gleich vorn am Tresen, musste sich aber gedulden, während eine alte Dame der einzig anwesenden Beamtin ihr Anliegen vortrug.

Almeida ging beim zweiten Klingeln dran.

«Anabela! Wie geht es Ihnen?»

«Danke gut, und selbst?»

«Ich vermisse das Landleben.» Er lachte. «Was kann ich für Sie tun?»

Ich brauchte ein paar Minuten, um ihm zu erklären, was ich wie herausgefunden hatte. «Das ist doch mehr als seltsam, meinen Sie nicht?»

«Allerdings. Vor allem, wenn man bedenkt, dass wir eine Kopie der Caderneta in Senhor Peters schriftlichen Unterlagen gefunden haben, in der von Naturschutz kein Wort steht und dazu den positiven Bescheid einer Bauvoranfrage. Alles notariell bestätigt, genau wie der Kaufvorvertrag. Wann will dieser Schäfer mit ihm gesprochen haben?»

«Das hat er nicht gesagt. Seinen Namen leider auch nicht.»

«Macht nichts. Den finden wir schon. Warten Sie mal kurz, mir fällt gerade etwas ein.»

Ich hörte das Klappern einer Tastatur.

«Senhor Peter hat am Tag seines Todes mit seiner Maklerin telefoniert.»

«Ach? Und was sagt die, worum es ging?»

«Sie sagt, er habe wissen wollen, wann endlich die fehlenden Papiere fertig seien und der Vertrag endgültig geschlossen werden könne. Sie hätten sich für den folgenden Tag verabredet.»

«Und wenn er ihr in Wahrheit von dem Schäfer und dem Naturschutz erzählt hat?»

«Wir werden der Dame wohl noch mal auf den Zahn fühlen müssen. Ich bin sehr gespannt auf ihre Erklärung.»

«In Alcoutim?»

Was fragst du denn da, Bela, das kann dir doch egal sein.

«Leider nein. Wir werden sie nach Faro kommen lassen. Warum sind Sie eigentlich gestern zu dem Grundstück gefahren?»

«Reiner Zufall, ich war gerade in der Gegend und dachte, ich sehe es mir mal an.»

«Aha.» Vermutlich glaubte mir Almeida kein Wort.

«An Ihnen ist eine Polizistin verlorengegangen, Anabela Silva. Sie haben einen guten Instinkt.»

Im Finanzamt gab es Bewegung. Mário kam an die Reihe. Ich wollte ihn nicht verpassen.

«Äh, danke. Ach, noch etwas …»

«Ja?»

«Ich weiß, ich habe keinerlei Anrecht darauf, aber … wenn die Spur mit dem Naturschutz etwas ergibt, würden Sie es mir sagen? Und auch wenn es Neues zum Tod von Pablo Jost gibt?»

«Der privaten Anabela Silva oder der Journalistin?»

Der Gedanke, über die Geschichte zu schreiben, war mir noch gar nicht gekommen.

«Der privaten natürlich.»

«Wenn Sie mich nicht bei meinem Kollegen Pinto verraten … Ihre Frage nach Jost kann ich Ihnen jetzt schon beantworten. Die spanischen Kollegen sind inzwischen sicher, dass es ein Unfall war.»

«Danke. Sorry, ich muss auflegen. Bis zum nächsten Mal, ja? Adeus.»

«Adeus.»

Das Handy steckte gerade wieder in meiner Tasche, als Mário durch die Tür kam.

Ich trat ihm in den Weg.

«Hast du Zeit für einen Kaffee?»

Er guckte, als hätte ich ihn gebeten, meine Steuererklärung zu machen. «Bitte.»

Wir gingen zum Quiosque, keine zwanzig Meter weit. Schweigend bestellten wir beide Espresso. Kaum am Tisch, legte Mário los.

«Brauchst du einen Lückenbüßer? Wie ich höre, ist der tolle Kommissar nicht mehr hier. Oder hast du wieder einen kleinen Rechercheauftrag für den nützlichen Idioten?»

Ups.

«Mário, es tut mir leid, wenn du was in den falschen Hals gekriegt hast, ich hatte wirklich wenig Zeit in den vergangenen Tagen, nicht nur wegen des Jobs. Ganz bestimmt wollte ich dich nicht ausnutzen.»

«Ich denke, ich habe etwas ganz anderes in den falschen Hals gekriegt, um mit deinen Worten zu sprechen.»

So langsam wurde mir klar, woher der Wind wehte.

«Habe ich was verpasst? Ich kann mich nicht erinnern, dir irgendwelche Versprechungen gemacht zu haben! Und wenn du was von mir wolltest, dann hättest du mich das ja auch mal spüren lassen können! Ich bin schließlich keine Hellseherin!»

Das Mädchen im Quiosque guckte zu uns rüber, und ein paar Tische weiter drehten zwei Frauen interessiert die Köpfe. Ich sollte vielleicht etwas leiser sprechen. Und mich abregen. Dieser verdammte Jähzorn. Ich hatte gerade ziemlich großen Unsinn vor mir gegeben.

«Vergiss, was —», setzte ich an, da sagte Mário leise:

«Ich kämpfe nicht gern auf verlorenem Posten.»

«Wovon redest du?»

«Das weißt du doch selbst.»

«Nein, weiß ich nicht!»

«Seitdem dieser Lächler hier aufgetaucht ist, hast du doch nichts und niemanden mehr wahrgenommen.»

«Wer?»

«Du weißt sehr genau, wen ich meine. ‹Mein Chef› hier, ‹mein Chef› da. Du solltest mal dein Gesicht sehen, wenn der auftaucht.»

«Mário, ich habe für ihn gearbeitet. Also, nicht für

ihn persönlich natürlich, für die Kripo. Da ist nichts zwischen uns. Nur Sympathie.»

Erst Pinto, jetzt Mário. War es wirklich so offensichtlich, dass Almeida mir gefiel? Wie unangenehm.

«Das ist natürlich ganz allein deine Sache, Anabela. Ich lasse mich nur nicht gern ausnutzen. Oder verarschen.»

«Das hab ich auch nicht getan, wirklich nicht. Ich dachte, die Geschichte hinter meiner Liste würde dich auch interessieren. Hast du übrigens gehört, dass António Alves tatsächlich an einer Vergiftung gestorben ist?»

Je eher wir wieder in sachliche Gefilde kamen, desto besser.

Er nickte. Erleichtert registrierte ich, dass er nicht mehr so grimmig guckte wie noch vor ein paar Minuten.

«Von Catarina. Kurz danach hat so ein anderer Typ von der Kripo bei mir angerufen und wollte genau wissen, was ich über Alves' Vergangenheit weiß und woher.»

«Ein Inspektor Pinto?»

Noch ein Nicken. Pinto ermittelte in Sachen Alves? Das gefiel mir nicht. Das gefiel mir überhaupt nicht. Warum hatte Almeida mir nichts davon gesagt? Siedend heiß fiel mir ein, dass Mário der einzige Mensch war, dem ich von der Vergewaltigung erzählt hatte. Ob er Pinto …?

«Wollte er nur über die PIDE-Geschichte etwas hören, oder hast du ihm noch mehr erzählt?»

«Du meinst das, was die alte Dame dir gesagt hat? Nein, darüber habe ich nicht gesprochen. Ist ja nicht gerade eine seriöse Quelle.»

Gott sei Dank.

«Mário?»

«Ja?»

«Es tut mir wirklich leid, wenn ich dich verletzt habe. Das war nie meine Absicht.»

«Schon gut.»

Nach kurzem Überlegen setzte ich hinzu: «Es wäre schön, in Alcoutim einen Freund zu haben, wenn ich demnächst hierherziehe.» Dann erzählte ich ihm von der Diagnose meines Vaters und der geplanten Hausrenovierung. Als wir nach einer halben Stunde auseinandergingen – Küsschen links, Küsschen rechts –, fühlte ich mich gut. Wie in klarer Luft nach einem reinigenden Gewitter. Hoffentlich ging es Mário ähnlich.

Das gute Gefühl hielt an, bis ich wieder im Auto saß und beklommen an das dachte, was heute noch vor mir lag. Was würde ich erfahren, wenn ich mit meinem Vater sprach? Mit Florinda? Mir kam ein Satz in den Kopf, den ich als Kind oft zu hören bekommen hatte: A curiosidade matou o gato, die Neugier tötet die Katze.

22

Ich fand meinen Vater in meinem künftigen Heim zwischen diversen Musterfliesen, die er in der Diele ausgelegt hatte. Er war am Nachmittag mit seinem Freund Carlos zum Baumarkt in Pereiro gefahren, um sich nach Materialpreisen zu erkundigen, und hatte die Muster mitgebracht.

«Was meinst du, Filha? Die glänzenden weißen hier, das sind die günstigsten. Aber du musst die nicht nehmen, egal, was deine Mutter sagt, das entscheide immer noch ich!»

Oha, in meinem Elternhaus hatte es wohl schon Sturm gegeben.

«Hm, sind die mattweißen viel teurer?» Wir hatten beschlossen, das Bad in den einzigen Raum des Hauses zu bauen, der kein Fenster hatte. Es würde ein Oberlicht geben, aber dennoch konnte Helligkeit nicht schaden.

«Ich hab doch gesagt, das ist egal.»

«Ist ja schon gut. Dann die mattweißen. Und dazwischen können wir vielleicht ein paar Azulejos mit einem alten Muster setzen, solche, wie Oma sie in der Küche hatte.»

Er nickte zufrieden, ging in die Knie, begann, die einzelnen Fliesen zu einem Stapel zusammenzulegen, und murmelte dabei vor sich hin. «Wo hab ich denn nur die Preisliste? Eben war sie doch noch hier.»

Wie gern hätte ich jetzt weiter mit ihm über den Umbau geredet. Der Gedanke, stattdessen mit ihm über hässliche alte Zeiten zu sprechen, bereitete mir Bauchschmerzen. Aber es half ja nichts. Ich brauchte dringend ein paar Antworten.

«Pai? Kann ich dich etwas fragen?»

Ich setzte mich auf das alte Sofa und klopfte auf den Platz neben mir. Mit einem Ächzen kam er auf die Beine.

«Was denn?»

«Es geht um die Zeit, als ihr noch hier gelebt habt, die Großeltern, die Tanten und du. Anfang der sechziger Jahre.»

Er blieb stehen, runzelte die Stirn.

«Was interessieren dich denn plötzlich die alten Zeiten?»

«Ich bin da auf eine Geschichte gestoßen, die mir zu denken gibt. Im Zusammenhang mit der Familie Alves.»

Als hätte jemand eine Lampe ausgeknipst, verfinsterte sich sein Gesichtsausdruck.

«Über die rede ich nicht.»

Er ging Richtung Tür.

«Bitte, Pai. Sprich mit mir. Es ist mir wirklich wichtig.»

«Warum, wozu soll das gut sein? Man soll die Vergangenheit ruhen lassen.» Seine Hand lag schon auf der Klinke.

«Stimmt es», fragte ich seinen Rücken, «dass Cristiano Alves Tante Florinda Gewalt angetan hat, als sie noch ein

Mädchen war? Und dass eure Eltern sie deshalb weggeschickt haben?»

Er drehte sich abrupt um und funkelte mich wütend an. «Wer sagt so was?»

«Stimmt es?»

Ich las die Antwort in seinem Gesicht.

«Noch einmal, Anabela: Wozu willst du den Dreck von damals aufwühlen?»

«Pai, bitte. Ich muss einfach wissen, was passiert ist, sonst komme ich nicht mehr zur Ruhe. Und schon gar nicht in diesem Haus.» Ich konnte nur hoffen, dass ihm diese Begründung reichte, wollte ihm nicht von Alves' Vergiftung erzählen, nicht von meiner Angst.

«Du kannst nicht verstehen, wie es damals war, Anabela. Keiner von euch jungen Leuten kann das.»

«Ich kann es versuchen.»

Mit einem Seufzen kam er zurück und setzte sich nun doch neben mich.

«Ich war nicht hier, als – an diesem Tag», begann er stockend. «Mein Vater hatte mich zum Jäten bei den Oliveiras nach Marmeleiro geschickt. Damit habe ich ein paar Centavos dazuverdient. Nachmittags kam dann ein böser Sturm auf, und ich bin über Nacht bei den Oliveiras geblieben.»

Er sah mich nicht an, während er sprach, hielt den Blick fest auf den Schrank gegenüber dem Sofa gerichtet.

«Als ich am nächsten Abend nach Hause kam, war etwas anders als sonst, ohne dass ich sofort hätte sagen können, was es war. Mãe sprach kaum ein Wort, sie strich mir nicht über die Haare, lächelte nicht. Ich glaube, das nächste Mal habe ich sie erst wieder lächeln sehen am Tag

260

von Florindas Hochzeit mit Nuno, Jahre später. Pai war genauso wortkarg. Ich war erst zwölf, noch ein Kind, und fragte, ob jemand gestorben sei. Nein, sagte Mãe knapp. Und mehr bekam ich nicht zu hören. Keine Erklärung für die gedrückte Stimmung, nichts. Und meine Schwester Florinda sprach gar nicht mehr.»

«Und Conceição?»

«Die war zu dem Zeitpunkt schon nicht mehr im Haus, sie hat als Hausmädchen in Mértola gearbeitet. Ein paar Wochen später sagten die Eltern dann, Florinda müsse zu unserer Verwandten nach Trás-os-Montes, die bräuchten ihre Hilfe.»

«Wann hast du verstanden, was passiert war?»

Er schnaubte.

«Cristiano Alves hat sich damit gebrüstet. Irgendwann kam das natürlich auch mir zu Ohren.»

«Mit der Vergewaltigung? Das kann ich nicht glauben.»

«Damit, dass er sie gehabt hat. Und plötzlich galt meine Schwester als Hure», sagte er bitter. «Als sie nach ein paar Monaten aus Trás-os-Montes zurückkam, gab es die nächsten Gerüchte. Sie hätte wohl ein Kind gekriegt, hieß es, und wäre deshalb weg gewesen.»

«Sagt dir der Name Raimunda Irene Tomaz etwas?»

«Leider. Die war schon als Mädchen bösartig und später ein Spitzel für Konsorten wie Alves. Die ist damals auch dabei gewesen, wenn über Florinda hergezogen wurde, in der ersten Reihe.»

«Aber das mit dem Kind stimmte nicht.»

«Sie kam jedenfalls ohne ein Kind zurück.»

«Was willst du damit sagen?»

Er zuckte mit den Schultern.

War Florinda tatsächlich schwanger gewesen? Das konnte in der Tat erklären, warum sie weggeschickt worden war. Aber was war dann aus dem Kind geworden?

«Was ich nicht verstehe, ist, warum die Großeltern den jungen Alves nicht angezeigt haben.»

«Weil sie viel zu viel Angst hatten. Das habe ich selbst auch erst später begriffen. Die Alves hatten beste Beziehungen zum Regime, und Pai war Kommunist. Das war sowieso schon gefährlich. Und António, der Ältere, war bei der PIDE, das wusste jeder. Der war schon mit Anfang zwanzig ein scharfer Hund. Damals konnte ein falsches Wort reichen, und du bist für Monate im Knast verschwunden. Ohne Anklage, ohne Verfahren, einfach so. Manche verschwanden auch für immer. So wie Pais bester Freund. Den haben sie mitgenommen und keiner hat ihn je wiedergesehen.»

«Trotzdem …»

«Ich sag ja, du kannst das nicht verstehen. Aber es war nicht nur die Angst vor der PIDE. Wir waren auch noch abhängig von den Alves.»

«Abhängig?»

«Im Jahr davor waren die meisten unserer Schafe eingegangen. Maul- und Klauenseuche. Pai war nichts anderes übriggeblieben, als beim alten Alves um Kredit zu bitten, um neue anschaffen zu können. Als Sicherheit hat Alves unser größtes Stück Land verlangt. Und selbst wenn sie zur Polizei gegangen wären, Kind, was glaubst du wohl, wem geglaubt worden wäre?»

Minuten vergingen, bis ich fragte: «Und später?»

«Später hat sich Alves trotzdem unser Land einverleibt, als Pai den Kredit nach einem weiteren schlechten Jahr nicht mehr bedienen konnte, und wir sind nach Lissabon gegangen. Da hat Florinda in der Textilfabrik dann Nuno kennengelernt, zum Glück.»

Ja, dachte ich, zum Glück. Nach all dem Grauenhaften, das ihr widerfahren war, hatte meine Tante doch noch Liebe erfahren. Von Nuno, der im vergangenen Dezember an einer verschleppten Lungenentzündung gestorben war. Einen Monat bevor Cristiano Alves in einem Brunnen sein Leben gelassen hatte.

«Mehr gibt es nicht zu erzählen. Bist du jetzt zufrieden? Und eines sage ich dir, Anabela: Wenn du auch nur einen Ton über diese alte Sache gegenüber deiner Tante verlierst, rede ich kein Wort mehr mit dir.»

Mir kam ein Gedanke. «Eines noch, Pai: Wer hat damals alles gewusst, was wirklich passiert ist? Ich meine, innerhalb der Familie?»

«Das weiß ich nicht genau. Sicher nicht viele. Wie gesagt, es wurde nicht mehr davon gesprochen.»

«Opas Bruder?»

«Wahrscheinlich.» Er stand auf. «Kommst du mit rüber?»

«Gleich. Geh schon mal vor.»

Vielleicht war mein Cousin Luís doch kein durchgeknallter Lokalpatriot, sondern hatte aus ganz anderen Gründen eine Exhumierung von António Alves verhindern wollen. Vielleicht kannte er die Geschichte und hatte dieselbe Befürchtung wie ich. In letzter Zeit hatte ich ihn nur noch von fern gesehen, er ging mir aus dem Weg. Unwichtig, jedenfalls im Moment.

Im Moment zählte nur: Alles, was die alte Maria de Lourdes gesagt hatte, stimmte. Cristiano Alves, sein Bruder António und Raimunda Tomaz waren tot. Drei Menschen, die meiner Tante direkt oder indirekt Leid zugefügt hatten. Mindestens einer von ihnen vergiftet. Drei, von denen ich wusste, korrigierte ich mich. Was, wenn es noch mehr gab? Was, wenn noch mehr Menschen sterben sollten? Was, wenn Florinda tatsächlich die Mörderin war?

Dann konnte ich sie doch nicht munter weiter meucheln lassen. Auch wenn sie ihre Gründe hatte, das ging doch nicht. Ihre Gründe hatte? Was denkst du denn da, Bela Silva? Seit wann gibt es gute Gründe für Mord? Wo kommen wir denn da hin? Ein Hoch auf die Selbstjustiz? Willst du vielleicht auch gleich noch die Todesstrafe wieder einführen?

Ich wurde bald wahnsinnig. Wenn ich wenigstens mit jemandem über meinen Verdacht hätte reden können. Ruf Almeida an, sagte eine Stimme in meinem Kopf. Ja klar, großartige Idee. Auch wenn ich ihn noch so mochte – der Mann war Polizist. Bei der Mordkommission. «Ach, die Dame ist Ihre Tante, Anabela? Na, dann sehe ich natürlich von einer Strafverfolgung ab.» Ha!

Strafverfolgung. Meine fast siebzigjährige Tante im Gefängnis. Allein die Vorstellung war grotesk. Nein, ich durfte niemandem sagen, was ich vermutete. Wenn ich nicht sowieso schon zu viel gesagt hatte. Wahrscheinlich war es nur eine Frage der Zeit, bis Pinto auf Florindas

Geschichte stoßen würde. Allein durch Fragen nach der Familie Alves. Genau wie ich selbst.

Und wenn ich doch zur Tante ging? Mit ihr redete? Liebe Tante Florinda, falls du ein bisschen Gift gemischt und ein paar alte Feinde umgebracht hast, dann bleibt das unter uns, aber versprich mir, dass du sofort damit aufhörst? Na sicher.

Ich täuschte mich. Musste mich täuschen. Scheiß auf meinen Instinkt. Es gab schließlich keinerlei Gewissheit. Almeida oder Pinto würden einen anderen Giftmörder finden. Und ich würde erst einmal Folgendes tun: nichts. Wenigstens noch ein, zwei Tage.

«Filha, bist du das?», rief meine Mutter aus dem Wohnzimmer, als ich kurze Zeit später nach Hause kam.

«Ja!»

«Tia Florinda ist am Telefon und fragt, ob du morgen zum Kaffee zu ihr kommen magst. Sie hat extra gebacken.»

23

Ist es wirklich erst knapp vier Wochen her, dass ich bei dem Gedanken an einen Serienmörder im Hinterland der Ostalgarve gelacht habe? Jetzt habe ich Gänsehaut, während ich durch die frühsommerliche Wärme zu dem Dorf laufe, in dem Florinda lebt. Hat sie einen Menschen umgebracht, vielleicht sogar mehrere? Es kommt mir vor, als bestünde ich nur noch aus dieser Frage. Diese Frage, die nur ein Mensch beantworten kann und die ich dennoch nicht stellen werde. Meiner Familie zuliebe. Ich kann es einfach nicht. Zu diesem Schluss zu kommen hat mich die halbe Nacht gekostet.

In ein paar Minuten werde ich deshalb mit meiner freundlichen Tante Kaffee trinken und Kuchen essen, als wüsste ich von nichts. Keinen Ton werde ich über die Vergangenheit verlieren. Unser Thema wird die Zukunft sein. Meine sonnige Zukunft in Portugal. Jawohl. Sofern ich nicht an der Frage ersticke.

Mein Telefon klingelt. Galgenfrist, denke ich und bleibe am Straßenrand stehen. Ein paar Minuten Extrazeit, bis ich meine Entscheidung endgültig treffen muss. Denn tief in mir sitzt nach wie vor der Zweifel: Tue ich das Richtige?

Ich atme ein paarmal tief durch, ehe ich den Anruf annehme, zwinge mich zu einem leichten, unbeschwerten Tonfall.

«Inspektor Almeida. Wie schön, von Ihnen zu hören, wie geht es Ihnen?»

«Gut, danke.» Seine Stimme klingt atemlos, als wäre er gerannt.

«Ich bin in Eile, wollte Sie aber schnell informieren, bevor Sie es aus anderer Quelle erfahren.»

«Was denn?» Eine Schrecksekunde lang fürchte ich, es ginge um Florinda.

«Wir haben Claudio Souza und Inês Alves festgenommen. Wegen Verdachts auf Mord an Senhor Peter und schwerem Betrug in mehreren Fällen.»

«Ist nicht wahr!»

«Wir haben sie am Flughafen erwischt, gerade noch rechtzeitig, sie waren schon auf dem Weg zum Gate, mit Tickets nach São Paulo. Ohne Rückflug.»

«Haben sie den Mord gestanden?» Bei der nächsten Frage klopft mein Herz. «Und was ist mit António Alves?»

«Gestanden noch nicht, aber das ist eine Frage der Zeit. Die DNA-Spuren passen eindeutig zu Souza. Ob die beiden auch mit Alves' Tod zu tun haben, ist unklar. Übrigens liegt das Ergebnis der toxikologischen Untersuchung vor, er ist mit Rizin vergiftet worden, sehr ungewöhnlich.»

Im Hintergrund sind jetzt andere Stimmen zu hören, er ist offenbar nicht mehr allein.

«Anabela, ich muss auflegen, ich melde mich wieder.»

Meine Gedanken rotieren, während ich langsam weiter die Straße entlanggehe. Inês Alves und ihr Anwaltfreund verhaftet. Schau an. Auf der Flucht, wenn ich das richtig verstanden habe. Aber wieso erst jetzt? Schwerer Betrug. Also haben sie die Grundstückspapiere gefälscht, vermute ich mal. In mehreren Fällen? Demnach gäbe es noch mehr Leute, die sie ausnehmen wollten. Ob Glüsenkamp drauf gekommen ist und deshalb sterben musste? Sehr wahrscheinlich. Dann: Almeida hat mich tatsächlich angerufen! Gefolgt von: Rizin? Rizin wie Rizinus? Was weiß ich über Rizinus? Daraus wird Öl gemacht, ein Abführmittel, aber das ist doch nicht giftig.

An der Bushaltestelle kurz vor dem Dorf lasse ich mich auf die Bank eines altersschwachen Wartehäuschens fallen und gehe im Schatten des grauen Wellblechdaches mit dem Handy ins Netz. Rizin oder Ricin ist ein äußerst giftiges Protein aus den Samenschalen des Wunderbaums (Ricinus communis) aus der Familie der Wolfsmilchgewächse. Ein Bild von einem Wunderbaum und eines von den Samenkapseln. Vor Schreck schließe ich die Augen. Diese großen Blätter und die stacheligen roten Blüten habe ich schon gesehen, schon oft. Im Garten meiner Mutter. Und in dem von Florinda.

Am liebsten würde ich für immer in diesem Wartehäuschen sitzen bleiben.

24

«Anabela, da bist du ja endlich. Ich habe schon auf dich gewartet!»

Da ist keine Traurigkeit im Gesicht der Tante wie bei meinem letzten Besuch, nichts Geistesabwesendes. Sie wirkt geradezu gelöst, lächelt, tätschelt meine Wange. Unter einer ausladenden Korkeiche ist der Tisch gedeckt. Mit weißem Tischtuch und dem feinen Sonntagsgeschirr. In der Mitte steht ein großer Kuchenteller. Tante Florinda trägt nach wie vor Schwarz, hat aber eine hübsche lange Perlenkette angelegt. «Setz dich, ich hole den Kaffee.»

Ich setze mich auf einen der beiden Gartenstühle am Tisch und sehe ihr nach, wie sie mit leichtem Schritt im Haus verschwindet. Und plötzlich fällt alle Sorge von mir ab Auch ich lächle. Über mich. Was habe ich mir da bloß zusammenphantasiert? Diese Frau kann doch keiner Fliege etwas zuleide tun.

Mein Blick wandert kurz vom Tisch in die hintere rechte Ecke des Gartens, in dem die Wunderbäume wachsen und ganz harmlos aussehen. Eigentlich sind es keine richtigen Bäume, eher große Büsche. Jetzt, ohne Blüten, nicht mal besonders auffällig. Florinda kommt mit der Porzellankanne.

«Ich habe dir Nusskuchen gebacken, den magst du doch so gern.»

Kurz schießt mir durch den Kopf, was ich vor ein paar Minuten gelesen habe: Die Samen des Wunderbaumes sollen nussig schmecken. Hör auf, Bela.

Tante Florinda legt mir ein großes Stück auf den Teller, schenkt den Kaffee ein und lehnt sich in ihrem Stuhl zurück.

«Ich freue mich wirklich sehr, dass du gekommen bist, Kind.»

«Gerne. Es scheint dir besser zu gehen als bei meinem Besuch neulich.»

«Das stimmt. Nun iss doch von dem Kuchen!»

«Gleich.»

Nussig, nussig, nussig.

Florinda sieht mir direkt in die Augen. Dann lacht sie plötzlich auf. «Ach so, natürlich. Weißt du was? Heute esse ich auch mal ein Stück.»

Sie greift zu, kaut genüsslich und sagt mit vollem Mund: «Ist ja nur eine kleine Sünde.»

Und zu meiner Schande traue ich mich erst jetzt, den Kuchen zu kosten. Es ist friedlich, hier in diesem Garten. Außer dem Zirpen von Grillen, dem Zwitschern von Vögeln und dem Klappern meiner Kuchengabel auf dem Teller höre ich nichts. Mitten in diese friedliche Stille hinein sagt Florinda: «Wie ich höre, stellst du viele Fragen, Anabela.»

Ich verschlucke mich an meinem Kuchen.

«Das hast du als Kind schon getan. Und nicht lockergelassen, bis du eine Antwort hattest. Wissbegierig warst du, und intelligent. ‹Tia Florinda, haben Bäume Muskeln?› Da hattest du gesehen, dass der Baum da drüben die Mauer eingedrückt hatte. Erinnerst du dich?» Sie lacht herzlich. Ich kann nicht aufhören zu husten.

«Warte, Kind, ich hol dir ein Glas Wasser, dann kann ich gleich meine Medizin mitbringen.»

«Weißt du», sagt sie kurz darauf und stellt die zwei Gläser auf den Tisch, «ich habe neulich Maria de Lourdes besucht. Ein wunderbarer Mensch. Davon gab es in den schlimmen Zeiten nicht viele.»

Mit allem habe ich gerechnet, aber nicht damit. Ich kann kaum glauben, dass Florinda von sich aus auf ihre Vergangenheit zu sprechen kommen will. Falls ich hier nichts falsch verstehe.

«Du weißt, wovon sie mir erzählt hat? Worüber wir gesprochen haben?»

«Aber natürlich. Ich nehme an, du hast auch mit deinem Vater geredet?»

Ich nicke.

«Dann wirst du ja schon einiges wissen. Das ist gut. Um ehrlich zu sein, würde ich nicht sehr gern über – sagen wir mal – die hässlichen Details sprechen. Cristiano Alves war ein Schwein erster Güte, mehr möchte ich dazu nicht sagen, wenn ich deine weiteren Fragen beantworte. Die du ja sicher hast. Nur zu, Anabela.»

Ich will nach dem Kind fragen, das sie vielleicht bekommen hat, doch stattdessen bricht die andere Frage aus mir heraus, diese gottverfluchte andere Frage:

«Hast du ihn …?»

«Ihn umgebracht? Nun, ich habe etwas nachgeholfen,

dort an seinem Brunnen.» Sie sagt das im besten Plauderton und mit einem total unheimlichen Lächeln. Ich komme mir vor wie in einem skurrilen Zweipersonenstück.

Doch ich zwinge mich weiterzufragen, als wäre dies hier ein ganz normales Interview.

«Und seinen Bruder António hast du vergiftet?»

«Wie man das mit Ratten so macht.»

Das kann doch alles nicht wahr sein. Ein Teil von mir will aus dieser Groteske verschwinden, einfach aufstehen und gehen. Der andere Teil fragt weiter.

«Wen noch? Gab es, gibt es noch mehr?»

«Raimunda natürlich. Diese Ausgeburt einer Hexe. Mehr nicht.»

Mehr nicht! Als würde sie mir erzählen, wie viele Eier sie für den Kuchenteig verwendet hat.

Ich muss mich räuspern. «Warum jetzt? Nach all den Jahren?»

«Ja, das ist wahrscheinlich schwer zu verstehen. Wegen deines Onkels Nuno, Gott hab ihn selig.» Ihr Gesicht bekommt einen verträumten Ausdruck. «Er fehlt mir schrecklich. Aber nicht mehr lange.»

«Was meinst du damit?»

Sie scheint mich gar nicht zu hören, redet einfach weiter. «Dein Onkel hat lange nicht gewusst, was damals passiert ist. Wir haben uns ja erst ein paar Jahre später kennengelernt, in Lissabon. Wir konnten nicht hierbleiben, damals, weißt du? Das war mein Glück.» Sie schließt die Augen und schweigt plötzlich. Einen verrückten Moment denke ich, sie wäre eingeschlafen.

Es ist ein Abend im Oktober. Der Vater kommt nach Hause, als alle schon am Tisch sitzen und die dünne Kohlsuppe löffeln. In den Falten um seinen Mund, die mit jedem Tag tiefer werden, sitzt der Staub. Alles ist staubig, es hat seit Monaten nicht geregnet, die Brunnen sind trocken. Kein Wasser für den Gemüsegarten, kein Wasser für die Schafe. Kaum Wasser für sie selbst.

«Wir gehen in die Stadt.» Dem Vater stehen Tränen in den Augen, aber die Stimme klingt entschlossen. Und sie kann nur denken: weg! Weg von Cristiano und seinen Freunden, von den anzüglichen Bemerkungen und Gesten.

Zwei Wochen später schließen sie das Haus ab. Die Schafe sind verkauft, die letzten zwei Hühner hat der Nachbar bekommen. Ihr größtes Stück Land gehört jetzt Eduardo Alves. Jeder von ihnen trägt einen kleinen Koffer aus Pappe.

Die Stadt ist ein Moloch, die elektrischen Straßenbahnen erschrecken sie, die hohen Häuser, die vielen Menschen, die ungewohnten Gerüche. Der Vater findet Arbeit in einer Waffenfabrik, der kleine Bruder übernimmt Hilfsarbeiten. Sie selbst und die Mutter nähen in einer Textilfabrik. Waffen und Uniformen werden gebraucht, Portugal führt Krieg in den Kolonien. Angola, Moçambique, Guinea, immer mehr Männer müssen Militärdienst leisten. Salazar blutet das Land aus, sagt der Vater, bald werden sie auch mich holen. Er ist nur noch ein Schatten seiner selbst. Nachts hört er unter der Bettdecke das portugiesische Programm von Radio Moskau.

Zu viert leben sie in einem Durchgangszimmer in der Wohnung einer anderen Familie; die Mutter kocht in einer Ecke auf einem kleinen, stinkenden Petroleumherd.

Das dreistöckige Haus steht in der Rua Poeta Mílton. Ein schlechter Witz. Das Leben ist alles andere als poetisch. Es sei denn, man denkt bei Poesie an Armut. Die Miete kostet 500 Escudos, 600 verdient der Vater. Alle zusammen kommen sie gerade zurecht.

Doch trotz der Enge, der ewigen Geldnot, trotz der hässlichen Gerüche und des Lärms der Stadt – sie selbst kann hier freier atmen.

Im Textilwerk bleibt sie für sich, erledigt still ihre stupide Arbeit – immer die gleiche Naht, Stunde um Stunde –, spricht möglichst wenig und ist froh, unter Frauen zu sein. Nur in der kurzen Mittagspause trifft sie auf die wenigen Männer, die in der Fabrik arbeiten. Und dann sieht sie ihn. Zwei Jahre sind sie da schon in Lissabon. Sie erinnert sich wie heute an den Tag. Allein lehnt er an der Wand des Pausenraumes, isst sein Mittagsbrot. Er ist weder besonders groß noch besonders gut aussehend. Aber er unterscheidet sich von allen anderen Männern in der Fabrik: Er ist so still wie sie selbst. Nie sieht sie ihn mit den anderen reden, nie reißt er zotige Sprüche. Manchmal begegnen sich ihre Blicke. Dann schaut sie schnell weg, zieht das Kopftuch tiefer in die Stirn.

Eines Abends im Mai, die Mutter liegt schwerkrank zu Hause, steht er vor dem Fabriktor, als sie herauskommt. Er sagt nichts, geht einfach nur neben ihr her. Von nun an jeden Abend. Sie lässt ihn gewähren.

Eine ganze Woche lang muss sie warten, bis er sich traut, mit ihr zu sprechen. Und zwei Monate bis zu einem ersten, scheuen Kuss am Ufer des Tejo. Nie wird sie dieses kurze Gefühl des Glücks vergessen. Aber zu Hause, in ihrem Bett, *schluchzt sie an diesem Abend leise in ihr Kissen. Für sie kann es doch kein Glück geben, keinen Mann, keine Familie. Wie kann er sie lieben, wenn er von ihrer Vergangenheit erfährt?*

Sie fühlt die schwielige Hand der Mutter auf ihrer Stirn. «Was ist los, Filha, warum weinst du?» Da bricht es aus ihr heraus, wie verliebt sie ist und wie verzweifelt.

«Was er nicht weiß, macht ihn nicht heiß», sagt die Mutter, «stell ihn uns vor, deinen jungen Mann. Dann sehen wir weiter.»

Eineinhalb Jahre später heiraten sie.

«Ich hätte es ihm wohl nie erzählt und irgendwann vielleicht sogar selbst vergessen können, wenn wir Kinder bekommen hätten. Aber ich wurde nicht schwanger. Und dann, 1973 war das, bin ich mit Unterleibsschmerzen zum Arzt gegangen und kam ins Krankenhaus. Damals wohnten wir schon hier. In Faro haben sie es dann festgestellt.»

Plötzlich bricht ihre Stimme, wird ganz dünn. Ihr Blick sucht einen Punkt am Himmel.

«Das einzige Kind, das ich je hatte und haben würde, war der Junge, den sie mir weggenommen haben, damals in Trás-os-Montes. Unfruchtbar, hat der Arzt gesagt. Das Kindbettfieber nach der Geburt war schuld. Da bin ich zusammengebrochen.»

Es hatte also tatsächlich ein Kind gegeben.

«Wer hat −?»

«Ich war völlig verzweifelt, habe immer wieder gebrüllt, dass ich sie umbringen würde, alle. Und dann mich. Verstehst du, es war, als hätte mir das Schwein zum zweiten Mal Gewalt angetan, meine Zukunft zerstört. Ich würde nie eine Familie haben. Wäre mein Nuno nicht gewesen … als es mir etwas besser ging und ich ihm alles erzählt hatte, musste ich ihm versprechen, nichts zu tun, das uns beide und unsere Liebe zerstören könnte. Ganz schön theatralisch, was? Aber ich habe es ihm versprochen.»

Sie sieht mich wieder an, trotzig, und setzt mit kräftiger Stimme hinzu: «Aber jetzt ist er nicht mehr hier. Jetzt ist es ganz allein meine Sache.»

«Und das Kind?»

«Wir sind nach Trás-os-Montes gefahren, Nuno und ich.»

Es regnet, als sie in ihrem geliehenen Pick-up endlich am anderen Ende des Landes ankommen. Es regnet, als sie von Haus zu Haus gehen, durch unbefestigte steile Gassen, in denen sich das Regenwasser in Sturzbächen ergießt und die Häuser aus schwarzem Granit im schwachen Licht glänzen. Es regnet, als sie die einzige gepflasterte Straße entlanglaufen, die Straße zum Friedhof. Dort, so hat ihnen eine zahnlose Alte unter ihrem schwarzen Regenschirm zugemurmelt, dort werden sie Espírituosa finden. Sie verliert alle Hoffnung, als sie vor dem Grab der Hebamme steht. Wer soll ihr nun noch antworten? Sie hat damals das Haus der Alten kaum verlassen, kennt außer einer Cousine dritten Grades niemanden sonst in diesem lebensfeindlichen, düsteren Ort, in dem es nach Moder riecht und die Gänse aus den Rinnsalen an den Gassen trinken. Die Cousine weiß von nichts, ihre Eltern leben nicht mehr.

In Chaves, der nächsten Stadt, gehen sie zu den Ämtern, fragen gelangweilte Beamte nach der Geburtsurkunde für ein Kind, das im Januar 1964 geboren wurde, finden jedoch nur die eines Mädchens. Keine Spuren einer Adoption. Nichts. Als hätte es ihr Kind nicht gegeben. Es regnet noch immer, als sie schließlich aufgeben.

Florinda laufen Tränen über die Wange.

«Aber Opa und Oma? Haben die es denn nicht gewusst?»

«Angeblich nicht. Sie wollten über dieses Kind nicht sprechen, für sie hat es nie existiert. Irgendwann habe ich mich dann in mein Schicksal gefügt, wie es so schön heißt, und mit meiner Trauer weitergelebt. Für Nuno.»

Sie nimmt einen Kaffeelöffel und rührt damit in ihrem Glas, in dem das Wasser milchig wird, trinkt einen Schluck, verzieht kurz das Gesicht und schluckt dann den Rest. «Jetzt, liebe neugierige Anabela, kennst du die ganze Geschichte. Vielleicht kannst du mich verstehen, vielleicht auch nicht. Wichtig ist nur, dass ich mit mir im Reinen bin. Das solltest du wissen.»

«Ich …»

«Nein, Kind, sag jetzt nichts mehr. Sei einfach so lieb, bei mir zu sitzen, bis ich gegangen bin.» Sie schließt die Augen.

Erst in diesem Moment begreife ich.

Und schreie, wie ich noch nie geschrien habe.

25

JUNI 2016

Zwei Wochen ist es her, seit Tante Florinda in meinen Armen gestorben ist. Als der Rettungswagen kam, war es längst zu spät. Für meine Eltern steht fest, dass sie den Tod von Onkel Nuno nicht verkraftet hat. Für alle steht das fest. Und ich werde einen Teufel tun, etwas anderes verlauten zu lassen. In vier Stunden startet mein Flugzeug. Spätestens in drei Monaten will ich zurück sein. Was danach kommt? Vamos ver, wir werden sehen.

Am Kreisel vor dem Flughafen biege ich rechts ab, zur Ilha de Faro, fahre die lange einspurige Straße entlang, überquere die Brücke, die die Stadt mit der Halbinsel verbindet. Die Ampel ist grün. Hoffentlich wird sie das auch sein, wenn ich auf dieser Straße zurückfahre. Ich wäre nicht die Erste, die hier im Stau zusieht, wie das Flugzeug abhebt, in dem sie eigentlich sitzen will. Nein, ich habe reichlich Zeit, und das Gespräch wird nicht lange dauern.

Auf dem großen Parkplatz gleich am Ende der Brücke parke ich den Wagen. Der Geruch von Salz und Fisch dringt mir in die Nase, ich atme tief ein. Nach ein paar Metern bin ich am Strand. Almeida hat gesagt, die Bar liege direkt am Wasser. Ich ziehe die Schuhe aus, der Sand an meinen nackten Füßen ist angenehm warm. Doch ich friere. Ich friere seit zwei Wochen.

Wax Restaurante & Bar steht in blauer Schrift auf einem in den Sand gesteckten weiß lasierten Schild. Eine Rampe führt auf die Holzterrasse, darauf weiße Möbel, gepaart mit noch mehr Holz. Stylisch. Menschen in Badekleidung. Viele der Frauen haben bunte Tücher über ihre Bikinis geknotet. Auf den Tischen stehen Cocktails in fröhlichen Farben. Ich registriere. Ich funktioniere. Ich lächle. Auch Almeida lächelt, als er mich sieht. Natürlich.

Er steht auf, sobald ich den ersten meiner nackten Füße auf die Holzterrasse setze, die Schuhe noch immer in der Hand. Als ich an seinem Tisch ankomme, wird sein Gesichtsausdruck ernst.

«Boa tarde, Anabela, noch einmal mein Beileid zum Tod Ihrer Tante. Das muss furchtbar für Sie gewesen sein.»

«Danke.»

Ich lasse mich auf einen Stuhl fallen, reibe die Füße aneinander, um den Sand loszuwerden, schlüpfe in meine Schuhe. Denke an seinen Anruf, in dem er mir persönlich das Ergebnis der Autopsie mitgeteilt hat: Tante Florinda hat ein Mittel geschluckt, das Erbrechen verhindert, und dann einen Sud aus der Grünen Meerzwiebel getrunken.

«Kaffee?»

«Ja bitte. Und ein Mineralwasser.»

Schweigend warten wir auf den Kellner, schweigend auf den Kaffee. Ich bin keine gute Gesellschaft in diesen Tagen. Die Getränke werden gebracht.

«Möchten Sie darüber reden?»

«Nein.»

Wir hören das Lachen und Plaudern der Badegäste, das Klirren von Gläsern, ballspielende Kinder am Strand direkt vor uns. Ich nippe an meinem Kaffee.

«Es gibt da etwas, das ich Ihnen noch sagen wollte, ehe Sie fliegen.»

«Ja?»

«Es geht um António Alves.»

Unwillkürlich verkrampft sich meine Hand an der Tasse.

«Ja?», frage ich so beiläufig wie möglich.

João Almeida lehnt sich leicht vor, ernste Augen hinter Brillengläsern.

«Es sieht nicht so aus, als könnten wir diesen Fall klären. Seine Familie mussten wir ausschließen. Und Pintos Ermittlungen haben ins Leere geführt. Die meisten Menschen, denen Alves in der Vergangenheit Schaden zugefügt hat, sind nicht greifbar.» Er machte eine Pause. «Oder tot. Die Akte wird wohl bald geschlossen.»

«Wieso erzählen Sie mir das?»

Unverwandt sieht er mich an.

«Manchmal ist es wichtig, einen Schlussstrich ziehen zu können. Ganz besonders vor einem Neuanfang.»

Jetzt wendet er den Blick von mir ab, schaut auf das Meer, spricht aber weiter, leise.

«Sie kommen doch wieder, Anabela Silva?»

Wie er schaue auch ich in das weite Blau vor unseren Augen, sage ebenso leise: «Ja, João Almeida, ich komme wieder.»

Und zum ersten Mal seit zwei Wochen kann ich wieder Wärme spüren.

EPILOG

CORREIO DA MANHÃ

Anwalt wegen Mordes zu 14 Jahren verurteilt

12.08.2017

Das Schwurgericht Faro hat gestern den Anwalt Claudio S. (49) wegen Mordes an einem 64-jährigen Deutschen sowie wegen Betruges und Urkundenfälschung in mehreren Fällen zu 14 Jahren Haft verurteilt. Seine Partnerin, die Maklerin Inês A. (51), muss für 8 Jahre hinter Gitter. Ihr waren ebenfalls schwerer Betrug sowie Beihilfe zum Mord vorgeworfen worden. Der deutsche Rentner Peter G. war im Mai vergangenen Jahres in der Nähe von Alcoutim erschlagen worden.

Die Richter sahen es als erwiesen an, dass das Paar sowohl dem Getöteten als auch zwei weiteren Paaren aus Großbritannien bzw. den Niederlanden an der Ostalgarve unter Naturschutz stehende Grundstücke als Bauland verkaufen wollte. Peter G. schöpfte Verdacht, dies wurde ihm zum Verhängnis.

Als er das Paar zur Rede stellte, kam es zum Streit, in dessen Verlauf Claudio S. den Vierundsechzigjährigen mit einem Stein erschlug. Nach Überzeugung des Gerichts mordete S. aus Habgier. Nach dem Tod des Deutschen hatte das Paar in aller Ruhe abgewartet, bis auch die Briten und Niederländer hohe Anzahlungen auf fast wertlose Grundstücke geleistet hatten, und dann die Flucht vorbereitet. Claudio S. und Inês A. wurden schließlich am Flughafen in Faro gefasst, unmittelbar bevor sie sich nach Brasilien absetzen konnten. Der Argumentation der Verteidigung, bei dem Tod des Deutschen habe es sich um einen Unfall mit Todesfolge gehandelt, folgte das Gericht nicht.

DANKE

Zuallererst: Grusche Juncker. Ich kann Ihnen gar nicht sagen, was mir Ihre Unterstützung und Anerkennung bedeutet haben. Danke auch an Ditta Friedrich für die «freundliche Übernahme». Joachim Jessen von der Agentur Schlück – ohne Sie hätte ich wahrscheinlich längst aufgegeben. Danke, dass Sie schon so lange unverdrossen an meiner Seite sind.

Bei Katharina Rottenbacher bedanke ich mich für den Feinschliff des Manuskriptes.

Ehrliche Kritik, Aufmunterung in Krisenzeiten, Mitdenken, Fachwissen und wenn nötig einen Tritt in den Hintern – all das bekomme ich von euch, meinen Freunden. Ihr seid großartig, alle! Ich danke inbesondere:

Christiane Adrigam, Conny Boden, Carla Cavaco, Andrea Franze, Andrea Gneist, Ulrike Gussmann, Annegret Heinold, Meike Janzen, Bernd Laser, Ute Mertens, Gunda Rachut, Jasmin Schwiers, Nina Utermöhlen, Verena von Hoyningen-Huene, Birgit Wehage und Kerstin Werstein.

Luísa Teixeira sowie Olnarcia und «Ernesto» Schreinert: Danke für die Hilfe bei meinen Recherchen.

Meinen Nachbarn in der zweiten Heimat Portugal danke ich dafür, dass sie ihre Lebenserinnerungen mit mir geteilt haben.

Meinem Mann Detlef nicht nur für ein halbes Pseudonym, sondern auch für viele gute Ideen, die in dieser Geschichte stecken. Es ist schön, wenn du «mitschreibst»!

Bettina Haskamp
Tief durchatmen
beim Abtauchen

Eine warmherzige Komödie um zwei ungleiche Frauen und das komplizierte Ding namens Liebe.

Juliane hat alles im Griff. Erfolgreich im Job, stets den perfekten Plan vor Augen, hasst sie Überraschungen jeder Art. Als sie Freund Alex lieber ziehen lässt, als Zugeständnisse zu machen, entwickelt ihre beste Freundin Lisa einen Notfallplan: Juliane soll im Urlaub einfach mal tief durchatmen …

Während die Magie der Insel tatsächlich zu wirken beginnt und Juliane erkennt, dass ein Leben ohne Überraschungen nicht lebenswert ist, steht Lisa plötzlich vor den Trümmern ihrer heilen Welt. Das eigene Glück ist ihr abhanden gekommen, sie braucht jetzt einen Rettungsplan für sich selbst …

336 Seiten

Weitere Informationen finden Sie unter www.rowohlt.de

Jules Vitrac
Der Teufel von Eguisheim

Perfekter Urlaubslesestoff, nicht nur für Frankreichreisende
und Liebhaber der Region.

Im elsässischen Eguisheim herrscht spätsommerliche Ruhe.
Doch die wird bald durch einen mysteriösen Vorfall gestört:
Wanderer wurden von einem Reh attackiert. Eine Untersuchung ergibt: Das Tier hatte Tollwut. Die Vorfälle häufen
sich, bald gibt es einen Toten – und er bleibt nicht der Einzige.

Im Dorf glaubt man, die wilde Kreatur wehre sich gegen
den Menschen. Kreydenweiss und Bato von der örtlichen
Polizei sind anderer Meinung. Doch dieser Fall ist nur zu
lösen, wenn man tief in die Keller der menschlichen Seele
steigt, zu den Ursprüngen von Fanatismus und Aberglau-
be . .

368 Seiten

Das für dieses Buch verwendete Papier ist FSC®-zertifiziert.